喧哗与骚动

THE SOUND AND THE FURY

[美] 威廉·福克纳——著
余莉——译

北方文艺出版社

图书在版编目（CIP）数据

喧哗与骚动 /（美）威廉・福克纳著；余莉译．
-- 哈尔滨：北方文艺出版社，2016.8
（福克纳诺贝尔奖精品文集）
ISBN 978-7-5317-3698-1

Ⅰ．①喧… Ⅱ．①威… ②余… Ⅲ．①长篇小说－美国－现代 Ⅳ．① I712.45

中国版本图书馆 CIP 数据核字 (2016) 第 180223 号

喧哗与骚动
Xuanhua yu Saodong

作 者 / [美] 威廉・福克纳 译 者 / 余 莉

责任编辑 / 王金秋 本书策划 / 李异鸣
编辑统筹 / 刘志红 封面设计 / 吕彦秋

出版发行 / 北方文艺出版社 网 址 / www.bfwy.com
邮 编 / 150080 经 销 / 新华书店
地 址 / 黑龙江现代文化艺术产业园 D 栋 526 室

印 刷 / 北京中振源印务有限公司 开 本 / 787×1092 1/16
字 数 / 290 千字 印 张 / 19.25
版 次 / 2016 年 8 月第 1 版 印 次 / 2016 年 8 月第 1 次印刷
书 号 / ISBN 978-7-5317-3698-1 定 价 / 36.80 元

序言
Preface

《三国》一样的《红楼》

——以真性情演绎的喧哗、骚动

一、“喧哗与骚动”

《三国》是一群假性情的人演绎一个真实的必然兴亡故事，《红楼》是一群真性情的人演绎一个虚拟的偶然兴衰故事。福克纳的这本《喧哗与骚动》，则是一群假性情的人演绎一个虚拟的必然兴衰故事。

毫无疑问，这部作品集中了作者非常大的心力与经历，其笔端之细腻，刻画之精准，无不让人惊叹。如果我们再来回顾一下作者的生平，不难发现，这部作品几乎是作者本人对生平的一次另类回想。这一点上，还真跟《红楼》颇有些神似。“红学”家们通常喜欢琢磨曹雪芹的生平，现在我们也不妨看看福克纳老人家的经历。

二、喧哗与骚动

1897 年，福克纳出生在美国南方一个破落地主家庭，正如本书中的班吉、加迪、昆汀等人一样。他的家族在他的曾祖父手上达到顶峰，他曾祖父不仅是南北战争时期的战斗英雄，官至上校，还经营铁路、农场甚至从政。当时福克纳家族可谓良田千顷，黑奴成群。本书中康普生家族的祖上所谓的州长、将军，曾经拥有的众多的田地和黑奴，简直就是福克纳家族光辉历史的放大版。

到了福克纳父亲那一辈，家族已经没落。他的父亲甚至难以找到一份稳定的工作。相反，福克纳的母亲却是一个非常要强的人。在福克纳的童年，母亲对他的教育非常严格，经常让他在“软弱”和“坚强”中做出选择。这种分裂的痛苦，似乎在这本书中也有体现——当昆汀面对妹妹加迪有辱门风的事实，那种本性的软弱、家族责任感带来的勇气之间的激烈斗争，与当时福克纳的心境必然是有某种联系的。

在福克纳五岁那年，祖父不得不变卖家产，以支持福克纳的父亲莫里去牛津发展。就这样，他们一家来到了牛津，忠心耿耿的黑人女仆（有点像书中的黛西）和祖父、父亲一起支撑着这个摇摇欲坠的破落家庭。

在牛津的生活平淡无奇，家庭、邻居、学校，充斥着他貌似幸福的生活。在祖父的福荫下，小福克纳不仅有白富美邻家小妹，还有一个属于他们家的剧院，可以免费观看各类戏剧。由于天资聪慧，学校的老师也对他青睐有加。

可惜自古以来，文士们似乎都走不出一个“文能穷人”的怪圈，往往被逼上绝路，愤而从事创作。随着年龄的增长，对文学日益感兴趣的福克纳将大量的时间花在了他钟爱的写作和邻家小妹身上。学习成绩下降，当然不可避免。

进入青年时代，福克纳开始接触一些文艺圈的人，甚至包括他后来的经纪人，都是在这个时期结识的。此时他依然不改纨绔的习气，经常穿着豪华的服饰冒充土豪，混迹于密西西比大学的各类活动。但是，就在这时，当初的白富美邻家小妹却嫁给了别人——一个成功人士，当时已经成为上校军官的密西西比大学学长。

这个打击搁一般人身上我想都是不同凡响的，何况是一个破落户公子哥。福克纳进入了迷茫期，先是沉浸在诗与画的意境中，后来又壮志雄心起，想去参加一战成为英雄。凭借高超的编故事技能和广阔的人脉，他成功突破了身高与年龄的限制，成为了光荣的英国皇家空军的飞行员——但是还没等他学会开飞机，一战就结束了。

文能穷人，没法子，老天就是要把你逼上绝路。

回乡但没衣锦的福克纳只得再次凭借编故事的技能来博得别人的刮目相看，他甚至故意走路一瘸一拐，谎称自己在一战的空战中受伤落下了残疾。最后不论是在学校还是在职场，福克纳都因为桀骜不驯的个性和对诗歌文章的狂热痴迷而遭遇挫折。

但是正是这样反复的不如意和编故事，让福克纳最终走上了创作的道路。1925 年，他的第一部长篇小说《士兵的报酬》出版，随后一发不可收，可谓著作等身，生活也顺风顺水。1928 年，这本《喧哗与骚动》的初稿问世。

这本书的书名还是个典故——莎士比亚名作《麦克白》中麦克白的台词："人生犹如痴人说梦，充满了喧哗与骚动，却没有任何意义。"这个富有深意的书名，是不是也是创作此书时的福克纳对自己过往人生的一种自嘲呢？他从出生到走上文学道路，不正是充满着喧哗与骚动吗？

本节最后插一句嘴，后来当初的邻家小妹跟高富帅离婚了，被福克纳成功逆袭。1949 年，福克纳还获得了一个文学大奖，就是 2012 年莫言得的那个奖——诺贝尔文学奖。福克纳也因此拥有了美国乃至世界意识流文学一代宗师的不朽称号。

三、《喧哗与骚动》

让我们回到这部作品。

这本书中，福克纳再一次把地点定位在密西西比州北部的虚拟小镇约克纳帕塔法镇，通过康普生家族的三个儿子和一个女黑奴的内心独白，展现了康普生家族几代的兴衰历程。

首先出场的"我"是班吉，康普生家的小儿子，甚至可以说是书中唯一一个自始至终真性情的形象。为什么会这样呢？因为这个人物有着近乎诡异的特殊性。在旁人看来，他 33 岁的时候依然只有 3 岁的智商，甚至于没有语言能力，只能用哭来表达自己的情绪。

在福克纳作品中，利用傻子独白展现故事内容并不少见。在《我弥留之际》中，那个瓦达曼就是个傻子。但是，作者在写瓦达曼的独白时，也是站在一个傻子的角度去描写，出现了诸如"我妈是一条鱼"之类的让人啼笑皆非的话语。但是班吉则不是，虽然时空观念错乱，思维也非常之跳跃，但是他对身边事物有着如常人一样甚至超乎常人的感知能力，只是不知道合理地表达自己的思想。说得潮一点，与其说班吉是一个傻子的形象，倒不如说是人类文学史上塑造的第一个成功的严重孤独症患者形象。

正如很多评论家所说的，班吉的哭给全书一种颓废败落的气氛。同时，没有语言能力的他也让所有人对他没有戒备，在他面前都能展示真实的自己。而他的傻，我倒更愿意用"痴"来形容——都云班吉痴，谁解其中味。

但是就是这样的一个痴人，作者却利用他的视角，将角色一一展开。比如说，中心人物加迪和班吉的母亲卡罗琳。

在班吉面前，加迪的天真善良与母亲的冷血高傲形成鲜明的对比。作为班吉的亲生母亲，卡罗琳太太并没有给人丝毫母爱温存的感觉。她念念不忘自己"高贵"的身份（其实也是个破落户小姐），对班吉的嫌弃近乎癫狂。不仅自己对班吉漠不关心，唯恐避之不及，甚至看到自己的女儿加迪对班吉亲近都会觉得不妥。甚至班吉的生日那天，班吉因为伸手去摸燃烧的柴火被烫伤而哭泣，她除了感慨自己不得安生日子和咒骂之外，什么都没表示。

相反，作为姐姐的加迪却像母亲一样照顾着班吉。如果说去掉女仆黛尔西这个外人，加迪可以说是家中唯一有女性风采的人物（至于卡罗琳太太，只能用蛇蝎妇人来形容）。这点通过班吉对加迪的依恋就可以知晓。班吉的独白中不止一次地提到加迪身上的香气，让班吉难以忘怀的大树般的香气。一旦加迪说离开，或者表达出离开的意思，都会让班吉痛不欲生。当加迪不在的时候（联系后文，应该是出嫁了），他站在大门口，看着背着书包的女学生。似乎是想起了姐姐加迪，他第一次尝试着喊住她们，试着说话。可是，先天的缺陷却让他只能对着女孩的背影再一次地哭泣。读到这里，想必每个人都会为之动容。

但是在下一个出场的"我"——昆汀的眼中，中心人物加迪却成为了一个巨大的包袱。因为身为"南方贵族"的"大家闺秀"，加迪竟然失去了贞操，怀了两个月的身孕。作为家族的继承人，昆汀难以接受这个现实，加上颓废的父亲带给他的悲观情绪，让他陷入了极度的抑郁。

在人前，他是哈佛学生，家族继承人；在人后，他一方面对接手父亲的烂摊子（实际上几乎就没有摊子）而担忧，一方面为加迪丢尽了家族的脸面而焦虑。在人前，他很勇敢，甚至敢于去和妹妹加迪的情人决斗以捍卫家族尊严；在人后，他不知所措，竟然荒唐到跟父亲谎称自己和加迪乱伦（姜是老的辣，父亲康普生一眼就看穿了谎言），决斗的时候甚至还非常羞耻地失利……

这里，加迪有点像过头的杜丽娘，为了爱情抛开世俗但是过了头。原本班吉眼中那个温存可爱的加迪，渐行渐远。抑或加迪依旧是当初的加迪，这一切又正是我们身为男性与昆汀一样的傲慢偏见所带来的主观色彩呢？

但是我更愿意同昆汀一样相信，是这个畸形的家庭导致了这一切。父亲的颓废，母亲的孤傲，整个家庭没有一点温存，除了善良的加迪。这样，兄弟们对于加迪的依赖可想而知。而昆汀手忙脚乱的乱伦谎言，是不是一种另类的俄狄浦斯情结在作怪呢？

换个角度说，父母的消极情绪，让原本就内心软弱的继承人昆汀没有执掌家族的信心和勇气；而父母的冷漠，让青春靓丽的加迪在爱情中迷失了方向和价值观。当这两者结合到一起，昆汀对家族事业绝望，加迪则对这个行尸走肉的哥哥感到失望。最终，昆汀只能用结束自己的生命来求得内心的安宁，以躲避充满喧哗与骚动的人生。

然而这一切，又都和接下来的“我”——杰生似乎关系不大。杰生出场后一句话就显示了他的秉性——“当过婊子，就一直是婊子”。

杰生是家中次子，用咱中国人的俗话说，就是最不讨人喜欢的小二子。有人说，杰生是家中唯一健全的男性，却不去拯救自己的家族，不去拯救自己的哥哥和妹妹。确实，昆汀有抑郁症，班吉有孤独症，相比而言，也就杰生是个心智健全之人。福克纳为自己塑造了这么个人物而感到非常自豪，正如他所说：杰生是一个最最邪恶的形象。有评论家更是有鼻子有眼地指出了杰生的六宗罪：自私、刻薄、贪婪、欺诈、仇恨心理和冷酷无情。其实早在班吉独白的时候，就已经可以看出杰生的冷漠与自私。

这段独白里头自然也少不了加迪的戏份。加迪生了个私生女，取名叫昆汀（多么大的讽刺啊），寄养在杰生家中。但是这个奇葩竟然借着加迪对女儿的思念敲诈勒索，一百块只让加迪见女儿一分钟。最气人的是，还仅仅是女儿在车上，让她透过车窗这么一瞥。也就是说，这个人身上体现的不仅仅是一种对金钱的强烈欲望和迷恋，更有一种想要利用别人的索求来折磨人的变态思想。这样的例子，在书中比比皆是。而我想说的是，这个可恨之人身上，也有太多的可怜之处。

前面我说过，杰生相比而言是家中心智最健全的儿子。但是，也只是相比而言。首先，他身为次子，上有家族继承人昆汀，下有有辱门风的妹妹和痴弟弟班吉，加上父母本身的冷漠态度，家中对他关怀之少可想而知。当家人把钱拿去给哥哥上学，忙着拿钱让加迪赶紧嫁人的时候，也确实让他感受到了前所未有的冷漠。而对家中最最温存的加迪而言，哥哥昆汀是长子，弟弟班吉又那么脆弱，在感情的给予上，无论怎么说杰生都是欠缺的。

在前面的独白中我们就能知道，自幼年起，杰生就是个另类。父母时不时地争吵，这时候母亲总是以杰生为骄傲。相反，父亲则总是将错误归咎于杰生。这样，母亲的孤傲自然而然地灌输给了杰生，抑或杰生生来就遗传了母亲的性格。母亲这种口头上的、碰撞中无奈的赞许，竟然成为了杰生童年的美好记忆。这样，儿时杰生几乎成了母亲的监视者，让兄弟姐妹们都几乎活在随时被杰生告发的担心之下。这样的成长环境，长大了不变态才叫奇怪。

但是，这样的变态心理真的是杰生最真实的内心吗？福克纳作为一代文豪，如果仅仅是创作出一个十恶不赦的恶人，那么绝对有失他文豪的身份。在父亲康普生逝世后，家里的担子落在了杰生身上。这时候，家里已经一贫如洗，哥哥去哈佛，妹妹嫁人，都花去了不少的费用，而他则一个子儿都没见到。虽然充满了牢骚，但是他依然守护着这个家。虽然带着不情愿，但他还是抚养了小昆汀和班吉，尽管他嫌弃妹妹的沉沦，尽管他嫌弃班吉是个傻子（母亲卡罗琳也不愿意完全放弃这个孩子，直到她去世，杰生才将班吉送到精神病院）。

或许他真的像有些评论家说的那样，自私、刻薄、贪婪、欺诈、仇恨心理和冷酷无情。但是，这些也都是在成长和压力中被逼出来的，或者说没有这些，他们一家真的就得流落街头了。但是，杰生依旧没能挽回这个家族，可能也是他有意而为之。杰生没有后代，他和昆汀共同成为了家族荣光下的最后一代——小昆汀成年后，也远走高飞了。

至于黑奴黛西，我倒更想把她当作福克纳的一次致敬，向千千万万淳朴的劳动人民致敬。回想福克纳的生平，当他家迁居牛津之时，也有一个忠心耿耿的女黑奴与他的父亲、祖父一起撑起整个家。

可能会有人觉得我这样说有点“土”。但是不得不说，黛西是整部书中，最能给人宁静安详之感的形象。黛西为康普生家族服务数十年，看惯了风生水起，看淡了人生离合。她虔诚地信仰基督教，充满爱心和同情。同时她也是整个故事中除了加迪之外对班吉最好的，在有些方面甚至有过之而无不及。

如果只有冷酷的杰生而没有热心的黛西，康普生家族或许连这最后一代都撑不下去。关于黛西更多关键点，我更希望把她留到下一节去说。

故事还有个附录，是时隔十六年之后福克纳添加的。这里头，福克纳通过单独阐述加迪的沦落，渲染了整个故事的主旨。

既然都说到这了，那么这个故事，究竟要告诉我们什么呢?

四、喧哗与骚动!

“人生犹如痴人说梦，充满了喧哗与骚动，却没有任何意义。”

按照福克纳本人的说法，《喧哗与骚动》是一个关于“失落的天真”的故事。但是很多人却说仅仅一个“失落的天真”并不能概括这本书的主题。

对这些人，我只想说，拜托，福克纳才是原作者可好?

何谓“失落的天真”？我对基督教不了解，但是透过书中的细节，隐约可以感到这句话富含了一些基督教思想。但是，如果我们跳出基督教文化这个窠臼，去思考麦克白的那句台词和这句“失落的天真”，难道就不会领悟到一丝禅机吗?

佛教说，人生八苦：生、老、病、死、爱别离、求不得、怨长久、放不下。如此一看，充满着“喧哗与骚动”的康普生一家把人生八苦占齐了。而他们家族的破落，更是一个偶然的必然。说偶然，是因为畸形破落家庭教育出了性格扭曲的子女；说必然，是因为大势所趋，这样的庄园主家庭是必然湮没于历史潮流中的，出现康普生夫妇这样的畸形夫妻也存在着必然。

因因果果，果果因因。

既然话都说到这份儿上了，我们不妨更深入地以中国文化的角度去思考这本书。如果说，人本性是善良的，这个善良的本性，或许就是所谓的天真。在这样的一个潮流下，无数的因，造就了天真失落的果。

这又正如儒家亚圣孟子的“性善论”，我们每个人都可以成为尧舜一样的圣贤，因为我们每个人都有善良的天性。人皆有恻隐之心，人皆有羞恶之心，人皆有恭敬之心，人皆有是非之心。恻隐之心是仁的端倪，羞恶之心是义的端倪，恭敬之心是礼的端倪，是非之心是智的端倪。

正如刻薄的杰生也抚养了小昆汀（恻隐），沉沦的加迪也用取名的方式纪念了保守的昆汀（羞恶），软弱的昆汀也对家族的荣光念念不忘（恭敬），孤傲的母亲也不愿意让班吉离开家去精神病院（是非）。

或许这样类比有些牵强，但是，孟子还有一句对“性善论”的补充，则能与福克纳的“失落的天真”相对应。孟子说：“学问之道无他，求其放心而已矣。”意思就是说，儒家的学问没什么其他的，就是找到“放心”罢了。何谓“放心”？“放心”，就是指“迷失的善心”。迷失的善心，失落的天真，要我说，就是一个意思。

既然我们每个人生来就是善良（天真）的，那为什么会有迷失的善心，失落的天真？就像书中的人物一样，杰生刻薄寡恩，加迪甘心沦落，昆汀软弱怯懦？

东方的孔子告诉我们，“性相近也，习相远也。”（人的天性是相近的，但是后天的影响导致了人们的善恶差异。）而福克纳，则用这个故事告诉我们，正是后天的人生充满了喧哗与骚动，让我们失落了原本的天真。唯独心智三岁的班吉，恰恰因为封闭保留了几乎最原始的天真，并且成为了一面“道德的镜子”，让故事中的每个人都能展现最接近真实的自己。正所谓——都云班吉痴，谁解其中味！

让我们再回过头来，为什么书中的黛西依旧善良和蔼？为什么似乎只有她这个普普通通的黑奴才能远离人生的喧哗与骚动？她并没有班吉的自我封闭，也经历了康普生家族的风风雨雨。我认为，这其中的原因就在于——信仰。

书中不止一次地提到了黛西对于基督教的信仰，也不止一次地暗示了康普生家族成员对信仰的迷失。这方面的细节，就留给读者们自己去慢慢挖掘和思索吧。

或许，福克纳并不是一个虔诚的基督徒，这本书也当然不是宣扬基督教，而是告诉我们，拥有一个良好的信仰，才能摆脱人生的喧哗与骚动，不让自己的天真失落善心迷失。正如《心经》上所说的："依般若波罗蜜多故，心无挂碍，无挂碍故，无有恐怖，远离颠倒梦想，究竟涅槃。"

五、喧哗与骚动?

回到我们今天的现实，信仰迷失也正是转型中的中国面临的问题之一。读者们，你们的生活，是否充满了喧哗与骚动呢?

何志浩

2013 年 9 月书于安徽

1928年4月7日

穿过栅栏，透过盘绕的花枝，我看见他们正在打球。他们朝插着旗子的方向走来，我沿着栅栏往前走。卢斯特在开着花的树下的草地里找着什么东西。这时，他们把旗子拔出来，开始打球了。然后，他们又把旗子插回去，走到高地上，这个打一下，那个打一下。然后他们继续往前走，而我也沿着栅栏走，他们停下，我也停下，我透过栅栏往外看，卢斯特则在草丛里寻找着什么东西。

"看这边，加迪[1]。"他打了一下。然后他们穿过草地。而我，就那样贴在栅栏上，看着他们走远。

"你听听，你听听，"卢斯特说，"你真能耐啊，都三十岁了，还那副模样，害得我大老远跑去城里给你买蛋糕。闭嘴，别哼唧了。你还不快来帮我找钱，我今晚可是要用它去看表演的。"

他们穿过草地时，还会偶尔打两下。我沿着栅栏往回走，走到插旗子的地方。那旗子在明亮的草地和树木之上迎风招展。

"来，"卢斯特说，"这儿已经找过了。他们暂时也不会回来。走，我们下河去，赶在那帮黑鬼之前找到它。"

那红红的旗子在草地上方飘荡。然后，一只鸟儿从斜方向飞过来

【1】原文为caddie，本意为"球童"，但文中与"加迪"同音。班吉每听到有人叫球童，就会想起姐姐加迪。——译者注

停在上面，这时，卢斯特扔了块东西过去。旗子在明亮的草地与树丛之上迎风招展。而我紧紧贴着栅栏。

“别吵了，”卢斯特说，“他们不到这边来，我也没办法呀。你要不闭嘴，妈就不给你过生日了。你要是不闭嘴，知道我会怎么样吧。我要把蛋糕全部吃光，连蜡烛也一起吃了。走，我们去河边，我要去找我的钱。说不定我们还能在那儿捡到球呢。这儿，他们在这儿呢。在那边，你看。”他走到栅栏边上，伸手指着，“看见他们了吧。他们不会回这儿来了。走吧。”

于是我们沿着栅栏走，走到花园的栅栏边，我们的影子映在栅栏上，在那上面，我的影子要比卢斯特的高。我们走到口子上，然后穿了过去。

“等一下，”卢斯特说，“你又挂到钉子了。你哪一次从这儿钻过不挂在钉子上啊。”

加迪把我的衣服解了下来，然后我们就钻过去了。“莫里舅舅交代过，不能让别人看见我们，所以我们最好弯着腰走。”加迪说，“弯下去啊，班吉。像这样，看。”然后，我们弯下身，穿过了花园，花儿从我们身上刮过，沙沙作响，土地硬邦邦的。我们从栅栏上翻过去，几只猪在那里胡乱嗅着，发出哼哼的声音。“我想它们是因为其中的一个伙伴被宰了，在那儿伤心呢。”加迪说，“土地硬邦邦的，是被翻过的，还看得到土块呢。”

“把手放进包里，不要拿出来。”加迪说，“不然它们就会被冻僵。你也不想它们在圣诞节冻僵吧。”

“外面太冷了，”弗什说，“你不要出去了。”

“什么事？”妈妈说。

“他想出去。”弗什说。

“那就让他去吧。”莫里舅舅说。

“太冷了，”妈妈说，“他最好待在屋里。本杰明，别帮他说话了。”

“他冻不坏的。”莫里舅舅说。

“你，本杰明，”妈妈说，“如果你再这样，就到厨房去。”

“妈妈说今天不让他进厨房，”弗什说，“她还说要把所有过节用的东西都做出来。”

“让他去吧，卡罗琳，”莫里舅舅说，“我看，你都快为他操心出病来了。”

“我知道，”妈妈说，“有时候我也在想，他就是老天派来惩罚我的。”

“好了，好了，”莫里舅舅说，“你要打起精神来。我去给你做点儿棕榈酒。”

“这有多烦人，”妈妈说，“你难道还不知道吗？”

“就会好的。”莫里舅舅说，“把他裹严实些，再带他出去待上一时半会儿吧。”

于是，莫里舅舅走了，弗什也走了。

“求你别吵了，”妈妈说，“我们已经准备尽快带你出去了。我可不想你生病。”

弗什穿上我的套鞋和外衣，又拿起我的帽子，和我们一道出去了。这时，莫里舅舅正在将瓶子放进餐厅的餐柜里。

“就让他在外面待上半小时吧，小子，”莫里舅舅说，“看住他，别让他跑出院子。”

“好的，先生。”弗什说，“我们绝不会让他跑出去的。”

说着我们出了门。屋外的阳光有些冰冷，却也明亮。

“你要去哪儿呢？”弗什说，“不会想要去镇上吧。”

我们一路穿过沙沙作响的树叶，走到冰冷的大门口。

“你最好把手放进兜里。”弗什说，“放在门上会冻坏的，到时候看你怎么办。不过，你为什么不乖乖在屋里等他们呢？”他说着把我的手放进兜里。我能听到他踩过落叶时发出的窸窣声，还可以闻到那沁凉的寒气，连门也是冰冷冰冷的。

“这里有山核桃。哇哦，什么东西蹿到树上去了？快看，是一只松鼠，班吉。”

我已经不觉得大门有多冷，却依然能闻到明晃晃的冷气。

“你最好把手放进兜里。”

我听到加迪的脚步声。接着，她跑了起来，任凭书包在背后晃荡。

“你好啊，班吉。”加迪招呼道。然后，她推开大门走进来，弯下身子。加迪身上有一种叶子般的味道。“你是来接我的吗？”她说，“你是来接加迪的吗？你怎么能让他把手冻得这么冷呢，弗什？”

“我让他把手放进兜里，可他就是不听，”弗什说，“偏偏要扒在门上。”

“你是来接加迪的吗？”她搓着我的手说，“你要对加迪说些什么呢？”加迪的身上有树木的味道，她告诉他们我们已经睡了的时候，我也会闻到这种味道。

“你在发什么牢骚呢？”卢斯特说，“我们走到分岔口就又能看到他们了。来，给你一枝曼陀罗。”说着，他递给我一枝花。接着，我们径直穿过栅栏，朝空地走去。

“什么？”加迪说，“你要跟加迪说些什么？他们知道他出来了吗，弗什？”

“他们拿他没办法，”弗什说，“他不停地折腾，他们只好让他出来，然后他就直接来这儿，往门外边望。”

“想对我说什么呢，”加迪说，“你是不是以为我放学回家那天就是圣诞节？是这样想的吧。后天才是圣诞节。圣诞老人，班吉。圣诞老人。来，我们一起跑回家，暖暖身。”她说着拉起我的手，我们一路踩过那些明亮的树叶，发出窸窣声。我们跑上台阶，从明亮的冷气，跑进阴暗的冷气里。这时，莫里舅舅还在往餐柜里放瓶子。他招呼过加迪。

加迪说："带他去烤烤火，弗什。班吉，跟弗什一起去。"她说，"我马上就来。"

于是，我们来到火炉旁。

妈妈说："他冷吗，弗什？"

"不。"弗什说。

"把他的外衣和套鞋都脱了，"妈妈说，"我给你说过多少次，不要让他穿着套鞋进屋。"

"知道了。"弗什说，"好，站好了。"于是他脱下我的套鞋，然后帮我解开外衣。

这时，加迪又说："等一下，弗什。妈妈，让他再出去一下吧。我想带他出去。"

"最好还是留他在这儿。"莫里舅舅说，"他今天已经在外面待了很久。"

"依我看，你们最好都留在家里，"妈妈说，"黛西说，天气越来越冷了。"

"哦不，妈妈。"加迪说。

"不要紧，"莫里舅舅说，"她整天待在学校，也需要点儿新鲜空气。去吧加达斯[1]。"

"就让他去嘛，妈妈，"加迪说，"求你了，你也知道，不然他会哭的。"

"你也知道他会哭，为什么还要在他面前提起呢。"妈妈说，"你进来干什么，就是为了让他再有理由让我操心吗？你也在外面待得差不多了。我看你还是坐在这儿陪他玩吧。"

【1】"加迪"是对"加达斯"的昵称。——译者注

“就让他去吧，卡罗琳，”莫里舅舅说，“一点小小的寒冷伤不到他的。记住，你可别把自己累坏了。”

“我知道，”妈妈说，“可是，没有人知道我多么害怕圣诞节。谁也不知道。我可不是天生就能吃苦耐劳的人。为了杰生和孩子们，我也希望自己能更加坚强。”

“你一定要彻底放宽心，别让他烦扰你，”莫里舅舅说，“去吧，你们两个。可这一次不要待得太久。不然，你们的妈妈会担心。”

“知道了，叔叔。”加迪说，“走吧，班吉，我们又要出去咯。”她说着帮我扣好扣子，然后我们一起朝门外走去。

“套鞋都没穿，你就要把小家伙带出去吗？”妈妈说，“你是要把他弄生病，让全家人不得安宁吗？”

“我忘了，”加迪说，“我以为他穿着鞋呢。”

于是我们又走回去。

“你想想，”妈妈说，“有一天我不在了，你就要为他操心了。”她边说边给我穿好了鞋。而在妈妈给我穿鞋的同时，弗什站在旁边也跟着说：“好，站好了……抬脚……”

“过来亲亲妈妈，本杰明。”妈妈唤我。

加迪把我带到妈妈的椅子前，妈妈捧起我的脸，然后将我的脸贴在她身上。

“我可怜的孩子，”她说着放开我，“你和弗什要照顾好他，亲爱的。”

“知道了。”加迪说。

然后我们就又出去了。

加迪冲弗什说：

“你就不用去了，弗什，我会看着他。”

“那好吧，”弗什说，“外面太冷了，出去也没意思。”于是他走开了。

我们则在大厅里停下来。加迪跪下身，双手环住我，将她冰冷而明亮的脸贴在我的脸上。她闻起来，有股树叶的味道。

“你才不是可怜的孩子呢，对吧。你还有你的加迪呢，是吧。”

“别在那儿喋喋不休了，”卢斯特说，“吵吵闹闹的，都不觉得害臊。”这时，我们已经走到马车房，马车就停在里面，它还换上了一个新轮子。

“快，上车，上去坐着别动，等你妈妈来，”黛西说着将我推进马车里。T.P. 则拉着缰绳。“我简直不明白，为什么杰生不买一辆新马车，”黛西说，“总有一天，要是你们都坐上去，这东西没准儿就会散架。看看那些破轮子。”

这时，妈妈出来了，她将面纱放下来，遮住脸，还戴了几朵花。

“罗斯库司去哪儿了？”她说。

“他的手臂今天动弹不得，”黛西说，“T.P. 也驾得不错。”

“这可说不准，”妈妈说，“你们每个星期给我换车夫都做得出来。天知道，我可是没怎么过问。”

“卡罗琳太太，您也知道，罗斯库司的风湿病很严重，干不了什么活。”黛西说，“您先上车来吧。T.P. 驾车也不比罗斯库司差。”

“我可不放心，”妈妈说，“还带着孩子呢。”

黛西走上台阶去：“您说他还是孩子，”她说着拉起妈妈的手，“他都有 T.P. 那么大了。您要走，就快点上来。”

“我还是不放心。”妈妈一边说着，一边被黛西扶着上了马车，“不过，话说回来，或许出个什么事对我们大家都好。”妈妈说。

“您怎么能这么说呢，快别瞎说了，”黛西说，“你知道一个十八岁的黑人要驱动这‘小马后’有多不容易吗？他和班吉加起来都没有‘她’那么大。可别让‘小马后’给挣脱了，听见了吗，T.P. ？要是你驾车不能让卡罗琳太太满意，我就要让罗斯库司来教训你了。他可是还动弹得了的。”

“知道了。”T.P. 说。

“我就知道要出点什么事。”妈妈说，“本杰明，别闹。”

“给她一枝花，让她拿着，”黛西说，“她就想要那个。”于是她把手伸了过去。

“不，不，”妈妈说，“你会把它们糟蹋了的。”

“您拿好了，”黛西说，“我抽出一枝给他。”她给了我一枝花，然后把手缩回去。

“走吧，不然昆汀看了也会跟着去的。”黛西说。

“他在哪儿？”妈妈说。

“他在家里陪卢斯特玩，”黛西说，“出发吧，T.P.，按照罗斯库司嘱咐你的那样来驾车。”

“好的，”T.P. 说，“驾，‘小马后’。”

妈妈说：“不让昆汀去？”

“当然。”黛西说。

马车一路颠簸而行。“我不放心把昆汀留下，”妈妈说，“我看我最好还是不要去了，T.P.。”我们穿过大门，马车也不再颠簸。T.P. 用鞭子敲着“小马后”。

“在跟你说话呢，T.P.。”妈妈说。

“要让她跑起来，”T.P. 说，“别等到我们还没有返回车棚，她就睡着了。”

“掉头，”妈妈说，“我不放心把昆汀留下。”

“这里不能掉头。”T.P. 说。过会儿，马车就开上了宽敞的路面。

“这里总可以掉头了吧，”妈妈说。

“那好吧。”T.P. 说。于是我们开始掉头。

“T.P.，你小心！”妈妈抓着我的手说。

“不管怎么说，我还是掉转头了。”T.P. 一声“吁，小马后”，我们就停了下来。

“我看你是要把我们掀翻。”妈妈说。

“接下来，您想怎么样呢。”T.P. 说。

“你那样掉头，我很害怕。”妈妈说。

“起来，小马后。”T.P. 说。于是我们又继续前行了。

“我就知道，我走以后，黛西不会照看好昆汀，”妈妈说，“我们必须快点回去。”

“快，驾。”T.P. 说着用鞭子打着“小马后”。

“T.P.，你……”妈妈抓着我说。我听见“小马后”踏蹄的声音，那明晃晃的身形从我们身边稳稳地滑过，它们的影子也在“小马后”的背上扫过。它们像车轴那明亮的顶部一样，向后移动。接着，一边的景色不动了，那里是一个竖着大兵像的岗亭，而另外一边景色还在平稳滑过，只是速度慢了下来。

“你们要去干什么？”杰生问。他双手插在兜里，耳朵上还夹着一支铅笔。

“到公墓去。”妈妈说。

“好吧，”杰生说，“我又没有不让你们去，对不对？你就是为这来找我，没别的事了啊？”

“我知道你不想去，”妈妈说，“可要是你也一起去的话，我就放心多了。”

“你有什么不放心的呀，”杰生说，“爸爸和昆汀都不能伤害你了。”

只见妈妈把手帕伸到面纱之下。“别这样了，妈妈。”杰生说，“难道你想让这个大傻瓜当众大吼大闹吗？赶车吧，T.P.。”

“走咯，‘小马后’。”T.P. 说。

“我这是造了什么孽啊。”妈妈说，“反正，过不了多久，我也随你爸爸去了。”

“好了。”杰生说。

“吁——”T.P. 说。

杰生又说：“莫里舅舅用你的名义开了五十块的支票，你要怎么办？”

“别问我，”妈妈说，“我还能说什么呢。我只是不想给你和黛西添麻烦。很快我就不在了，就该轮到你了。”

“快走吧，T.P.。”杰生说。

“走咯，‘小马后’。”T.P. 说。

车两边的形体又再往后滑动，明晃晃的，动作快而平稳，就像加迪说“我们就要睡着了”时的场景一样。

“你个臭小子，成天只知道哭。羞不羞啊。我们穿过牲口棚，畜栏的门都是敞开的。这会儿，你可不能骑小花马咯，”卢斯特说，“这泥土地还算干燥，上面还有许多尘土。屋顶也垮了下来。倾斜的窗户上满是蛛网丝。你干吗要从这边走呀，是想让球飞过来砸你的脑袋吗？”

“把你的手放在衣兜里。”加迪说，“不然它们会被冻僵的，你可不想你的手在圣诞节被冻僵，对吧。”

我们绕过牲口棚走。那头大奶牛和牛犊都站在门口，我们可以听见“小王子”“小马后”和“阿梦”在牲口棚里踏步。“如果不是这么冷，我们会骑‘阿梦’。”加迪说，“但今天太冷了，在马上也抓不稳。”

这时，我们可以看见小河沟，在冒着烟的那里。“那是他们杀猪的地方。”加迪说，“我们回去时可以走那边。”我们说着走下山坡。

“你想带上那封信。”加迪说，“你可以带上它。”她把信从她的衣兜里拿出来，并放进我的衣兜。“这是圣诞节礼物。”加迪说，“莫里舅舅想用它给帕特森夫人一个惊喜。我们必须把信带给她，不让其他人知道。现在把手乖乖放进衣兜里。”我们来到了小河边。

“真冷啊。”加迪说，“看。”她打碎水面的冰，捡起一块贴在我的脸上。“是冰。足以说明天气有多冷。”她带着我穿过去，我们爬上了山坡。“连爸爸妈妈也不能让他们知道，你知道我是怎么想的对吧。我想这对爸爸妈妈和帕特森先生来说都是惊喜，帕特森先生还给过你糖果呢。你还记得帕特森先生去年夏天给你糖果吃吗？”

一道篱笆出现在我们面前。上面的藤蔓都干枯了，被风吹得嘎吱作响。

“只是，我不明白莫里舅舅为什么不派弗什来送信。”加迪说，“弗什也不会说的。”帕特森夫人正在窗口向外看着。“你在这里等着。”加迪说，“现在就在这里等着。我几分钟后就回来。把信给我吧。”她从我的衣兜里拿出信。“把你的手放在衣兜里。”她手中拿着信翻过篱笆，走过嘎吱作响的棕黄色花丛。帕特森夫人走到门口，打开门站在那儿。

帕特森先生正在绿色的花丛中劈柴，他停下来看着我。帕特森夫人跑着穿过花园。我一看到她的眼睛，就哭了起来。“你这个傻瓜，”帕特森夫人说，“我告诉过他别再让你一个人过来。快把它给我吧。”帕特森先生拿着锄头快步过来。帕特森夫人弯身搭在篱笆上，把手伸向她，她试着翻过篱笆。“把它给我，”她说，“把它给我。”这时，帕特森先生爬过篱笆，拿到了信。帕特森夫人的裙子被篱笆挂住了。我又一次看到了她的眼睛，然后我跑下了山坡。

“那边除了房子什么也没有。”卢斯特说，“我们下到小河里。”

他们在小河里洗衣服。其中一个人在唱歌。我能闻到拍打衣服和炊烟飘过小河的味道。

“他想要干什么。”

“他不知道他想要干什么。”卢斯特说，“他以为自己想去他们打球的地方。你在这里坐好，玩你的曼陀铃。看他们在小河里玩，如果你可以看到的话。你怎么就不能和其他人一样呢。”我在河岸边坐下，他们在这里洗衣服，河边飘起了蓝色的烟雾。

“你在下面看到25分硬币之类的东西吗？”卢斯特说。

“什么25分？”

“早上我在这儿的时候还有呢。”卢斯特说，“也不知在哪儿弄丢了。从我衣兜里的洞掉出去了。要是找不到，今晚就没法看演出了。”

“你在哪里拿到25分的，小子？趁白人不注意的时候去他们的衣兜里掏来的吧。”

“是从该得的地方得来的。”卢斯特说，“那里还有好多呢。不过，我要去找那25分。你们看到过吗？”

“我对那25分没兴趣。我还有我自己的事要做。”

“过来。”卢斯特说，“帮我找找看。”

“就算他能看到，也认不出来那是25分吧。”

“他也只能帮着到处找找。”卢斯特说，“你们晚上都会去看演出吧。”

“别跟我提演出的事。洗完这些衣服，手都抬不起来了。”

“我打赌你会去的。”卢斯特说，“我打赌昨晚你也在那儿。我打赌帐篷打开的时候你们都在那儿。”

“除了我还有很多黑鬼，就是昨晚。”

“依我看，黑鬼的钱和白人的钱一样值钱。”

“白人给黑鬼钱，是因为他们早就知道，白人乐队一来就能把钱全都捞回去，这样一来，黑鬼们为了多赚一点，就会去干活了。”

“又没人叫你去看。”

“是没有，不过，我估计是他们还没想起来吧。”

“你为什么要和白人过不去呢？”

“没有和他们过不去。我走我的路，他们走他们的。我对那演出不感兴趣。”

“乐队里有人能用锯子演奏，就跟拉班卓琴一样。”

“你昨晚去过。”卢斯特说，“如果我能找到弄丢的25美分我今晚就去。”

“你该带上他一起去，我认为。”

“我？”卢斯特说，“你认为我还会在什么地方都跟他一起吗，只要他吼一声？”

“他开始吼的时候你怎么办？”

“我会抽他。”卢斯特说，他坐下来卷起工作服。他们在小河里玩。

“你们找到什么东西了吗？”卢斯特说。

“你说话怎么那么傲慢。你最好别让你奶奶听到你那样说话。”

卢斯特走进小河，他们在里面玩。他沿着河岸在水里寻找。

“早上我们在这儿的时候钱还在。”卢斯特说。

“你在哪里弄丢的？”

“就从我衣兜里的洞掉的。”卢斯特说。他们在小河里寻找。然后他们都快速站起来并停下了，接着水花四溅，他们打了起来。卢斯特拿到了钱，他们蹲坐在水里，目光穿过灌木丛，往山坡上望过去。

“他们在哪儿？”卢斯特说。

“还看不到。”

卢斯特把钱放进衣兜。他们从山坡上走下来。

“看到一个球飞过来了吗？”

“应该是掉到水里了，你们谁看到或者听到了吗？”

“没有听到什么掉水里啊。”卢斯特说，“倒是听见有东西撞到了那边的树。不知道往哪边去了。”

他们往小河里看去。

“嘁。沿着河找。它下来这里了，我看到的。”

他们沿着小河寻找，然后回到山坡上。

“你们有没有捡到那个球？”一个男孩说。

“我要那个干什么。”卢斯特说，“我没见过球。”

那个男孩走进水里，继续寻找。他转过身来，再一次看着卢斯特，又往下继续寻找。

一个人在山坡上叫“加蒂”，那个男孩便从水里出来向山坡上走去。

“你看你又开始闹了，”卢斯特说，“别闹了。”

“他现在在喊什么。”

“天知道啊。”卢斯特说，“他一开始就那样，他整个早上都如此。我想是因为今天是他生日的缘故吧。”

“他多大？”

“三十三。”卢斯特说，“今天早上刚满三十三。”

“你是说，有三十岁吗？他的样子看起来倒像是三岁。”

“我听姥姥说的。”卢斯特说，“我不知道。不论怎样，会有三十三根蜡烛插在蛋糕上。蛋糕很小，差点就插不下那些蜡烛。别张扬。到这里来。”他走过来抓住我的手臂，“你这个老疯子。”他说，“你想让我抽你是吗？”

“我打赌你不敢。”

“又不是没抽过。安静，马上。”卢斯特说，“难道我没有告诉过你不能去那里？他们会用球打你的脑袋。到这里来。”他在背后推了推我，“坐下。”我坐下来，脱掉鞋并卷起裤子。“现在，到水里去玩，看看你还吵不吵闹不闹。”

我安静下来，然后下到了水里。

罗斯库司来了，说该去吃晚饭了，可是，加迪说，*还没到晚饭时间，我不去。*

她浑身湿漉漉的。我们之前在小河里玩，加迪蹲下来弄湿了裙子，弗什说：“你把裙子弄湿了，你妈会打你的。”

“她才不会呢。”加迪说。

“你怎么知道的。”昆汀说。

“据我所知是这样。”加迪说，“你又怎么知道会呢。”

“她说过她会的。”昆汀说，“再说，我年纪比你大。”

“我七岁了。”加迪说，“也该知道了。”

“我比你大。”昆汀说，“我都上学了，对吧，弗什。”

“我明年也要上学了，”加迪说，“到那个时候我也就上学了，对吧，弗什？”

“你知道，如果你弄湿了裙子她就会打你的。”弗什说。

“裙子没湿。”加迪说，她从水里站起来，看着她的裙子，“我把它脱下来，过一会儿就干了。”

“我打赌你不会的。”昆汀说。

“我一定会。”加迪说。

“我想你最好不要。”昆汀说。

加迪向我和弗什走过来，然后转过身去。

“帮我把扣子解开，弗什。”她说。

“你真要这么做吗，弗什？”昆汀说。

“这又不是我的衣服。”弗什说。

“你快解开扣子，弗什，”加迪说，“否则我就告诉黛西你昨天做的事。”弗什便解开了扣子。

“你脱掉裙子。”昆汀说。于是加迪脱掉了裙子，扔到岸上。现在她的身上除了内衣和内裤，什么也没有了。昆汀去拍她，她便滑倒跌进水里了。当她站起来后，就开始把水往昆汀身上泼，昆汀也往加迪身上泼。有些水溅到弗什和我的身上，弗什扶起我并把我弄到岸上。他说要去告加迪和昆汀的状，于是昆汀和加迪开始朝弗什泼水。他只好躲在灌木丛后面。

“我要去向妈妈告你们两个的状。”弗什说。

昆汀爬上河岸想要抓住弗什，但没有抓住，因为弗什跑开了。昆汀回到河里之后，弗什停下来又叫喊着要去告状。加迪告诉他，如果他不去告状，她们就让他回来。于是弗什说他不告了，她们也就让他回来了。

“你现在满意了吧。”昆汀说，“我们两个都会挨打了。”

“我不在乎。”加迪说，“我会跑掉的。”

“你会逃走。”昆汀说。

“我会跑掉，不再回来。”加迪说。

我开始哭起来。加迪转过身来说“安静”，于是，我安静下来。接着他们在河里玩。杰生也一起玩。他一个人在下游更远的地方。弗什从灌木丛里过来，又把我带到河里。加迪身上全湿了，满是泥。

我哭起来，她走过来，蹲在水里。“别哭了。”她说，“我不会跑掉的。”于是我安静下来。加迪闻起来有股雨中树木的味道。

“你怎么了？”卢斯特说，“你就不能像其他人那样，好好在水里玩吗？”

“为什么你不让他待在家呢，难道他们没有告诉你别把他带出那个地方吗？”

“他还以为这草地也是他们家呢，”卢斯特说，“从房子那边也看不见这里。”

可我们看到了。谁愿意看见傻子呀。看见了都得倒霉。

罗斯库司来了，说该去吃晚饭了，但加迪说现在还没有到晚饭时间。

“现在就是了。”罗斯库司说，“黛西说你们都回去。带上他们，弗什。”奶牛在山坡上叫，他走了上去。

“也许我们回去的时候身上就干了。”昆汀说。

“全是你的错。”加迪说，“我看我们要挨打了。”她穿上了裙子，弗什帮忙扣上扣子。

“他们不会知道你弄湿了，”弗什说，“除非我或者杰生告状，不然是看不出来的。”

“你会告状吗，杰生？”加迪说。

“告谁？”杰生说。

“他不会告状的，”昆汀说，“对吧，杰生。”

“我打赌他会告状的，”加迪说，“他会告诉达姆迪[1]。”

“他不能告诉她，”昆汀说，“她病了。如果我们走慢点，他们就不会看见，因为天已经黑了。”

“我不在乎他们会不会看见，”加迪说，“我会自己告诉他们的。你把他带到山坡上吧，弗什。”

“杰生不会告状的，”昆汀说，“记得我给你做的弓和箭吗，杰生？”

“都坏了。”杰生说。

“让他去告状吧，”加迪说，“我一点儿也不在乎，把莫里背上山坡，弗什。”于是，弗什蹲下身来，我爬上了他的背。

“我们晚上看演出时见，”卢斯特说，“来吧，过来。我们要找到那25美分。”

“要是我们慢慢走，到家的时候天就已经黑了。”昆汀说。

“我不会慢慢走。”加迪说。我们走上了山坡，但昆汀还没来。他还在下面我们之前玩的小河里，我们已经走到可以闻到猪味道的地方。猪在角落里打呼噜，抽鼻子。杰生跟在我们后面来了，他把手放在衣兜里。罗斯库司在牲口棚门口给奶牛挤奶。

奶牛从牲口棚里跳出来了。

【1】这是孩子们对奶奶的昵称。——译者注

“又在叫了，”T.P. 说，“再叫几声。我自己都想叫了。哎哟——”昆汀又踢了T.P. 一脚。他把T.P. 踢进猪吃食的水槽，T.P. 躺在那儿。“好家伙。”T.P. 说，“他就是这样欺负我的。你们看到那个白人踢我了吗？哎哟——”

我没有哭，只是脚步停不下来。我没有哭，只是地面不平坦了，然后我就哭出来了。地面一直往上倾斜，奶牛都向山坡上跑。T.P. 想要站起来，但他又一次摔倒了。奶牛又向山坡下跑。昆汀牵着我的手，我们向牲口棚跑去。但它并不在那儿，我们不得不等它回来。我没有看见它回来。它跟在我们后面，昆汀把我放进牛吃食的水槽里。我抓着它。它还在走，我抓住它。奶牛又穿门而出往山下跑去。我的脚步停不下来。昆汀和T.P. 来到山坡上，他们打起来了。T.P. 掉下山去，昆汀把他拉上来。昆汀打了T.P.。我的脚步停不下来。

“站起来。”昆汀说，“你待在这里，我回来之前别走开。”

“我和班吉要回去参加婚礼。”T.P. 说，“哎哟！”

昆汀又打了T.P.。接着他开始把T.P. 按在墙上，并对着他猛打，T.P. 却在笑。

每次昆汀按着他猛打的时候，他都想叫“哎哟”，但却笑得说不出来。我不想哭了，只是停不下来。T.P. 倒在我身上，牲口棚的门都掉下来了。门掉下山坡，T.P. 被自己打到又倒下来。他仍然在笑，我也停不下来，我想要站起来，但还是倒下了，而我停不下来。弗什说：“你们别叫了。闭嘴，别叫了。”

T.P. 还在笑。他摔在门上，笑起来。“哎哟，”他说，“我和班吉要回去参加婚礼。沙普拉[1]。”T.P. 说。

“安静，”弗什说，“你在哪里得到它的？”

“地窖里拿的。”T.P. 说，“哎哟。”

【1】酒名。——译者注

“安静下来，”弗什说，“地窖哪里？”

“某个地方，”T.P. 说，他笑得更厉害了，“有一百多瓶呢，有一百万多瓶。小心啦，黑鬼，我要叫了。”

昆汀说：“把他扶起来。”

于是弗什把我扶了起来。

“喝掉这个，班吉。”昆汀说。杯子很烫。“立马安静下来，”昆汀说，“喝掉它。”

“沙普拉，”T.P. 说，“让我来喝吧，昆汀先生。”

“你给我闭嘴。”弗什说，“昆汀先生要抽你了。”

“抓住他，弗什。”昆汀说。

他们抓住我。我的下巴和衣服都很烫。“喝！”昆汀说。他们抓住我的头。我的身体里很烫，我又开始叫了。我哭了起来，我感觉身体里有些不对劲，于是哭得更厉害了，他们按着我，直到肚子不对劲的感觉停了下来，然后我就安静了。那感觉仍没有消散，紧接着出现了些人影。弗什打开门。他们走得很慢，还在地板上把空的袋子铺开。他们加快了速度，差不多够快了。快，跟上他。他们继续走，走得不快不慢。我听到 T.P. 在笑。我和他们一起走，爬上明亮的山坡。

走到山顶上，弗什把我放下来。“到这儿来，昆汀。”他往回向山下叫道。昆汀还站在小河边。他在往覆盖着阴影的小河沟扔石子。

“让这个倔小子待在这儿。”加迪说。她牵起我的手，我们继续穿过牲口棚和门。一只青蛙蹲在砖石铺成的人行道中间。加迪跨过它并用力拉了拉我。

“过来，莫里。”她说。青蛙会一直蹲在那儿，直到杰生用脚趾头踢到它。

“他会在你身上弄一个疣。”弗什说。青蛙跳走了。

“快过来，莫里。”加迪说。

“今晚他们有客人了。”弗什说。

"你怎么知道。"加迪说。

"因为灯都亮了，"弗什说，"每一扇窗子里都有灯光。"

"我认为没有客人我们也可以把所有灯都打开，如果我们想这么做的话。"加迪说。

"我打赌是客人，"弗什说，"你们最好都从后门进，悄悄溜上楼。"

"我才不在乎呢，"加迪说，"我会从他们所在的客厅正中走进去。"

"我打赌如果你这么做，你爸爸会打你的。"弗什说。

"我不在乎，"加迪说，"我会从客厅正中走。我会直接走进餐厅去吃晚餐。"

"你坐哪里？"弗什说。

"我会坐在达姆迪的椅子上，"加迪说，"她在床上吃饭。"

"我饿了。"杰生说。他超过我们，跑上了人行道。他把手放在衣兜里，然后摔倒了。弗什走过去，把他扶起来。

"你把手从衣兜里拿出来，就可以站稳了，"弗什说，"你这么胖，永远不能及时把手拿出来扶住你自己。"

爸爸在厨房的台阶上站着。

"昆汀在哪里？"他说。

"他正在回来的路上。"弗什说。昆汀走得很慢。他的T恤看上去白蒙蒙的一片。

"噢。"爸爸说。光从阶梯上照下来，落在他身上。

"加迪和昆汀相互泼水。"杰生说。

我们等待着。

"是吗？"爸爸说。昆汀来了，爸爸接着说："你们今晚在厨房里吃晚饭。"他停下来带上我，光线也照在了我身上，而我可以看见加迪、杰生、昆汀和弗什在下面。爸爸转向台阶："不过你们必须保持安静。"

他说。

“为什么我们要安静，爸爸？”加迪说，“我们有客人吗？”

“是的。”爸爸说。

“我就跟你说家里有客人吧。”弗什说。

“你没有，”加迪说，“是我说的有客人，是我说的。”

“别出声！”爸爸说。他们安静下来，爸爸打开门，我们穿过后门廊进到厨房。黛西也在那儿，爸爸把我放在椅子上，弄好围裙并拉到放晚餐的桌子上。饭菜还冒着热气。“黛西，你现在看好他们。”爸爸说，“别让他们再乱发出声音了，黛西。”

“好的，先生。”黛西说。爸爸走开了。

“记住了，现在要听黛西的话。”他在我们身后说。我把头靠在晚餐旁边，热气往我的脸上冒。

“让他们今晚听我的吧，爸爸。”加迪说。

“我不要，”杰生说，“我要听黛西的。”

“不要也得要，如果爸爸同意了，”加迪说，“让他们听我的吧，爸爸。”

“我才不，”杰生说，“我不会听你的。”

“安静，”爸爸说，“你们都要听加迪的。等他们吃完，就把他们从后面带上楼，黛西。”

“好的，先生。”黛西说。

“看吧，”加迪说，“我想你们都要听我的了。”

“你们现在都别闹，”黛西说，“你们今晚必须安静。”

“为什么我们今晚必须安静？”加迪喃喃自语。

“不关你的事。”黛西说，“到时候会让你们知道的。”她拿起我的碗。热气冒起来，弄得我的脸很痒。

“过来，弗什。”黛西说。

“什么时候，黛西？”加迪说。

“就是星期天，”昆汀说，“这你都不懂。”

“安静点，”黛西说，“没听到先生说你们要安静吗？好了，快吃饭。来，弗什，把他的勺子拿过来。”

弗什拿过来勺子，把勺子伸进碗里。勺子放到我的嘴边。热气痒痒地进入我的嘴里，这时候大家都停了下来，安静地面面相觑，之后我们又听到了声音，我哭了起来。

“那是什么？”加迪说。她把手放到我的手上。

“是妈妈。”昆汀说。勺子来了，我吃起来，然后又哭起来。

“安静。”加迪说。但我并没有安静下来，她走过来用手抱住我。黛西走过去关上了门，我们就听不见了。

“我叫你安静！”加迪说。于是我安静下来吃饭。昆汀没有吃，但杰生在吃。

“那就是妈妈。”昆汀说着，站了起来。

“你给我坐下，”黛西说，“他们有客人在那儿。你们的衣服上全是泥，不能去，加迪，你也快吃饭。”

“她在哭。”昆汀说。

“是有人在唱歌，”加迪说，“对吧，黛西？”

“你们都快吃你们的饭，听杰生先生的话。”黛西说，“上帝会让你们知道的。”

加迪说着走回她的椅子那里。“我说过了，那是聚会。”她说。

弗什说：“他已经吃完了。”

“把他的碗拿过来。”黛西说。碗已经不见了。

“黛西，”加迪说，“昆汀不吃他的晚餐了。他不是要听我的吗？”

“吃你的饭，昆汀，”黛西说，“你们都快吃完，然后离开我的厨房。”

“我不想吃了。”昆汀说。

“我叫你吃你就得吃，”加迪说，“对吧，黛西。”碗里的热气往我的脸上冒，弗什的手拿着勺子放进去，热气冒进我的嘴里，弄得我很痒。

“我一点儿也不想吃了，”昆汀说，“达姆迪生病的时候他们怎么能聚会呢？”

“他们会在楼下聚会，”加迪说，“她可以到楼梯上偷看。我穿上睡衣后也要这么做。”

“妈妈在哭，”昆汀说，“难道不是吗，黛西？”

“别来烦我了，小子。”黛西说，“你们吃完晚餐后我还要给其他人做。”

过了一会儿，连杰生也吃完了，他哭起来。

“你们几个轮着哭是吧。”黛西说。

“自从达姆迪生病而他不能和她一起睡之后，他每天晚上都这样。”加迪说。

“真是爱哭的孩子。”

“我要告你们的状。”杰生说，他哭了。

“你已经告过了，”加迪说，“现在你没有什么能告状的了。”

“你们都要准备上床睡觉了。”黛西说，她走过来，把我放下来，用热毛巾擦了擦我的脸和手，“弗什，你能把他们安静地带上楼梯吗？杰生，你快闭嘴别哭了。”

“现在上床睡觉还太早了，”加迪说，“我们从没有这么早上床睡觉过。”

“今晚就会了，”黛西说，“你们的爸爸告诉你们吃完饭就到楼上去，你们可是听到了的。”

“他说要听我的。”加迪说。

“我不会听你的。”杰生说。

“你必须听，”加迪说，“快，就是现在，你们必须照我说的做。”

“让他们安静，弗什，”黛西说，“你们都必须给我安静。”

“为什么要我们今晚这么安静？”加迪说。

“你们的妈妈不舒服，”黛西说，“你们都跟弗什上楼去，现在就去。”

“我说过妈妈在哭。”昆汀说。弗什带上我，打开通往后门廊的门。我们走出去之后弗什把门关上。我能闻到弗什的味道并感受到他。我们现在都很安静。我们不会上楼去。杰生先生要你们上楼去。他说你们都要听我的。我并不想让你们听我的。但他说你们都要。不是吗，昆汀。我可以感觉到弗什的头。我可以听见大家的出气声。不是吗，弗什。没错，正是如此。之后我让大家到门外去一会儿。弗什打开门，我们走了出来。

我们走下台阶。

“我想我们最好到弗什家去，那样他们就听不到我们的声音了。”加迪说。弗什把我放下来，加迪牵起我的手，我们沿着砖石人行道向下走去。

“快过来，”加迪说，“青蛙不见了。到现在它已经跳进花园里了。也许我们会发现另外一只。”这时，罗斯库司提着牛奶桶走过来。他往前走去了。昆汀没有和我们一起来。他坐在厨房外的台阶上。我们往弗什家的房子走去。我喜欢弗什家房子的味道。

屋子里面生着火，T. P. 裹着他的衬衫蹲在火前，他加着柴，烈火熊熊燃烧。

之后我起来了，T. P. 给我穿上衣服，我们到厨房里吃饭。黛西在唱歌，我哭起来，于是她停下来。

“别让他进这屋子，现在就带走他。”黛西说。

“我们不能去那边。”T. P. 说。

我们一起在小河里玩。

“我们不能在那里到处走，”T. P. 说，“难道你不知道妈妈说我们不能去吗？”

黛西在厨房里唱歌，我开始哭起来。

“安静。”T.P. 说，“好吧，我们去牲口棚。”罗斯库司在牲口棚挤奶。

他一边用一只手挤奶，一边抱怨。几只停在牲口棚门上的鸟看着他。一只鸟飞下来，和奶牛一起吃起东西来。T.P. 在给“小马后”和“王子”喂食，同时，我看着罗斯库司挤奶。小牛在猪圈里。它紧紧靠着金属围栏，用鼻子擦着铁丝网，发出响声。

“T.P.。”罗斯库司说。T.P. 在牲口棚里回答：“什么事，爸爸。”“阿梦”把它的头都伸到门外去了，因为T.P. 还没有来喂它。“快来，”罗斯库司说，“你来挤奶，我的右手不听使唤了。”

T.P. 过来开始挤奶。

“你为什么不去看医生？”T.P. 说。

“医生也没办法，”罗斯库司说，“在这里不行。”

“这里怎么不行？”T.P. 说。

“这里交不到好运，”罗斯库司说，“如果你喂完了，就去喂那头小牛。”

这里交不到好运，罗斯库司说。火焰在他和弗什身后忽起忽落，滑过他和弗什的脸。黛西已经把我放到床上。床的味道闻起来就像T.P.，我喜欢这个味道。

“你知道些什么，”黛西说，“你犯傻了。”

“这关犯傻什么事，”罗斯库司说，“难道这不是躺在那张床上的征兆吗？难道这不是十五年来人们在这里所见的征兆吗？”

“就当它是吧，”黛西说，“这对你和你的东西没有任何伤害，不是吗？弗什干活，弗洛尼出嫁，T.P. 也足够大了，如果你让风湿给弄垮，他就可以代替你的位置。”

“现在已经两个人了，”罗斯库司说，“多了一个人。我看到征兆了，你也是。”

“那晚我听到一只蜷缩的猫头鹰在叫，”T.P. 说，“丹也不敢去吃他的晚餐。不敢从牲口棚那儿过。天黑后就开始叫。弗什听见了的。”

“多了一个人，”黛西说，“告诉我那个人怎样才不会死去，上帝保佑。”

“死亡还算是好的了。”罗斯库司说。

“我知道你在想什么，”黛西说，“念那个名字也不能给他们带来好运，除非你在他哭泣的时候让他坐起来。”

“在这个地方他们不会有好运的，”罗斯库司说，“我从一开始就看出来了，他们给他换名字的时候我已经知道了。”

“闭上你的嘴，”黛西说。她把床罩拉起来。床罩闻起来就像T.P. 的味道。“你们现在都闭嘴，让他睡觉。”

“我看见征兆了。”罗斯库司说。

“征兆，T.P. 会为你们干完所有的活。”黛西说，“T.P. 带上他和昆汀去下面的房子，让他们和卢斯特一起玩，弗洛尼也能在那儿看着他们，T.P. 去帮帮你的爸爸。”

我们吃完了。T.P. 带上昆汀，我们往 T.P. 的房子走去。卢斯特在玩泥巴。T.P. 把昆汀放下，她也玩泥巴。卢斯特有一些线轴，他和昆汀打起来，昆汀抢到了线轴。卢斯特哭起来，弗洛尼走过来，给了卢斯特一个可以玩的罐头，于是我把线轴拿了过来，昆汀打了我，我哭了。“安静，”弗洛尼说，“你不害臊吗？抢一个小孩的玩具。”他把线轴从我手上拿走，还给了昆汀。

“好了，别闹了，”弗洛尼说，“别闹，我来告诉你。”

“快安静，”弗洛尼说，“你真该挨打了，你就欠打。”她带上卢斯特和昆汀，“到这儿来。”她说。我们去牲口棚。T.P. 在挤奶。罗斯库司坐在一个箱子上。

“他现在怎么了？”罗斯库司说。

“你现在必须让他待在这儿，”弗洛尼说，“他又打了这些小孩。

让他们玩东西。现在和T.P.一起留在这儿，看看你能不能安静一会儿。”

“现在把奶头洗干净，”罗斯库司说，“去年冬天你把那头年轻奶牛的奶都挤干了。如果再把这头挤干，它们不会再有奶了。”

黛西在唱歌。

“别去那里，”T.P.说，“难道你不知道妈妈说你不能在这儿到处走吗？”

他们在唱歌。

“过来，”T.P.说，“让我们去找昆汀和卢斯特玩，来吧。”

昆汀和卢斯特在T.P.的房子前玩泥巴。房子里有一堆火，忽起忽落。罗斯库司坐在火堆对面。

“那是三个人，感谢上帝，”罗斯库司说，“两年前我就告诉过你。在这个地方他们不会有好运的。”

“那你怎么不出去，”黛西说，她正在给我脱衣服，“你的晦气话都让弗什有去孟菲斯的想法了。这样你该满意了。”

“如果那是弗什全部的噩运。”罗斯库司说。

这时，弗洛尼进来了。

“你们的事都干完了吗？”黛西说。

“T.P.结束了，”弗洛尼说，“卡布林小姐让你们把昆汀弄上床。”

“我正尽快过来，”黛西说，“她这个时候应该知道我没有翅膀。”

“这正是我要说的，”罗斯库司说，“他们连一个小孩的名字都不能说，在这个地方他们不会有好运气。”

“好了，”黛西说，“你想把他吵醒，让他又开始哭吗？”

“养大一个小孩而他却不知道自己妈妈的名字。”罗斯库司说。

“你不要想她的事，”黛西说，“我把他们都养大，我认为我还能多养一个。安静了。如果他睡得着就让他睡。”

“你们就直接说好了，”弗洛尼说，“他不知道任何人的名字。”

“你倒是说说看，看他懂不懂，”黛西说，“他睡觉的时候，你对他说了，他一定听见了。”

“他知道的比人们能想象的多得多，”罗斯库司说，“他知道大家的时辰什么时候到，像猎狗追踪猎物一样走完。他可以告诉你们他的时辰什么时候到，如果他能说话，还能说出你的或者我的时辰。”

“你把卢斯特弄下床，妈妈，”弗洛尼说，“那孩子会让他中邪的。”

“闭上你的嘴，”黛西说，“你难道不能说点好听的吗？你听罗斯库司说，他会告诉你这是为什么，不管怎样，先进来再说吧，班吉。”

黛西推了推我，我上到床上，卢斯特已经躺在上面了。他睡着了。黛西拿了一根长条木头，放在我和卢斯特之间：“现在你们一人待一边。”

黛西说：“卢斯特那么小，你不要压着他。”

“你还不能去，”T.P. 说，“再等等。”

我们环视房子的角落，看着马车离开。

“好了，”T.P. 说。他带上昆汀，我们跑去篱笆的角落，看着他们经过。“他们走了，”T.P. 说，“看见里面那辆有玻璃窗的了吗？看他。他就躺在那里。看他。”

“来吧，”卢斯特说，“我要把这个球带回家，它在家，就不会掉。现在，先生，它是我的了。如果他们看到你带着它，会说是你偷来的。安静了。不给就是不给。你拿着又没用。你又不会玩球。”

弗洛尼和 T.P. 在门旁边的泥巴里玩。T.P. 有一个装着萤火虫的瓶子。

“你们怎么又都回来了？”弗洛尼说。

“我们家有客人，”加迪说，“爸爸告诉我们今晚要听我的。我想你和 T.P. 同样也得听我的。”

“我不会听你的，”杰生说，“弗洛尼和 T.P. 也不会。”

“我说了，他们会的，”加迪说，“但也许我不打算让他们听呢。”

“T. P. 是不会听任何人的，”弗洛尼说，“他们开始葬礼了吗？”

“什么是葬礼？”杰生说。

“妈妈没说让你别告诉他们吗？”弗什说。

“葬礼就是大家一起哭，”弗洛尼说，“贝拉·克莱大姐死的时候，他们足足哭了两天呢。”

他们在黛西的房子里哭。黛西也在哭。黛西哭的时候，卢斯特说，安静，我们安静下来。然后我又哭起来，蓝在厨房阶梯下大声长嚎起来。黛西停止了哭声，我们也停了下来。

“噢，”加迪说，“那是黑鬼。白人不会有葬礼。”

“妈妈让我们不要告诉他们，弗洛尼。”弗什说。

“告诉他们什么？”加迪说。

黛西哭了，我听到后，也开始哭，蓝也在台阶下号叫。弗洛尼在窗户边说，卢斯特，带他们下到牲口棚去，他们这样我没法做饭，把那只猎犬也带上，把他们都带出去。

卢斯特说，我才不下去，我可能会在下面碰到外公，我昨晚见到他了，他在牲口棚里向我挥手。

“我想知道你为什么不下去，”弗洛尼说，“白人也会死。我猜，你奶奶死的时候也像其他的黑人那样。”

“狗都死了，”加迪说，“南希掉到沟里的时候罗斯库司打了它一枪，他的秃鹰们过来把它撕得稀烂。”

尸骨就躺在沟里，黑色的藤蔓长满了那条黑色的沟，月光照在上面，一些人影停了下来。不一会儿，所有人都停住了，天色暗了下来，当我重新睁开眼睛的时候，我听到了妈妈的声音，还听到很多飞快的脚步声，我还能够闻到那种味道。接着，我看到了房间，我闭上眼睛，却没有一点睡意。我能够闻到那种味道。T.P. 解开了我被子上的别针。

“嘘，”他说，“嘘……”

但我还能闻到味道。T.P. 把我拉了起来，飞快地帮我穿上了衣服。

“快点，班吉。”他说，“我们现在就下去，到我们的房子里去。你要下到我们的房子里去，弗洛尼也在那里。小声点，嘘……”

他帮我系好鞋带，给我戴上帽子，然后我们一起出了门。我们走过大厅时，里面闪烁着灯光。

我们穿过大厅的时候，我听到了妈妈的声音。

“嘘……班吉，”他说，“我们马上就要出去了。”一扇门被打开了，那种味道从未如此浓烈过，一个人探出头来。他不是爸爸。爸爸生病了。

“你能把他带到房子外面去吗？”

“我们就是要出去。”T.P. 说。黛西走上了楼梯。

“嘘，”她说，“小声点。把他带下去，回家去，T.P.。弗洛尼给他准备好了床铺。你们要把他照顾好。小声点，班吉，跟着T.P. 去吧。”

她进入了传来妈妈声音的地方。

“最好把他关在那里。”那不是爸爸的声音。他关上了房门，但是我还是能闻到味道。

我们下了楼，走进外面的黑暗之中。丹坐在后院里号哭着。

“它也闻到了，”T.P. 说，“你就是用这种方法找到它的吗？”

我们沿着楼梯向下走，影子紧紧地跟在身后。

“我忘了拿你的外套了，”T.P. 说，“你本来应该穿在身上的，但是我回不去了。”

丹哭了。

“小声点。”T.P. 说。我们的影子动了起来，但是丹的影子并没有动，而是跟着他一起号哭。

“我不会把你带回家的，你再这样叫的话，”T. P. 说，“你已经够让人讨厌了，还发出这种牛蛙般的声音，走吧。”

我们沿着砖墙前行，跟我们的影子一起。猪圈的味道就像猪身上的味道一样。奶牛站在牛圈里，一边吃东西一边看着我们。这时，丹又开始叫了。

“你这样会把所有人都吵醒的，”T. P. 说，“你就不能忍一忍吗？”我们见到了正在树旁吃饭的阿梦。我们到达水边的时候，月光刚好照在水面上。

“不，先生，”T. P. 说，“马上就要到了，我们不能在这里停。走吧，看看你自己，腿都浸到水里去了。走吧，从这里走。”丹还是在哭。

黑色的沟在嗡嗡作响的草堆里凸显了出来。尸骨散落在黑色的藤蔓中。“现在，”T. P. 说道，“你想叫就叫吧，我们要在这 20 英亩牧场中度过整晚的时间，你叫得再大声也没关系。”

T. P. 在沟里躺了下来，我也坐了下来，看着秃鹰们把南希吃掉的地方，它们吃完之后便拍打着翅膀慢悠悠地走出了那条沟。

我们在下面的时候，它还在我身上呢，卢斯特说。我给你看过了的，对吧。我就在这里把它掏出来给你看的。

“你觉得秃鹰会把达姆迪吃掉，”加迪问，“你疯了吧。”

“你真是个大坏蛋。”杰生说完就开始大哭。

“你才是一个大坏蛋，”加迪说道。杰生还在哭。他的手还放在衣兜里。

“杰生会成为有钱人，”弗什说，“他一直都把自己的钱看得很紧。”

杰生还在哭。

“看，你又把他弄哭了，”加迪说，“不要哭了，杰生。秃鹰怎么可能找到达姆迪。爸爸不会让它们得逞的。秃鹰也不会把你撕烂。现在快动身吧。”

杰生站了起来：“弗洛尼说那是一场葬礼。”他说。

“不是。”加迪说道，“那是一次聚会。弗洛尼对此毫不知情。他想要的是你那些闪光的虫子，T.P.，给他拿一下。”

T.P. 把那个装着萤火虫的瓶子给了我。

“我敢打赌，如果我们到客厅窗户那边去，肯定能看到些什么，”加迪说，“这样你们就会相信我的话了。”

“我早就知道了，”弗洛尼说，“我不用看。”

“你最好闭嘴，弗洛尼，”弗什说，“妈妈会用鞭子抽你的。”

“能看到什么？”加迪问。

“我就知道，我就知道。”弗洛尼说。

“算了吧，”加迪说，“我们绕到前面去。”

我们起身行动。

“T.P. 想要他的萤火虫。”弗洛尼说。

“让他再拿一下，T.P.，”加迪说，“我们会把瓶子给你的。”

“谁叫你们不去抓的。”弗洛尼说。

“我说了你和 T.P. 也要一起去，你就让他拿着瓶子嘛。”加迪说。

“谁说我和 T.P. 必须听你的啦。”弗洛尼说。

“不听我的话，也得让他拿一下。”加迪说。

“好吧。”弗洛尼说。

“让他拿着瓶子，T.P.。我们去看他们在哭什么。”

“他们没有哭，”加迪说，“我跟你说过了，他们在聚会。他们没有哭吧，弗什？”

“我们站在那里怎么知道他们在干什么呢？”弗什说。

“好吧，”加迪说，“弗洛尼和 T.P. 不用听我的安排。但是剩下的人就得听我的。你最好带上他，弗什。天就要黑了。”

于是弗什把我背起来，我们从厨房出发。

当我们从转角往外望的时候，可以看到光线从那边照过来。T.P. 回到地下室，打开了门。

你知道下面有什么吗？T.P. 说，苏打水。我看到过杰生先生从下面上来的时候两只手都提着苏打水。你在这里等一下。

T.P. 走过去朝厨房门里张望。黛西说，你在这里找什么，班吉在哪儿。

他在外面，T.P. 说。

去看着他，黛西说。把他带到房子外面去。

好，T.P. 说，他们开始了吗？

你把那孩子看好，别让我看到他，黛西说。我还有自己的事情要做。

蛇从房子下面爬了出来。杰生说他不怕蛇，加迪说他怕蛇，但她自己不怕，弗什说他们两个都怕蛇，加迪说给我安静，爸爸就是这样的口气。

“你现在可不能哭，”T. P. 说，“要喝点这个吗？”

这东西让我的鼻子和眼睛都发痒。

“你不喝我喝，”T. P. 说，“啊，找到了。趁现在没人，我们最好再来一瓶。你给我好好待着。”

我们在窗户旁的大树那里停下了。弗什坐在潮湿的草地上。冷死我了。每一扇窗户里都透着光。

“达姆迪就在那一间屋里，”加迪说，“她现在生病了。等她好起来我们就出去野餐。”

“我知道，我知道是怎么回事。”弗洛尼说。

树木在沙沙作响，草丛也是。

“旁边那间就是我们得麻疹的时候睡的地方，”加迪说，“你和T.P. 是在哪里得的麻疹，弗洛尼？”

“我觉得就在我们住的地方。”弗洛尼说。

“他们还没有开始。”加迪说。

“他们准备开始了，”T.P. 说，“你现在就站在这里，而我要去拿那个箱子，这样我们就可以透过窗户看里面了。我们先把这些东西都喝完。”我的肚子已经咕咕直叫了。

我们喝掉了饮料，T.P. 把瓶子都扔到栅栏那边的房子下面，然后跑开了。我听到从窗户那边传来的人声，我紧紧地抓着墙壁。T.P. 把箱子拉了过来。不小心绊了一跤，他又开始笑了。他躺在那里，就在草地里笑着。他站起来，把箱子拉到窗户下面，试着忍住不笑。“我怕自己会大叫起来，”T.P. 说，“你站到箱子上看他们开始没有。”

“他们还没有开始，乐队都还没来呢。”加迪说。

“他们没有请乐队。”弗洛尼说。

“你怎么知道。”加迪说。

“我就是知道。”弗洛尼说。

“你什么都不知道，”加迪说，她走到树那边，“推我一把，弗什。”

“你爸爸不要你爬那棵树。”弗什说。

“那是很久之前的事情了，”加迪说，“我想他肯定都忘了。而且他还说过今晚得听我的。他不是说过听我安排吗？”

“我不会听你的，”杰生说，“弗洛尼和 T.P. 也不听。”

“推我一把，弗什。”加迪说。

“好吧，”弗什说，“要挨鞭子的话，你自己挨吧，我才不管呢。”他过去将加迪推到了树上的第一根枝丫上。我们看到了她屁股上的泥污。

然后她就从我们视野中消失了，只听到树木的声音。

“杰生先生说如果你把那棵树压断了他就要用鞭子抽你。”弗什说。

“我也要去告发她。”杰生说。

树不动了。我们抬头看着一动不动的树枝。

“你看到了什么。”弗洛尼小声问道。

我看到了他们。然后我看到了加迪，她的头上别着花，戴着一张发光的长面纱。

加迪。加迪。

“小声点，”T.P. 说道，“他们会听到的。快下来。”他过来拉我。“加迪。”我双手抓着墙，加迪和 T.P. 拉着我。“小声点，”他说，“别说话，快过来。”他一直拉着我。加迪说：“安静，班吉。你想让他们听到吗？快过来，我们喝点饮料，等你安静下来，我们就可以回去了。我们最好都再喝一瓶，要不然我们会大叫出来的。我们可以说这些是丹喝的。昆汀先生总是说它很聪明，我们也可以说它是条偷喝东西的狗。”

月光照到地下室的楼梯上。我们又喝了一些。

“你知道我在想什么吗？”T.P. 说，“我想有一只熊走进那扇地下室的门。你知道我要做什么吗？我直接走到它面前，往它的眼睛上啐一口唾液。在我叫出来之前把那瓶子递过来，让我堵住我的嘴。”

T.P. 坐了下来，开始大笑。地下室的门和月光跳到了一边，有什么东西打了我一下。

“轻点，”T.P. 说，他试着让自己不再发笑，“罗素他们会听到我们说话的。起来，”T.P. 对我说，“起来，班吉，快点。”他一直在催我，一直在笑，而我则试着站起来。月光中，地下室的楼梯延伸到小山上。T.P. 跑到了山上，跑进了月光里，我撞到了栅栏上，T.P. 在我后面一直不停地说“小声点，小声点”，然后他滚到了花丛中，笑着。我撞到了那个箱子。但当我试着爬到箱子上面的时候，箱子却跳开了，打中了我的后脑勺，我发出了一声喊叫，然后我哭了起来。T.P. 一直在拉我，我的喉咙也一直在发出声音。它一直在发声，我都不知道自己是不是真的在哭。T.P. 绊倒在我身上，又笑了。我的喉咙一直没停止过发出声音。昆汀踢了踢 T.P.，加迪则用她的双臂和闪亮的面纱环绕住我，我没法闻到树木的味道了，我又开始哭了。

班吉，加迪说，班吉。她又用她的双臂环住我，但是我却跑开了。

“怎么了，班吉？”她问，“是我帽子的关系吗？”她把自己的帽子摘下，又到我这里来，我又跑开了。“班吉，”她说，“怎么回事，班吉？加迪做了什么？”

“她不喜欢那套神经兮兮的打扮。”杰生说，“你以为自己长成大人了，是吗？你觉得你比其他人都要好，是吗？神经病。”

“你给我闭嘴，”加迪说。“你这个肮脏的小东西，班吉。”

“你以为你十四岁了就是一个大人了吗？”杰生说，“你觉得自己了不起了，是吗？”

“闭嘴，班吉。”加迪说，“你会把妈妈吵醒的。安静点。”

但是我并没有闭嘴，她离开的时候我也跟了过去，她在梯子那里停下，我也跟着停下。

“怎么回事，班吉？”加迪问，“告诉加迪。她无所不能。不妨试一试。”

“加达斯。”妈妈说。

“妈妈。”加迪叫道。

“你逗他干什么，”妈妈说，“把他带过来。”

我们去了妈妈的房间，她生病了，躺在那里，头上围着一块布。

“到底是怎么回事，”妈妈说，“本杰明？”

“班吉。”加迪说。她又走了过来，但是我逃开了。

“你肯定是对他干了什么，”妈妈说，“你就不能让他自己待一会儿，这样我就能安静一会儿了。把箱子给他，然后你就走开，让他一个人玩会儿。”

加迪拿了箱子，把它放到地上，并且打开。里面装满了星星。我不动的时候，它们就不动。我一动，它们就开始闪烁起来。我闭上了嘴。

然后我听到加迪走路的声音，又开始了。

“本杰明，”妈妈说，“过来这里。”我走到门那里。“你，本杰明。”妈妈说。

“怎么了？”爸爸说，“你要去哪？”

“把他带到楼下去让别人看着他，杰生，”妈妈说，“你知道我病了，不是吗？”

爸爸在我们身后关上了门。

“T.P.。”他说。

“先生。”T.P. 在楼下说。

“班吉要下来了，”爸爸说，“和他一起去。”

我走到浴室门边，听到了水声。

“班吉。”T.P. 在楼下说。

我听到了水声，一直听着。

“班吉。”T.P. 在楼下叫着。我一直听着水声。

我听到了水声，我很认真地听着。

“干吗，班吉？”她问。她看着我，我出去的时候，她用双臂抱着我。

“你又找到加迪了，”她说，“你觉得加迪刚才是跑了吗？”加迪像树一样笑了。

我们去到加迪的房间。她在镜子前坐了下来，她放下了双手，看着我。

“怎么了，班吉，怎么回事？”她问，“你不能再哭了。加迪不会走的。看这里。”她说着拿起瓶子，拔掉塞子，凑到我鼻子下面，“好甜。好香。好好闻啊。”

我转过了头，哭了，她拿着那瓶子看着我。

“啊，”她说，她放下瓶子走过来抱着我，“就这样吧。你想跟加迪说，但是你又不说。你想说但是又不能，对吧。加迪当然不会走。加迪不会走。等我换衣服。”

加迪穿上衣服又拿起了瓶子，我们一起下楼去了厨房。

“黛西，”加迪说，“班吉给你带了个礼物。”她弯下腰把瓶子放到我手里，“把瓶子给黛西，快。”加迪把我的手拉着伸出去，黛西拿走了瓶子。

“哦，真了不起，”黛西说，“我的孩子居然送给黛西一瓶香水。你快看啊，罗斯库司。”

加迪闻起来有一股树的味道。“我们不喜欢用香水。”加迪说。

她闻起来就像一股树的味道。

“过来吧，”黛西说，“你已经长大了，不能和其他人一起睡了。你现在是个大孩子了。十三岁。已经足够去莫里舅舅的房间里自己睡了。”黛西说。

莫里舅舅生病了。他的眼睛得了病，还有他的嘴巴。弗什端着盘子去给他送午饭。

“莫里说他要用枪射死那个流氓，”爸爸说，“我告诉他最好不要蛮干，最好先给帕特森说这件事。”他说完喝了一口酒。

“杰生。”妈妈说。

“射谁，爸爸？”昆汀问，“莫里舅舅为什么要射他？”

“因为他开不起一丁点儿玩笑。”爸爸说。

“杰生，”妈妈说，“你怎么能这样说。你坐在那里看着莫里中了埋伏被射伤，还要冷笑吗？”

“莫里最好不要中埋伏就是了啊。”爸爸说。

“射谁，爸爸？”昆汀问，“莫里舅舅要射谁？”

“没有谁，”爸爸说，“我又没有枪。”

妈妈开始哭了：“如果你羡慕莫里的午饭，怎么不当面跟他说。何必背着他，在孩子面前贬低他。”

“我根本就不嫌弃他，”爸爸说，“我崇拜莫里。他对于我自己的种族优越感来说是无价之宝。就算有人拿一对好马跟我换莫里我都不会换的。你知道为什么吗，昆汀？”

“不知道，爸爸。”昆汀说。

“我忘了怎么用拉丁语说‘我在阿卡迪亚了’，”爸爸说，“哈哈哈……”他说，“我开个玩笑。”他喝干了酒，把杯子倒着放下，将手搭在妈妈的肩膀上。

“不要开玩笑了。”妈妈说，“我的家人和你出身一样。莫里只是不太健康而已。”

“当然，”爸爸说，“身体不健康是所有人的大问题。在疾病中诞生、长大，在腐朽中死去。弗什。”

“先生。”弗什在我椅子后面说。

“去，拿着这细颈瓶，去打满酒。”

“再让黛西过来把本杰明带到楼上睡觉。”妈妈说。

“你是个大孩子了，”黛西说，“加迪已经不想和你一起睡了。快点吧，你该睡觉了。”看不到房间了，但我并没有停止哭泣，房间又出现了，黛西进来坐在床边看着我。

“你就不能做个好孩子不哭吗？”黛西说，“你不会哭了，对吧。那你能稍微等一下吗？”她走了出去。房门那里什么都没有。过了一会儿，加迪就出现在了那里。

“别出声，”加迪说，“我来了。”

我闭上了嘴，黛西把床单翻了过来，加迪钻进被子里。她并没有脱掉自己的浴衣。

“我这不是来了吗？”她说。黛西抱了一床床单来给她盖上，在她周围塞严实了。

“他马上就要睡着了，”黛西说，“我给你房间留盏灯。”

“好的。”加迪说着，把头放到枕头上，和我的靠在一起，“晚安，黛西。”

“晚安，亲爱的。”黛西说。房间变黑了。加迪闻起来就有股树木的味道。

我们抬头朝树里看去，她就坐在那里。

“她在看什么，弗什？”弗洛尼小声问。

“嘘。”加迪在树上说。

黛西说：“原来你们在这儿，”她从房子的转角处过来，“你干吗不听爸爸的话，上楼睡觉去，不要背着我偷偷跑出来。加迪和昆汀在哪儿？”

“我告诉过她不要爬到树上去，”杰生说，“我要去告发她。”

“谁在树上？”黛西说，她走过来朝树上看去，“加迪！”黛西说。树枝又开始摇动了。

“你个恶魔，”黛西说，“从那里下来。”

“小声点，”加迪说，“你不记得爸爸说过要我们安静吗？”她的双腿出现在视野中，黛西伸出手，把她弄了下来。

“把他们都弄过来干什么，你是不是没脑子？”黛西说。

“我可管不了她。”弗什说。

“你在那里做什么，”黛西说，“谁让你爬到房顶上的。”

“是她，”弗洛尼说，“她让我们来的。”

“谁让你听她的话的，”黛西说，“回家去，马上。”弗洛尼和T.P. 走开了。他们刚离开我们就看不到他们了。

"半夜了还跑出来，"黛西说着，把我弄起来，把我们带到了厨房，背着我偷偷溜到外面去，"你知道吗，你们错过了睡觉的时间。"

"嘘……黛西，"加迪说，"不要那么大声说话。我们安静点。"

"那你就给我闭嘴，"黛西说，"昆汀在哪儿？"

"昆汀已经气疯了，因为他今晚必须听我的，"加迪说，"他还拿着 T. P. 的萤火虫瓶子呢。"

"我猜T. P. 没有这瓶子也没关系了，"黛西说，"你去把昆汀找来，弗什。罗斯库司说看到他朝牲口棚那边跑过去了。"弗什跑了出去，消失在我们眼前。

"他们在那里什么都没干，"加迪说，"只是坐在椅子上到处张望。"

"他们自己就能做到，不需要你的帮助。"黛西说。我们穿过了厨房。

你现在想去哪里，卢斯特说。你要回去看他们打球吗？我们在那边找过了。对了，等下。你就在这里等着，我回去拿那个球。我想到了一个主意。

厨房很黑。树木在天空中看起来也很黑。丹从地下室里沿着楼梯晃晃悠悠地走了上来，咬到了我的脚踝。我在厨房到处走，月光照亮了厨房。丹也跟着我追，追到了月光里。"班吉。"T. P. 在屋子里喊道。

窗子旁边的那棵树并不黑，但是后面厚厚的灌木就很黑了。月光下，有虫子在草丛里鸣叫，发出窸窣的声音，我的影子在草丛上滑过。

"你，班吉，"T. P. 在房子里说，"你躲到哪里去了？我就知道，你又跑了吧。"

卢斯特回来了。"等一下，"他说，"听着。不要到那边去。昆汀小姐和她的男朋友在秋千架旁边。你到这边来。回来这里。班吉。”

树下好黑。丹没有过来。他一直站在月光里。我看到了秋千，又开始哭了起来。

不要待在那里，班吉，卢斯特说，你知道昆汀小姐会生气的。

这时，秋千架上有两个人，过了一会儿只剩一个了。加迪很快走了过来，在黑暗中白蒙蒙的一片。

“班吉，”她说，“你是怎么溜出来的？弗什在哪儿？”

她用手抱住我，我闭上嘴，抓住她的裙子试图拉开。

“干吗，班吉？”她说，“怎么回事，T.P.？”她喊道。秋千里坐着的那人站了起来，朝我们走过来。我又哭了，拉着加迪的裙子。

“班吉，”加迪说，“是查理。你不认识查理吗？”

“他的黑奴在哪儿，”查理问，“他们怎么又让他到处乱跑了。”

“小声点，班吉，”加迪说，“走开，查理。他不喜欢你。”查理就走开了，我停止了哭泣，手还拉着加迪的裙子。

“干吗，班吉，”加迪说，“你能让我在这里待一下跟查理说说话吗？”

“叫他的黑奴过来，”查理说。他又回来了。我更大声地哭了，还用手抓着加迪的裙子。

“走开，查理。”加迪说。查理走了过来，把手放到加迪身上。我哭得更厉害，更大声了。

“不，不，”加迪说，“别，别。”

“他不会说话，”查理说，“加迪。”

“你疯了吗？”加迪说。她的呼吸开始加快。“他能看见。不要这样。”加迪反抗着。他们的呼吸都很快。“求你了，求你了。”加迪小声说。

“把他送走。”查理说。

“我会的，”加迪说，“放开我。”

“你要把他送走吗？”查理说。

“要，”加迪说，“放开我。”然后查理走开了。

“不要哭，”加迪说，“他走了。”于是我停下了。我能感觉到她胸部的起伏。

“我必须把他带回家，”她说着抓起我的手。“我马上就来。”她小声说。

“等一下，”查理说，“让黑奴带他回去。”

“不，”加迪说，“我会回来的。走吧，班吉。”

“加迪。”查理小声地说，语气很强硬。我们继续往前走。“你最好回来。你会回来吗？”加迪和我开始奔跑。“加迪，”查理叫道。我们跑了出去，跑到了月光里，一直朝着厨房奔跑。

“加迪——”查理喊。

加迪和我一直在跑。我们跑上了厨房的楼梯，跑上了门廊，加迪在黑暗中跪下来抱着我。我听到了她的呼吸声，感到了她胸部的起伏。“我不会了，”她说，“我绝对不会再那样了。班吉。班吉。”然后她就哭了，我也哭了，我们拥抱着彼此。“不哭了，”她说，“不要哭了。我不会再那样了。”于是我闭上了嘴，加迪站起来，我们走进厨房，打开了灯，加迪开始在水池那边漱口，她漱得很用力。加迪闻起来有股树木的味道。

我一直都叫你不要到那里去，卢斯特说。他们很快就坐上了秋千。昆汀的手放在她头发上。他戴了一只红领结。

你这个老疯子。昆汀说。我要去跟黛西说你让他跟着我到处走。我要让她狠狠地抽你。

“我管不住他，”卢斯特说，“过来，班吉。”

“你管得住，”昆汀说，“你只是不管而已。你也一样跟在我屁股后面。是奶奶让你一直监视我的吗？”他从秋千里跳出来，“如果你现在不马上把他带走，让他去别处，我就要让杰生抽你。”

“我可管不着他，”卢斯特说，“如果你觉得自己做得到的话你可以试试。”

“你给我闭嘴，”昆汀说，“你要把他带走不？”

“不，让他留在这里，”他说。他戴了一个红领结。阳光照在上面反射出红色的光芒。“看这里，杰生，”他点燃一根火柴，把它放到了自己的嘴里，然后他把那根火柴从嘴里拿出来。火焰还在燃烧，“想试试吗？”他说。我走了过去。“张开嘴。”他说。于是，我张开了嘴。接着，昆汀打掉了他手里的火柴。

“去你的。”昆汀说，“你想让他哭吗？你不知道他一哭就是一整天吗？”昆汀转头对卢斯特说，“我要去黛西那里告你不看好班吉。”于是她跑开了。

“过来，小妞，”他说，“嘿，回来。我不会开他玩笑了。”

昆汀跑到了房子里，她在厨房里转悠。

“你也不是好人，”他说，“不是吗？”

“他不知道你在说什么，”卢斯特说，“他又聋又傻。”

“是吗？”他说，“他这样多久了？”

“到今天已经三十三年了，”卢斯特说，“他一出生就这样。你是来演出的吗？”

“为什么这么说？”他说。

“我以前没见过你来这里。”卢斯特说。

“好吧，那又怎样？”他说。

“不怎么样，”卢斯特说，“我今晚要去看演出。”

他看着我。

“你是那个今晚用锯子演奏乐曲的人，对吧？”卢斯特说。

“你得花钱才能知道答案，”他说，他看着我，“他们干吗不把他关起来。”他说，“你把他带出来干什么？”

“你不要这样跟我说话。”卢斯特说，“我是真的管不住他。我到这里来只是为了找丢掉的钱，找到了我就可以去看演出了。现在看起来我是没机会了。”卢斯特看着地上，“你没多的钱了，对吧。”卢斯特说。

“没有。”他说，“我没有。”

“这样的话，我猜我最好再到其他地方找找。”卢斯特说，他把手放到衣兜里，“你也不想买个高尔夫球什么的，对吧。”卢斯特说。

“什么球？”他问。

“高尔夫球。”卢斯特说，“不要多的，我只要能买票的钱就够了。”

“干什么，”他问，“我能拿它来干什么。”

“我也觉得你拿它没什么用处。”卢斯特说，“到这边来，犟驴。”他说，“过来看他们打球。拿去。你可以把它和曼陀罗花一起玩。”卢斯特捡起来递给我。它的颜色很鲜艳。

“你是从哪里搞到的？”他说。他的领结在眼光下泛着红光，我们开始往前走。

“在这堆草丛里找到的，”卢斯特说，“我还以为它就是我丢掉的钱呢。”他走过来拿走了它。

“轻点，”卢斯特说，“他看完了就会把它放回去了。”

“安尼斯·马贝尔·贝琦。”他说。他直直地看着房子。

“别出声，”卢斯特说，“他肯定会把它还回来的。”

他把它给了我，我开始哭。

“昨晚来找她的是谁？”他问。

“我不知道，”卢斯特说，“每晚都有人来，她可以从树上爬下来。

我可不爱打听这些秘密。”

“他们当中有人泄露了自己的秘密。”他说。他看着房子。他走了过去在秋千下躺下。

“走开，”他说，“不要打扰我。”

“快走吧，”卢斯特说，“你现在不要给我胡闹了。昆汀小姐肯定在黛西面前告你了。”

我们走到栅栏边，透过盘绕的花草朝里看。卢斯特在草丛里找东西。

“我在这里的时候，钱还在身上呢。”他说。我看到旗子迎风飞扬，阳光斜斜地照在一大片草地上。

“他们很快就会来的，”卢斯特说，“有一些已经到了，但他们又离开了。来吧，帮我找找吧。”

我们沿着栅栏走着。

“嘘，”卢斯特说，“他们不来，我又有什么办法。等一下。他们马上就要来了。看那边。在这里，他们来了。”

我沿着栅栏走着，女孩们把自己的书包从那里递来递去的。

“你，班吉，”卢斯特说，“回这里来。”

“你朝门外看有什么用，”T.P. 说，“加迪小姐很久以前就离开了。她结了婚，离开你。你这样做没什么用的，抓着门，哭。她听不到你的声音。”

“他想要什么，T.P.？”妈妈说，“你不能跟他玩，让他安静一会儿。”

“他想去那边看看门里是什么。”T.P. 说。

“呃，那不行，”妈妈说，“外面正在下雨。你就得和他一起玩，让他安静。本杰明。”

“没有什么可以让他安静下来，”T.P. 说，“他觉得，只要他走到门边，加迪小姐就会回来。”

“胡说。”妈妈说。

我能听到他们说话。我出了门，就听不到他们的声音了，我下楼走到门口，女孩们背着书包从大门口走过去。她们看着我，很快地走开了，她们的头转向一边。我试图喊住她们，但她们头也不回地走了，而且速度还很快。然后，她们开始奔跑，我来到围栏的转角处，我不能再往前走了，我扶着围栏，看着她们的背影，试着说话。

“你，班吉，”T.P. 说，“你在做什么，又溜出来了。你不知道黛西会用鞭子抽你吗？”

“你这样做有什么用，别在围栏这边对着她们哭，”T.P. 说，“你把那些孩子都吓到了。看看她们，她们都到街的另一边去了。”

他是怎么出去的，爸爸说。你来的时候没关门吗，杰生。

当然不是，杰生说。难道你不知道我一向都记得关门的吗。你以为我想这样的事情发生吗。这个家真是够糟的，老天啊。我可一直都在跟你讲。我觉得你现在会把他送到杰克逊那里去，不然伯吉斯真的要开枪打死他的。

别说了，爸爸说。

我可一直都在跟你讲，杰生说。

我摸到它的时候，它是开着的，我在黄昏举着它。我没有哭，我试着停了下来，看着女孩们在暮色中穿行。我没有哭。

“他在那里呢。”

她们停了下来。

“他出不来。不管怎样，反正他不会伤害任何人。来吧。”

“我好害怕，我想走马路对面。”

“他出不来的。”

我没有哭。

“不要做胆小的猫咪。来吧。”

她们走在暮色中。我没哭，我抓着栅栏。

她们慢慢地来了。

“我害怕。”

“他不会伤害你的。我每天路过这里，他只是沿着栅栏在那儿走动。”

她们过来了。我打开门，她们停了下来，转身。我试着说话，我抓住了她，试着说些什么，她尖叫着，我试着说话，什么东西在发着亮光，我看不太清，我试图摆脱它们。把它们从我面前拂走，但是又看不清楚。她们要上山去，到那个它又会跌落的地方去了。我试着哭。但是我吸气进去，却呼不出来，没法哭了，我试图不从山上掉下去，但是我却摔下了山，落到了一个明亮的、旋转着的地方。

在这里，疯子，卢斯特说。他们来了一些人。现在，不要再哭了，也不要再呻吟了。

他们走到旗帜下面。他把旗子拔了出来，他们打着球，然后他把旗帜又放了回去。

“先生。”卢斯特说。

他看了看四周。“什么？”他说。

“要买高尔夫球吗？”卢斯特说。

“让我们看看吧。”他说。他来到篱笆处，卢斯特把球递了过去。

“你从哪儿弄来的？”他说。

“我捡到的。”卢斯特说。

“我知道，”他说，“在别人的高尔夫球袋里吗？”

“我在这个院子里捡到的，”卢斯特说，“我只要25美分。”

“你凭什么认为它就是你的。”他说。

“它是我捡的。”卢斯特说。

“那你再去捡一个啊。”他说。他把它放在他的衣兜里，就走了。

“我今晚要去看演出。”卢斯特说。

“是那样吗？”他说。他走到高地那边，“让开，‘加蒂’。”他说。然后，他打了一杆。

“你真是的，”卢斯特说，“你总是吵吵闹闹的。你怎么就不能安静点呢。难道你不知道大家都对你的话感到厌倦了吗？给。把你的曼陀罗花扔掉。”他把它捡了起来，还给了我。“你需要一个新的。这个都已经坏了。”我们站在栅栏那里，看着他们。“那个白人很难相处，”卢斯特说，“你看他把我的球拿走了。”他们继续着。我们也继续沿着栅栏走。我们来到花园，不能再往前走了。我抓着围栏，透过花丛往外看。他们走了。

“现在你没什么好吵闹的了吧，”卢斯特说，“嘘，吵闹的人是我，不是你。过来。你干吗不抓着它呢。等下你就会后悔了。”他把花给了我，说，“你现在要去哪里？”我们的影子踩在草地上。他们在我们之前到达了树林。我的影子是第一个到达那里的。

然后我们到了那里，所有的影子都不见了。那里有一个装着花的瓶子。于是我把剩下的花塞了进去。

“你到底是不是大人，”卢斯特说，“还用瓶子来装杂草。你知道他们在小姐死后会怎么对你吗？他们会送你去杰克逊，那才是属于你的地方。杰生先生这样说的。你在那里可以整天跟那些疯子待在一起，整天抓着栅栏，想怎么叫就怎么叫。你觉得那样的日子怎么样？”

卢斯特打飞那些花：“你要是在杰克逊捣乱，他们就会这样对你。”

我试图拿起鲜花。可是，卢斯特站了起来，然后离开了。然后我就哭了起来。

“哭啊，”卢斯特说，“你哭得有个原因呀。好吧，那么给你一个原因。加迪。”他低声说，“加迪。你哭吧。加迪。”

“卢斯特。”黛西从厨房里喊道。

那些花又回来了。

“不哭了，”卢斯特说，“在这里，它们回来了，就像最开始的那样。好了，现在别出声。”

“你，卢斯特。”黛西说。

“是的，夫人，”卢斯特说，“我们来了。你不要捣乱了。”他猛击我的胳膊，我站起身来。我们走出树林。我们的影子都不见了。

“别哭了，”卢斯特说，“你看大家都看着你呢。不要哭了。”

“你把他放在这里。”黛西说。她走下了楼梯。

“你对他做了什么？”她说。

“没什么，”卢斯特说，“他只是又开始哭了。”

“是的，你说得对。”黛西说，“你肯定对他干了些坏事。你刚才去哪儿了？”

“在那边的香柏树下。”卢斯特说。

“你们让昆汀都愤怒了。”黛西说，“你为什么不能让他离她而去。你不知道她不喜欢他出现在视野中吗？”

“我们得到了尽可能多的时间。”卢斯特说，“他又不是我的叔叔。”

“不要顶嘴，黑鬼男孩。”黛西说。

“我没对他怎样，”卢斯特说，“他在那里玩，他突然开始又喊又哭的。”

“是你碰他的墓地了吗？”黛西说。

“我没有碰过他的墓地。”卢斯特说。

“不要骗我，孩子。”黛西说。我们走上台阶走进厨房。黛西打开火门，提了一把椅子放在前面，我坐了下来。我停住了哭泣。

你为什么要惹她生气呢，黛西说。你为什么不让他离开那里。

加迪说，他只是望着炉火。妈妈告诉他，他有了新名字。我根本就没有惹她生气。

我知道你不想，黛西说。他在房子的一边，而她则在另一边。你不要动我的东西。我不在的时候你不要碰任何东西。

“你都不害臊啊，”黛西说，“逗他玩。”她把蛋糕放在桌子上。

“我没有一直逗他，”卢斯特说，“他当时正在玩一个装满了臭甘菊的瓶子，突然就开始闹起来了。你也听到了的。”

“你没对他的花做什么手脚吗？”黛西说。

“我没有碰过他的墓地，”卢斯特说。“我要他的干什么。我只是在找我的钱而已。”

“你把它弄丢了，对吧。”黛西说。她点燃了蛋糕上的蜡烛。有些蛋糕很小块。有些是从大的上面切下来的小片。“我告诉过你要把它放好。事到如今，我猜，你是要我从弗洛尼那里再给你弄一个来吧。”

“我必须去看演出，带不带班吉都一定要去，”卢斯特说，“我才不会不分白天和黑夜地围着他转。”

“你必须做他打算要你做的事情，黑鬼男孩，”黛西说，“你听我的。”

“难道我不是一直都这样做的吗？”卢斯特说，“难道我不是一直都做他想要我做的事情吗？不是吗，班吉？”

“那你就继续这样做，”黛西说，“把他带到这里来，大吵大闹的。还惹得昆汀也生气了，现在你们都过来吃蛋糕，杰生来之前，我不希望他因为我自己花钱买的蛋糕对我指手画脚。我正在烤蛋糕，他用眼睛数着厨房里的每一个鸡蛋。接下来，你可要注意点，不要去惹他了，不然你今晚就不要去看演出了。”

黛西走了。

“你吹不灭蜡烛吗，”卢斯特说，“看我来吹。”他俯下身，鼓起了自己的脸。蜡烛灭了。我哭了起来。“嘘，”卢斯特说，“过来。在我切蛋糕的时候帮我看着火。”

我能听到时钟的声音，我能听到加迪站在我的身后，我能听到屋顶上还在下雨，加迪说。我讨厌下雨。我讨厌一切。随后，她把头放到我的腿上，她哭了，抱着我，我也哭了起来。然后，我又看着炉火，明亮、光滑的东西又出现了。我可以听到时钟和屋顶还有加迪的声音。

我吃了些蛋糕。卢斯特的手伸了过来，又拿了一块蛋糕。我能听到他吃蛋糕的声音。我看着炉火。

一根长长的线碰到我的肩膀。它一直延伸到门口，然后炉火就灭了。我哭了起来。

“你又在哭什么，”卢斯特说，“你看那里。”炉火没有灭。我停住了。

“你不能像姥姥说的那样停下来，老老实实地坐着看着火，安静一点，”卢斯特说，“你应该为自己感到羞耻。来。这里还有些蛋糕。”

“你这是在对他做什么，”黛西说，“你永远不会让他独自一人待着吗？”

“我只是试图让他闭嘴，免得打扰了卡林小姐。”卢斯特说。

“不知道什么东西又把他惹哭了。”

“我知道是什么东西让他哭了，”黛西说，“我让弗什回家的时候给你带根棍子。你试试就知道了。你已经一整天都不老实了。你是不是带他去河边了？”

“没有，”卢斯特说，“我们一直在这里，整天都在这个院子里，就像你说的。”

他的手又伸到了另一块蛋糕那里。黛西打了他的手：“你再试试，你敢试我就敢用这把菜刀把你的手砍了，”黛西说，“我敢打赌，他肯定一块都没吃到。”

“他吃了，”卢斯特说，“他跟我一样都吃了两块。你可以问他。”

“你再试试。”黛西说，“再试试。”

“这就对了。”黛西说。我觉得我又到了该哭的时候了。我也想象了莫里让我在他身上哭的场景。

加迪说：“他现在的名字叫班吉。”

“怎么会这样，”黛西说，“他出生时候用的名字还可以用，不是吗。”

“本杰明源自《圣经》，”加迪说，“这个名字比莫里更适合他。”

“怎么会是这样。”黛西说。

“妈妈说的。”加迪说。

“呵呵，”黛西说，“名称是不会帮助他的，也不会伤害他。改名字不会给人带来多好的运气。从我能记得我的名字的时候开始，我就叫黛西，而他们早就把我给忘了。”

“当它早就被人们忘了的时候，他们将如何知道你叫黛西的，黛西。”加迪说。

“就是这本书，亲爱的。”黛西说。她把它翻了出来。

“你会读吗？”加迪说。

“不会。”黛西说，“他们会为我念的。我要做的就是说一句我在哪儿就可以了。”

那根铁丝碰到我的肩膀，火就灭了。我哭了起来。

黛西和卢斯特开始打架。

“我看到你了，”黛西说，“哈，我看到了。”她把卢斯特拖到了角落处，摇晃他，“没有干什么事惹他，是不是呀？你就等着吧，等你爸爸回家。我希望自己跟以前一样年轻，要早几年，看不把你治得服服帖帖。我一定把你关在那个地窖里不让你去看今晚的表演，一定。”

“噢，姥姥，”卢斯特说，“噢，姥姥。”

我把我的手伸出去一直到以前飘着火苗的地方。

“抓住他，”黛西说，“抓他回来。”

我的手猛地缩了回来，我把它放在我的嘴里。黛西抓住我。我仍然可以听到我声音中间的时钟声。黛西打中了卢斯特的头。我的声音变得更大了。

“去拿苏打水，”黛西说。她把我的手从我的嘴里拉了出来。我的声音变得更大了。然后我试图把手送到我的嘴里，但黛西一直抓着它。我的声音变得很大。

她在我的手上洒上苏打水。

“到储藏室里去找一下，顺便撕一块挂在钉子上的破布，”她说，“安静了。你不想再让你妈妈生病，对吧。在这里，看着火。好在黛西及时让你的手没被烧伤。看着火。”她打开火门。我看着炉火，但我的手没停，我也并没有停下。我的手试图进到我的嘴里，但是被黛西抓住了。她用布把我的手包裹起来。

妈妈说：“现在是什么情况，我生病的时候都得不到安宁吗？硬要我下床去跟两个成年黑人一起照顾他吗？”

“他现在没事了，”黛西说，“他马上就会安静了。他只是烧到了一点点自己的手。”

“家里有两个这么大的黑人，却把他带回屋子，让他在那里号啕大哭，”妈妈说。

“你们肯定是故意的，明明知道我生病了。”她走了过来站在我旁边。

“嘘，”她说，“对了，你给他吃蛋糕了吗？”

“蛋糕是我买的，”黛西说，“它从来没有进过杰生的厨房。我只是给他生日做了些补偿。”

“你想用廉价商店的蛋糕毒死他吗？”妈妈说，“你正干着好事儿呢。我就永远不能有一分钟的平静吗？”

“你去楼上睡一下吧，”黛西说，“这样他马上就会安静下来了。去吧，马上。”

“要是我把他留在这里，你们就好折磨他，”妈妈说，“我怎么能在那里睡着，他还在一边号啕大哭。本杰明。安静一分钟。”

“他没有地方去了。”黛西说，“我们没有得到以前属于我们的房间。他不能留在院子里，一哭起来所有的邻居就会看到他的。”

“我知道，我知道。”妈妈说，“这都是我的错，我很快就会消失，你和杰生两个相处得更好一些。”她哭了起来。

“嘘，你可别哭，”黛西说，“不然你又该生病了。你快点回楼上。卢斯特要带他到书房和他一起玩，直到我把他的晚饭做好。”

黛西和妈妈走了出去。

“嘘，”卢斯特说，“你别吵了。你要我再把你的另一只手给烧了吗？你又没有受伤。嘘。”

“好了，”黛西说，“别哭了。”她给了我拖鞋，我停住了。“带他去书房。”她说，“如果我再听到他哭，我就要抽你。”

我们去了书房。卢斯特打开灯。窗户变黑了，在墙上高大黑暗的东西又来了，我走过去摸了摸它。它就像一扇门，唯一的缺陷就是它并不是一扇真的门。

火在我身后燃了起来，我朝火走去，坐在地板上，拿着拖鞋。

火向上跳。它落在了妈妈椅子的坐垫上。

“嘘——”卢斯特说，“你能不能安静一回，我正在这里给你生火，你却看都不看它一眼。”

加迪说："你的名字叫班吉。你听到了吗？班吉。班吉。"

"不要这样叫他，"妈妈说，"把他带到这里来。"

加迪抓着我的腋下把我抱了起来。

"起床，毛——我的意思是，班吉。"她说。

"不要抱他，"妈妈说，"你能不能把他领过来。这么简单的事情你都想不明白吗？"

"我可以抱着他。"……加迪说："让我抱着他，黛西。"

"你走吧，自己都是小不点，"黛西说，"你连一只跳蚤都提不起，你走吧，但是要保持安静，像杰生先生说的那样。"

在楼梯的顶部有一盏灯。爸爸正在那里，穿着他的衬衫袖子。他看着我们的方式就像在要我们小声点。加迪低声说："妈妈生病了吗？"

弗什放我下来，我们走进了妈妈的房间。房间里生起了一堆火。它在墙上上升和下降。在镜中反射出了一堆炉火，我能闻到疾病的味道。它坐在妈妈头上的折叠布上。她的头发散在枕头上。火苗没有烧到它，但却照在她的手上，她的戒指在跳跃。

"来吧，给妈妈道晚安。"加迪说。我们走到床前。火从镜子里跳了出来。爸爸从床上爬起来，把我举起来，妈妈把她的手放在我的头上。

"现在是什么时间？"妈妈说。她的双眼紧闭。

"还有十分钟到七点。"爸爸说。

"现在让他上床睡觉太早了。"妈妈说。

"天不亮时他会醒来的，我根本无法再承受像今天这样的折腾了。"

"是的，是的。"爸爸说，他摸着妈妈的脸。

"我知道，我什么都不会，只会给你增加负担，"妈妈说，"但我很快就会消失。然后你就可以摆脱我了。”

“嘘，”爸爸说，“我带他去楼下一会儿。”他带着我走了，“来吧，孩子。我们下楼去一会儿。我们必须保持安静，昆汀正在学习，走吧。”

加迪走了过去，俯身把她的脸贴在床上，妈妈的手伸进了火光中。

她的戒指跳到了加迪的背上。

妈妈生病了，爸爸说。黛西会带你到床上去。昆汀在哪里。

弗什过来带他，黛西说。

爸爸站在那里，看着我们走过去。我们听到妈妈在她的房间里发出的声音。加迪说“嘘”。杰生一直在楼上。他把他的双手插在衣兜里。

“你今晚一定要乖乖的，”爸爸说，“保持安静，这样你才不会打扰到妈妈。”

“我们会安静的，”加迪说，“你一定要安静，杰生。”她说。我们蹑手蹑脚地走了。

我们听到了屋顶的声音。我看到镜子里的火。加迪再次举起了我。

“来吧，过来，”她说，“你可以回到炉火边去了。嘘，安静。”

“加达斯。”妈妈说。

“别哭了，班吉，”加迪说，“妈妈让你过去一会儿，你要做个好孩子，一会儿就回来了。班吉。”

加迪把我放了下来，我停住了哭泣。

“让他留在这儿，妈妈。他看完了火苗你就可以跟他说事了。”

“加达斯。”妈妈说。加迪弯下腰，把我提了起来。我们走开了。

“加达斯。”妈妈说。

“嘘，”加迪说，“你现在还是能看到它。嘘。”

“把他带过来，”妈妈说，“他是太大了，你带着不方便。你必须停下来。你会把自己弄伤的。我们这种女人会因为体态笔直而感到骄傲。你想让自己看起来像一个洗衣妇吗？”

“他还不是太重啊，”加迪说，“我可以背着他。”

“好吧，我不希望他被人背着，而且，”妈妈说，“一个五岁的孩子，绝对不能，坐我的腿上。让他站起来。”

“如果你抱着他，他就会停下来不哭，”加迪说，“嘘。”她说，“你现在可以回去了。给你。这是你的坐垫。再见。”

“不，加达斯。”妈妈说。

“让他看，他会很安静的。”加迪说，“你起着点身子，我把垫子取出来。看那里，班吉。快看。”

我看着眼前的事物，没有哭。

“你迁就他太多了，”妈妈说，“你和你的爸爸，你们都不知道我是要为此付出代价的人。达姆迪就是这样把杰生宠坏了，他花了两年时间才长大，而我身体还不够强壮，没办法对本杰明做同样的事情。”

“您不需要为他操心，”加迪说，“我喜欢照顾他。对吧，班吉。”

“加达斯，”妈妈说，“我告诉你，不要那样叫他。你的爸爸坚持要把那个傻傻的绰号给你冠在头上就已经够糟了。昵称是庸俗的。只有普通人才使用。本杰明。”她说，“看着我。”

“本杰明。”她说。她用手拉着我的脸，把我的脸转过来对着她的脸。

“本杰明。”她说，“把坐垫拿开，加达斯。”

“他会哭的。”加迪说。

“把坐垫拿开，照我告诉你的做，”妈妈说，“他必须学会听大人的话。”

坐垫被拿走了。

“嘘，班吉。”加迪说。

“你去那边坐下，”妈妈说，“本杰明。”她捧着我的脸。

“住手，”她说，“别闹了。”

但我并没有停下来，妈妈抓住了我按在她的怀里，哭了起来，我也哭了。然后加迪拿回了垫子，把它放在妈妈的头部上方。她扶妈妈回躺到椅子上，妈妈压着红黄相间的坐垫哭了起来。

“嘘，妈妈，”加迪说，“你上楼去躺下，你生病了。我去找黛西。”她把我领到火那里，我看着明亮、光滑的东西。我能听到火和屋顶的声音。

爸爸把我背起来。他有股雨的味道。

“嗯，班吉，”他说，“你是一个好孩子。”

加迪和杰生在镜子里打斗。

“你，加迪。”爸爸说。

他们一直在打斗。杰生哭了起来。

“加迪！”爸爸说。杰生哭了。他不打了，但我们可以看见加迪在镜子里打斗，爸爸把我放了下来，开始打人了。他举起加迪。她反抗。杰生躺在地板上，哭了。他手里拿着剪刀。爸爸举着加迪。

“他把班吉所有的娃娃都弄坏了，”加迪说，“我要割断他的喉咙。”

“加达斯。”爸爸说。

“我会的，”加迪说，“我会的。”她反抗着。爸爸拉着她。她踢杰生。他滚到了角落那里，滚出了镜子前。爸爸把加迪带到了炉火旁边。他们都走出了镜子。只有火还在镜子里。就像在一扇门里燃烧着那样。

“住手，”爸爸说，“你想让正躺在她的房间里的妈妈难受吗？”

加迪停了下来：“他把我跟班吉做的所有的娃娃都弄坏了，”加迪说，“他之所以这样做完全是因为嫉妒。”

“我没有。”杰生说，他坐起来，哭了，“我不知道那些都是他的，我以为它们只不过是一堆旧报纸。”

“你怎么不知道，”加迪说，“你这样做只是……”

“闭嘴，”爸爸说，“杰生，”他说，“我明天会给你做一些的。”

加迪说：“我们做很多给你，你看这个坐垫。”

这时杰生走了进来。

班吉的二哥杰生下班后回到家，走进了书房。

“我不是一直都在告诉你，要小声点吗？”卢斯特说。

“现在又有什么事了？”杰生说。

“他这是故意捣乱，”卢斯特说，“他已经持续了一整天了。”

“那你不要去惹他就行了。”杰生说，“要是你不能让他安静下来，就带他出去，到厨房去。我们其余的人不能像妈妈那样把自己封闭在一个房间里。”

“姥姥说不能让他进厨房，要等到她吃了晚饭才行。”卢斯特说。

“然后和他一起玩，让他安静下来，”杰生说，“我工作了一整天，然后回到一个住满疯子的房子里。”他打开了那张报纸开始看上面写的东西。

你可以看看炉火，看看镜子，看看坐垫，加迪说。你不用等到吃晚饭的时候，现在就可以看着坐垫。我们听到了屋顶上的声音。我们听到了杰生在墙的另一边大声地哭泣。

黛西说：“你来了，杰生，你有没有惹他，惹了吧？”

“没有，夫人。”卢斯特说。

“昆汀在哪儿？”黛西说，“晚饭就要准备就绪了。”

“我不知道，”卢斯特说，“我没有见过她。”

黛西走了。“昆汀，”她说，在大厅里喊道，“昆汀。晚饭准备好了。”

我们能听到屋顶的声音。昆汀有股雨的味道。

杰生做了什么，他说。

他砍坏了班吉所有的娃娃，加迪说。

妈妈说，不要叫他班吉。昆汀说。他坐在地毯上靠着我们。我希望天不会下雨，他说。要不你什么都干不了。

你一直在打架，加迪说。不是吗。

没有打得太厉害，昆汀说。

加迪说，你可以这样说。爸爸看到了的。

我才不关心，昆汀说。我希望不会下雨。

昆汀说：“黛西没说夜宵准备好了吗？”

“是的。”卢斯特说。杰生看着昆汀。然后，他又开始读报纸。

昆汀走了进来。“就快准备好了。”卢斯特说。昆汀跳了下来，坐在妈妈椅子上。

卢斯特说：“杰生先生。”

“什么事？”杰生说。

“给我25分钱吧。”卢斯特说。

“干什么？”杰生说。

“我要去看今晚的演出。”卢斯特说。

“我还以为，黛西要去弗洛尼那里给你要钱呢。”杰生说。

“她去要了的，”卢斯特说，“但是我把钱弄丢了，我和班吉找了一整天。你可以去问他。”

“那你可以从他那里再借点，”杰生说，“我赚的钱都是自己工作挣来的。”他开始读报纸。

昆汀看着炉火。火在她的眼睛里也在她的嘴上。她的嘴唇红红的。

“我试着让他远离那里。”卢斯特说。

“闭上你的嘴。”昆汀说。杰生看着她。

“我告诉过你，如果我看见你再和那个要上台表演的男孩在一起，我会怎么做吗？”他说。

昆汀看着炉火。

“你有没有听到我的话。”杰生说。

“我听到了的，”昆汀说，“那么你为什么不这样做呢？”

“不用你操心。”杰生说。

“我没有操心。”昆汀说。

杰生又开始看报纸了。

我能听到屋顶的声音，爸爸向前弯着身子，他看着昆汀。

喂，他说。谁赢了。

“没有人，”昆汀说，“他们把我们拉开了。老师们。”

“对手是谁，”爸爸说，“你会告诉我吗？”

“没什么好说的，”昆汀说，“他跟我一样大。”

“那就好，”爸爸说，“你能告诉是为什么吗？”

“不为什么，”昆汀说，“他说，就算他在我的桌子里放一只青蛙，我也不敢打他。”

“哦，”爸爸说，“他接着做了什么？”

“是的，先生，”昆汀说，“然后我就打了他。”

我们听到了屋顶和火的声音，还有东西在门外抽抽噎噎的声音。

“现在十一月的天气，他到哪里去弄青蛙啊。”爸爸说。

“我不知道，先生。”昆汀说。

我们听到了他们的说话。

“杰生。”爸爸说。我们听到了杰生的声音。

“杰生，”爸爸说，“过来，别弄了。”

我们听到了屋顶、火还有杰生的声音。

“现在就给我住手，”爸爸说，“你要我抽你吗？”爸爸抬起杰生坐在他的椅子上。杰生吸溜着鼻涕。我们听到火和屋顶的声音。杰生吸溜鼻涕的声音大了一些。

“我再说一次。”爸爸说。我们听到火和屋顶的声音。

黛西说，好吧。你们所有人都可以过来吃晚饭了。

弗什有股雨的味道。他闻起来也像一只狗。我们听到火和屋顶的声音。

我们听到加迪飞快地在走路的声音。爸爸和妈妈在门口张望。加迪穿过了门，走得很快。她没有看过来。她飞快地走着。

“加达斯。”妈妈说。

加迪停下了脚步。“是的，妈妈。”她说。

“嘘，卡罗琳。”爸爸说。

“过来。”妈妈说。

“嘘，卡罗琳，”爸爸说，“让她一个人待着。”

加迪来到门口，站在那里，看着爸爸和妈妈。她的眼睛扑到我身上又转移而去。我哭了起来，很大声。我站起身来。加迪走了进来，站在那里。

她背靠墙壁，看着我。我走向她，哭了，她缩在墙上，我看见她的眼睛，我哭得更响亮了，我拉她的衣服。她把她的手拿了开去，但我拉着她的衣服。她的眼睛就开始流眼泪了。

弗什说，现在你的名字叫本杰明。你知道你的名字是怎么来的吗。

你知道他们为什么要给你改名叫本杰明吗。他们是让你变成一个有蓝色牙龈的黑鬼，妈咪说，在旧时代的你爷爷老是给黑鬼改名字，然后做了神父，当他们看着他的时候，他的牙龈也变成蓝色的了。他的牙龈以前可不是蓝色的。当怀孕的妇女在满月的时候看到了他，她们生的孩子也会是蓝色的牙龈。一天晚上，当十几个蓝色牙龈的孩子在那里跑来跑去的时候，他就再也没有回过家。负鼠猎人发现他在树林里。你知道谁吃掉了他吗。就是那些蓝色牙龈的孩子。

我们在大厅里。加迪仍然在看着我。她的手放在她的嘴上，我看着她的眼睛，哭了。我们拾级而上。她又停了下来，靠在墙上，看着我，我又哭，她继续走，我哭着跟着，她缩着靠在墙上，看着我。她打开了她的房间门，但我拉着她的衣服，我们去了卫生间，她靠在门上，看着我。然后，她把她的手臂围在她的脸上。我推她，哭了。

你对他做了什么，杰生说。为什么你不能让他独自一人待着。

我没有碰他，卢斯特说。他整天一直这样。他需要被鞭子打了。

他需要被送到杰克逊去，昆汀说。怎会有人住在这样的房子里。

如果你不喜欢他，年轻的女士，你最好就给我出去，杰生说。

昆汀说，我要去。你不要担心。

弗什说：“你过去一点，这样我就可以把我的腿烘干了。”他把我推回了一点。

“你现在不是又抱怨了吗？现在你仍然看得到嘛，你不是想看火吗？你不必像我一样出去淋雨了。你出生得幸运，你知道吗？”他在火堆前躺下。

“你知道你的名字本杰明是怎么来的吗，”弗什说，“你妈妈太为你感到骄傲了。妈咪说你给他丢脸了。”

“你就待在那里，让我烘干我的腿，”弗什说，“你知道我会做什么，我会把你的屁股的皮都剥了。”

我们听到火、屋顶和弗什的声音。

弗什快速起身，猛地抽回双腿。爸爸说：“好吧，弗什。”

“今晚我会喂他吃东西，”加迪说，“有时候弗什喂他他会哭。”

“拿这个盘子去，”黛西说，“赶紧回去喂班吉。”

“你想不想让加迪喂你吃饭？”加迪说。

昆汀说，他一定要把那只又旧又臭的拖鞋放到桌子上吗。你为什么不在厨房喂他吃东西。这就像一头猪吃过的一样。

如果你不喜欢我们的饮食方式，你最好不来的好，杰生说。

蒸汽从罗斯库司那里冒了出来。他坐在炉前。烤箱的门开着，罗斯库司把他的脚放在里面。用蒸汽洗碗。加迪轻轻把勺子放到我的嘴里。在碗的内部有一个黑点。

好了，行了，黛西说。他不会再来打扰你了。

碗里的东西下降到黑斑下面。然后碗空了。有人把它拿走了。“他今天晚上是饿了。”加迪说。碗回来了，我看不见碗底的黑点。然后，我又看到了。“他今天晚上快要饿死了。”加迪说，“你看他吃了多少。”

是的，他会，昆汀说。你送他来监视我。我恨这个家。我要逃出去。

罗斯库司说："这雨要下一整夜。"

您已经在外面很长一段时间，还差三顿饭没在外面吃，杰生说。你看我跑不跑，昆汀说。

"那么我就不知道我要做的事情是什么了，"黛西说，"我的腿关节疼得很厉害，现在我几乎都不能移动了。整个晚上都在爬楼梯。"

"哦，我也不会感到惊讶，"杰生说，"不管你做了什么我也不会感到惊讶。"

昆汀把她的餐巾纸扔在桌子上。

"闭上你的嘴，杰生。"黛西说，她走了过去，用她的手臂围着昆汀，"坐下来，亲爱的，"黛西说，"他应该感到羞耻，他总是把自己的错误扔在你头上。"

"她又开始生气了，对吧。"罗斯库司说。

"闭上你的嘴。"黛西说。

昆汀推开了黛西。她看着杰生。她的嘴唇红红的。她拿起一杯水，摇摆着她的手臂，看着杰生。黛西抓住了她的胳膊。他们打了起来。玻璃摔到了桌子上，水洒到了上面。昆汀跑走了。

"妈妈生病了。"加迪说。

"是啊，"黛西说，"这样的天气可以让任何人都生病，你什么时候才吃完，孩子？"

"你这天杀的，"昆汀说，"该死的你。"我们可以听到她跑上楼梯的声音。我们都到书房去。

加迪给我坐垫，这样我可以看看坐垫和镜子还有炉火。

“昆汀学习的时候，我们必须保持安静，”爸爸说，“你这是干什么，杰生？”

“没什么。”杰生说。

“那你还是过来玩吧。”爸爸说。

杰生从角落出来。

“你在嚼什么东西？”爸爸说。

“没嚼什么。”杰生说。

“他又在嚼。”加迪说。

“到这里来，杰生。”爸爸说。

杰生把那东西扔进火里。它被烧出嗞嗞声，变得松散，变成了黑色。然后又变成灰色。最后消失不见了。加迪和爸爸还有杰生都坐在妈妈的椅子上。杰生突然闭上了眼睛。

他的嘴动了动，像是在品尝着什么东西一样。加迪的头靠在爸爸的肩膀上。她的头发像火一样，眼里闪烁着一点点炉火的光芒。我走过去，爸爸把我举起放到椅子上，加迪抱住了我。她闻起来像树木一样。

她闻起来像树木一样。角落里一片漆黑，但我还是能够看见窗口。我蹲在那里，手里拿着拖鞋。我看不到它，但我的手能看到，我能听到黑夜一点一点降临的声音，我的手摸着那只拖鞋，但是我却没法看到自己，可我的手就可以看到它，我坐在那里，听着天色变黑。

“原来你在这里啊，”卢斯特说，“你看我得到了什么。”他给我看，“你知道我在哪里得到了它的。昆汀小姐给我的。我还知道不会看不成戏的，你在这里做什么？”

“我想你是要准备溜到外面去。难道今天你还没有哭够闹够，难道还要躲在这样的空房间里闹？过来睡觉吧，我们还可以在开始之前赶到。我不能整晚都陪你，等那大喇叭一吹响，我就得走了。”

我们没有回我们的房间。

“我们就是在这里得的麻疹，”加迪说，“今晚我们为什么要睡在这里？”

“你会在意自己睡在哪儿？”黛西说。她关上了门，坐了下来，开始脱我的衣服。杰生哭了起来。“嘘，别哭。”黛西说。

“我要和达姆迪睡。”杰生说。

“她生病了，”加迪说，“等她病好点了就可以和她一起睡了。黛西。”

“嘘——”黛西说。杰生安静了下来。

“我们的睡衣还有其他东西都在，”加迪说，“真像是搬了家一样。”

“你最好穿上睡衣，”黛西说，“你把杰生的衣服解开。”

加迪解开了杰生的衣服，杰生快要哭了。

“你想被鞭子抽吗？”黛西说。杰生停止了哭泣。

“昆汀。”妈妈在大厅里说。

“什么事？”昆汀隔着墙壁回答道。我们听到妈妈锁门。她从门外看着我们然后走了进来，走到床边，弯下腰亲吻了我的额头。

“等你让他睡下，去问问黛西反不反对我用热水袋。”妈妈说，“告诉她，如果她反对的话，我就不用了，去跟她说下我也只是想问问她的意思。”

“好的夫人，”卢斯特说，“过来。把裤子脱了。”

昆汀和弗什进来。昆汀把脸转开了。“你哭什么？”加迪说。

“嘘，”黛西说，“你脱光衣服，现在在家里，你可以回去了，弗什。”

我脱光衣服，看着自己，哭了起来。“嘘，”卢斯特说，“找他们是不会有什么好的。他们走了。你继续这样，我们是不会再给你过什么生日的。”他帮我穿上了睡袍。我停住了，然后卢斯特停了下来，他的头朝着窗户。然后，他走到窗前，朝外面看去。他回来了，挽着我的手臂。“过来，她来了，”他说，“安静点，就现在。”我们走到窗前，看着她了。它从昆汀的窗口爬出去，爬上了对面的树。我们看着树摇晃。摇晃的地方一点点往下掉，接着，那黑影离开了树，我们看着它穿过草地，然后进入我们无法看到它的地方。“来吧，”卢斯特说，“现在，你听它们的号角声。你快跟着我一起到那张床上去。”

里面摆着两张床。昆汀睡到了一张床上。他把他的脸转向墙壁。黛西让杰生和他一起住。加迪脱掉了她的衣服。

“看看你的内裤，”黛西说，“你妈没看到你，你就该感到高兴了。”

“我已经告诉她了。”杰生说。

“我想你也会的。”黛西说。

“我能从中得到什么，”加迪说，“搬弄是非的人。”

“我得到了什么。”杰生说。

“你为什么不穿上你的睡衣呢？”黛西说。她去帮助加迪脱下她紧身胸衣和内裤。“看看你啊。”黛西说，她在他们后面用加迪棉质的内裤给他擦屁股，“全都打湿了。”她说。

“但是你今晚不能洗澡了。这些给你穿上。”她给加迪穿上睡衣。加迪则爬上了床，黛西走到门口，站在那里，她手里提着灯。

“你们现在都给我安静下来，你们听见了没有？”她说。

“好吧。”加迪说，“妈妈今晚不会来，”她说，“所以，你们还是听我的。”

“是的，”黛西说，“去睡觉吧。”

“妈妈生病了，”加迪说，“她和姥娘都生病了。”

“嘘，”黛西说，“你快睡觉吧。”

房间变黑了，除了门那里。然后门也变黑了。加迪说：“嘘，莫里。”她把她的手放在我身上，这样我就变得安静了，我们听到了我们自己的声音，我们听到了黑暗的声音。

它走了，爸爸看着我们。他看着昆汀和杰生，然后他走了进来，亲吻加迪，并把他的手放在我的头上。

“妈妈病得很重吗？”加迪说。

“没有，”爸爸说，“你是不是要把莫里照顾得好好的呢？”

“是的。”加迪说。

爸爸走到门口，再次看看我们。然后房间又变黑了，他站在黑色的门那里，然后门也变黑了。加迪抱着我，我能听到我们周围的一切以及黑暗的声音，我还能闻到其他的一些东西。然后我看清楚了窗户，那里的树木发出沙沙声。然后黑暗开始慢慢扩散，一如既往以光滑而明亮的姿态，直到加迪也这样说的时候，我已经睡着了。

1910年6月2日

当窗框的影子出现在窗帘上的时候差不多到了七八点钟，那个时候我一直听着手表的声音。这是祖父的，当爸爸把它给我的时候，他告诉我说：我给你的是一切希望和愿望的陵墓；你要用它来证明所有人类经验都是错误的reducto absurdum【1】，人类所有的经验对你的祖父或者曾祖父来说不见得是有用的，对于你来说也未必是有用的。我把它送给你不是说让你记得时间，而是要你有时候忘记时间，不要想着用太多力气去征服时间。因为从来没有人能战胜时间，他说。甚至没有人和时间较量过。战场表现的只是人类自己的愚蠢和绝望，胜利是哲学家和傻子的错觉。

手表放在领盒旁边，我躺着，听着它的声音。听着它的声音，是的。我不觉得有人会刻意听手表或时钟的声音。你不必这样做。你可以忘却这种声音很长一段时间，然后在第二次嘀嗒的时候，它可以使你感到，虽然才听见声音，时间却在绵远悠长地流逝着。就像爸爸说的，在这条漫长而孤独的光射线上你可能会看到耶稣在散步，或者之类的东西。还有圣徒弗朗西斯说过死亡是他的“小妹妹”，但他却从未有过妹妹。

透过墙，我听到施里弗床里弹簧的声音，然后是他的拖鞋在地板

【1】拉丁语，意为归谬法。——译者注

上摩擦的声音。我起身走到梳妆台用我的手沿着它滑动，碰到了那块手表，并把它面朝下放着又回到了床上。但窗扇上的阴影仍然存在，我差不多能根据影子移动的情况，说出现在的时间是多少，所以我不得不把我的背朝向它，感觉自己像过去眼睛长后脑上的动物似的，我总是有这样的感觉。以后你会对养成这样一些懒惰的习惯而后悔的。爸爸说。基督没有被钉十字架：他是被一分钟转动一下的小轮子磨死的。他没有妹妹。

所以只要我知道我无法看到它，我就会开始想到底是什么时候了。爸爸说，对机械的位置进行不断地推测，这是一种心智有问题的症状。爸爸说排泄物就像出汗。我说好吧。猜测着。我继续着，也在猜测。

如果阴天一直持续，我就看着窗子，想着他对闲时习惯所说的话。如果天气持续这样的话，思考这些东西对身在新伦敦的他们来说是很不错的。为什么会变天呢？这是一个做新娘的月份，那个声音说着，*她从镜子里跑了出来，从堆积的气味中跑了出来。玫瑰。玫瑰。杰生·康普生夫妇为女儿举行婚礼。玫瑰。不像茱萸、马利筋那种贞洁的花草。我说自己就已经犯了乱伦之罪，爸爸。玫瑰。*狡猾又安详。如果你进入哈佛一年，但却没有看到赛船比赛，那你就应该找人给你退款。把它给杰生。让杰生在哈佛待上一年。

施里弗站在门口，把他的衣领翻了起来，他的眼镜上有玫瑰色的光泽，好像是洗脸时候红色的脸染上去的。“你今早打算旷课吗？”

“有那么晚了吗？”

他看了看手表。“贝尔在两分钟后就会到，我不知道已经那么晚了。”他还在看着手表，嘴里念着。“我必须快点，我不能再来一次了。上周院长就警告过我了。”他把手表放回衣兜里，然后我就没说话了。

他说：“你最好穿好你的裤子，跑着去。”他走了出去。

我站起来，到处走着，透过墙壁听到他的声音。他进入了起居室，走向门口。

“你准备好了没有？”

“还没有。你走吧，我会赶上的。”

他走了出去。大门关上了。他的脚步声沿着走廊前进着。然后，我再次听到了手表的声音。我不再四处乱逛，走到窗前，并把窗帘提到一边，看着他们朝教堂跑去，同样的人同样挣扎着，努力地把手揣进松垮的大衣袖子，同样的书和翻飞的衣领就像斯波特和洪水中的瓦砾一样。施里弗是我的丈夫。啊，让他独自一人待着，施里弗说，他去追那些女人，跟我们有什么关系呢。在南方，人们以自己是处男为耻。男孩。男性。他们对此谎话连篇。因为它对妇女的意义并不那么大，爸爸说的。他说，发明贞操的是男人而不是女人。爸爸说，这就像死亡：在这种状态下只有其他人是被排除在外的，但是要相信这并不重要，他说，这就是为什么所有的一切都那么令人感到悲伤的原因：不仅仅是童贞的问题，我说，为什么不是处子的不能是我而是她呢。他说，这也是所有这一切都那么令人悲伤的原因之一；没有什么东西值得改变，施里弗说，他不就是去追那些女人吗？我说你有没有姐妹呢？你有没有？你有没有？

斯波特在他们中间就像身在充满枯叶的街道上的鳖一样，他的衣领立到了耳朵那里，迈着他习惯性松散的步伐走来走去。他是从南卡罗来纳州来的。他喜欢在酒吧里夸耀说，他从来没有跑着进过教堂，也从来没有准时到过那里，并在四年内从未缺席过，要么是礼拜，要么是上的第一堂课上他都不穿衬衫而且脚上不穿袜子。大约十点钟的样子，他就会出现在汤普森的酒吧里，点两杯咖啡，坐下来。他从口袋里拿出袜子，他脱掉了自己的鞋子，一边把袜子穿上，一边等着咖啡冷却下来。大约中午时分，你会看到他穿着衬衫立着衣领，跟其他人一样。别人跑步超过了他，但他从来没有加快自己走路的步伐。过了一会儿四周就都空了。

一只麻雀在阳光里飞行，落到窗台上，并竖起它的头看着我。它的眼睛圆而明亮。起初，它用一只眼睛看着我，然后用另外一只眼睛来看，它的喉咙抽动的速度比任何脉冲都快。时钟开始报时了。那只麻雀不再转动眼睛，用同一只眼睛直直地看着我直到时钟不再响，就好像它也在听钟声一样。然后它拍着翅膀跳下去，飞走了。

过了 会儿，那最后的声音才停息了下来。周围保持着宁静，很长一段时间里，感觉多过了听觉。就像那些一直在响着的时钟一样，在漫长的日子里，耶稣和圣弗朗西斯谈论着他的姐妹。因为如果只是下地狱，如果所有的一切都是这样的话。如果所有的东西都会自己结束。除了她和我之外没有任何其他人。如果我们能够完成某种可怕的事情他们就会逃到地狱去躲避我们。*我犯下了乱伦，我说，爸爸，就是我，不是达尔顿·阿莫斯。在他说达尔顿·阿莫斯的时候。*达尔顿·阿莫斯。达尔顿·阿莫斯。在他把手枪放到我手里的时候我没有提到他。我不提他的原因是因为他会下地狱，我也会。达尔顿·阿莫斯。达尔顿·阿莫斯。达尔顿·阿莫斯。如果我们能做些和这个一样恐怖的事情，爸爸会说太糟了，人不能做这么可怕的事情，他们根本不能做可怕的事情，他们第二天甚至记不得今天所经历的恐怖，我说，你可以逃避掉所有的一切，而他说，啊，你可以吗。我向下看，看到我喃喃细语的骨头，还有像风一样的深深的水流，就像屋顶的风一样，很长一段时间过后，他们无法在荒凉的沙地上把骨头分辨出来。直到那天**他说起来吧**。只有烙铁才会浮上来。这并非是在你意识到没什么东西能够帮助你——宗教、骄傲，任何东西——而是在你意识到自己不需要任何帮助的时候。达尔顿·阿莫斯。达尔顿·阿莫斯。达尔顿·阿莫斯。如果我能够成为他心宽体胖的母亲，我会坐起来大笑，用我的手抓住他的爸爸，在他活着之前看着他死去。*她突然出现在门边*。

我去梳妆台上拿起手表，脸色仍然不好。我拍了拍水晶梳妆台的角落，我的手抓住了玻璃碎片，把它们放进烟灰缸，把手表扭了下来，把它们放在烟灰缸里。手表嘀嗒地走。我把正面翻过来，小轮子滚过来滚过去，我不知道有什么比这更好的了。耶稣走在加利利上，而华盛顿不讲假话。爸爸给杰生从圣路易斯博览会买回来一条漂亮的手表挂链：一块微小的漂亮的玻璃，你把眼睛眯成一条缝，就能看到摩天大楼、像蛛丝的摩天轮，还有针尖大的尼亚加拉大瀑布。表盘上有一个红色的涂片。当我看到它的时候，我的拇指开始疼痛起来。我把手表放下，走到施里弗的房间里，拿到了碘，涂在了伤口上。我用毛巾清理掉了其余部分附着在圈子上的玻璃。

我准备了两套内衣、袜子、衬衫、衣领和领带，把一切都打包好。把一切都放了进去，除了我的新衣服、一件旧衣服、两双鞋和两顶帽子还有我的书。我背着书并把它们堆到客厅的桌子上，那些是我从家里带来的，*爸爸说以前人们靠藏书来判断一个人的地位，如今却是根据他借去不还的是什么书来判断。*我听着他的声音，直到钟声停止。

我洗了澡，剃了胡子。水让我的手指又有一点点痛，所以我又用碘酒在上面涂了一遍。我把我的新衣服，把我的手表、其他衣服和配件以及我的剃须刀和刷子都放到了我的手包里，把钥匙用一张纸包着，放在一个信封里，写上爸爸的地址，并写下了两张字条，然后分别密封进信封。

影子还没有完全消失。我站在门里，看着影子在动。它以不易觉察的速度移动，匍匐到门口，将影子赶回到门里。当我听到的时候只有她已经开始移动了。在镜子里，她一下跑了过去，我感到莫名其妙。她跑得飞快，她跑出镜子的时候像云一样，她的面纱和她的高跟鞋很长，就像皑皑白雪纷飞一样，一只手紧紧地攥着新娘的礼服，还带着玫瑰的味道，声音在伊甸园上空响彻着。然后，她穿过了门廊，我听不到她的高跟鞋的声音，然后在月光下像云一样，浮影的面纱跑过草地，然后一直往吼叫的地方跑去。她的衣服拖在后面，她紧紧地抓着她的婚纱，一直往吼叫的地方跑去。T.P. 说真的好喝，班吉却在木箱下大声吼叫。爸爸起伏的胸口上穿着一件V形的胸衣。

施里弗说："怎么，你没有……你这是去婚礼还是去守灵？"

我说："我刚才起不来。"

"你穿得这么整齐当然来不及了。什么事？你觉得今天是星期天吗？"

我说："我想警方不会抓我吧，因为我穿的是新衣服。"

"你在想什么，我说的是老是在学校散步的那些学生。你是不是觉得自己太棒了而不想去学校？"

"我打算先吃饭。"在那里的影子也不见了。我踏进阳光里，再次找到自己的影子。我在影子之前先走下台阶。半小时过去了。然后，钟声停止了。迪肯也并不在邮局。我把两封信都贴上了邮票，把其中一个邮寄到了爸爸那里，把给施里弗的那个放在我里面的衣兜里。然后我记得我最后一次见到迪肯，那是在阵亡将士的纪念日，他穿着G.A.R. 的制服，走在游行队伍的中间。如果你在我待的那个角落里等待足够长的时间你就会看到他跟着游行队伍走过来。再前一次是哥伦布还是加里波第或者是某人的生日的时候。他走在街道清扫者中间，戴着一顶帽子，背着一个两英寸的意大利国旗，抽着雪茄，走在扫帚和簸箕中。但是，最后一次是G.A.R. 的时候，因为施里弗说：

"现在，看看你爷爷对那个可怜的老黑鬼所做的一切吧。"

"是的，"我说，"现在他可以一天又一天地跟在游行队伍后面，如果没有我的祖父，他还得像白人那样工作。"

我没有在其他地方看到过他了。但我从来不认识在你想找他们的时候就能找到的拥有工作的黑鬼，更不要说一个靠国家吃闲饭的黑人了。

一辆车开了过来。我坐上去了城里，去了帕克的店，吃了一顿不错的早餐。在我吃饭的时候，我听到了时钟报时的声音。但后来我想我至少需要一个小时，抓紧时间，没有什么能够比进入到机械流程的历史更为悠久的了。

当我吃完早饭，我买了一支雪茄。女孩说，那种五十分钱的是最好的，所以我买了一支点燃了它，出门走到街上。我站在那里，抽了几口，然后我把它拿在我手中，并继续向拐角走去。我路过珠宝商的窗口，我把脸转了开去。在拐角处，有两个擦皮鞋的纠缠我，一边一个，他们的声音沙哑刺耳，像乌鸦一样。我把雪茄给了其中一个人，给了另外一个人一块硬币。然后，他们就放了我。拿了雪茄的那人试图把雪茄卖给拿了钱的那个人。

天上的太阳就是一只时钟，我想当你不想做事的时候，你的身体是怎样通过某种诱骗的方式让你去做的。我能感觉到我的脖子后面的肌肉，我也能听到我的手表在我的衣兜里嘀嗒地走动，过了一段时间我把所有其他的声音都排开了，在我的衣兜里只剩下手表。我转身回到了街上，回到了那个窗口前。他在窗子后面的桌子上修表。他的头发开始慢慢不见了。在他的眼睛上戴着一片放大镜——他的脸上有一根金属管子嵌在眼眶里。我走了进去。那个地方充满了嘀嗒声，像九月草丛中的蟋蟀，我能听到一只大钟的声音，就在他的头部上方的墙壁上。他抬起头来，他的眼睛又大又模糊，透过眼镜看着我。我把我的表拿了出来，并把它交给了他。

“我打破了我的手表。”

他在他的手里把表翻转了过来：“我就说，你肯定是踩到它了。”

“是的，先生，我把它从衣柜中取出的时候掉到了地上，还在黑暗中踩到了它，但它仍然可以走。”

他把它敲开，眼睛眯成一条缝：“似乎没什么问题，但是我分辨不出来，除非让我做个完整的检查。我今天下午给你弄。”

“我过会儿再把它带来，”我说，“你能不能告诉我，橱窗中的那些手表有没有好的？”

他把我的手表握在他的手掌，抬头看着我，他模糊的眼神透过镜片看着我。

“我与一个老乡打了一个赌，”我说，“我今天早上忘了我的眼镜。”

“为什么？好吧，”他说。他放下了手表，从他的凳子上坐起来看着屏障，然后，他抬头看了看墙上的钟：“现在已经二十……”

“先不要说，”我说，“先生，请告诉我，它们中有没有好的。”

他又看着我。他坐回了凳子上，把眼镜推到了额头上。眼镜在他的眼眶上留下了一圈红色的痕迹，等痕迹消失之后，他的整张脸看起来就干净多了。“你今天是要庆祝什么吗？”他说，“船赛下周才开始，对吧？”

“不，先生。今天只是一个私人的庆祝。生日。那些表有没有好的？”

“没有。但是它们都还没有经过调试，也没有定好时间。如果你想要买一个的话……”

“不，先生。我不想买表。我们在家里已经有了一面钟了。我就想把手里的这块表修好。”我伸出了我的手。

“你最好现在就把它留在这里。”

“我稍等一会儿就会把它带回来。”他把表给了我。我把它放进了自己的衣兜里。我现在听不到它走动的声音了，其他的声音盖住了它。“我很抱歉，希望没有耽误你太多的时间。”

“没关系的。等你准备好了就把它带过来吧。你最好把今天的庆祝推迟到我们取得赛船胜利之后去。”

“好的先生，我会的。”

我走了出去，关上了门，发出叮当声。我往回看了看窗子里面。他正在透过栅栏看着我。在橱窗里放着十多只手表，它们的时间都不相同，这让我对自己这块表的时间也觉得不确定了。它们的时间都彼此不同。我听到了自己手表的声音，在我的衣兜里嘀嗒嘀嗒地走着，虽然没有人能够看到它，虽然它已经不能说明时间了，不过谁又能说明时间呢？

于是我告诉他就按照那只表吧。因为爸爸说钟表会杀死时间。他说过时间如果不存在于小小的齿轮上那么它就是死的。两只指针水平地张开，形成一定角度，就像在风中倾斜的海鸟。我肚子里都是几年来的苦水，就像黑鬼说的新月牙儿里装满水一样。钟表商人又在干活了，他把他的板凳又放下，金属管子又回到了他脸上。他的头发从中间分开。一直延伸到秃顶的部分，就像十二月被抽干了水的沼泽地。

我看到了街对面有一家五金店。我以前还不知道买熨斗是论磅买的。

“这些熨斗是十磅的。”营业员说。“十磅一只”，它们比我想象得都要大。所以我买了两只六磅重的小熨斗，因为它们绑起来的时候看起来就像一双鞋子一样。两只在一起也很重，但是我又想爸爸过去是怎么说人类经验的 reducto absurdum 的，想到我所拥有的唯一一个进入哈佛的机会。也许到了明年，我就会想也许要两年时间我才能学会学校里的东西。

但是两个熨斗确实有些重了。一辆车开了过来。我上了车。我没看到前面的标志牌。这辆车已经满员了，里面坐的都是一些读书看报的有钱人。只有一个靠着黑鬼的座位是空着的。他穿着一双干净闪亮的鞋子，手里拿着一支灭掉的雪茄烟头。我过去常想，一个南方人一定要随时对黑人保持警惕。我觉得北方人都这样认为。当我第一次来东部的时候我就一直在想你必须记住要把它们当作有色人种而不是黑人来看待，如果我没有碰到那么多的黑人孩子，和他们打交道，我要花更多的时间与精力去体会到，所有的人不管是黑人还是白人，应该按他们对自己的看法来看待他们，让他们自顾自地快活的办法。那个时候就是我意识到黑人与其说是人不如说是一种行为方式，是一种他们所处的环境中周围白人的反应。但是我最初认为自己身边没有这么多黑人我会感到失望，因为我认为北方人认为我是这样的，但是直到那天在弗吉尼亚的早上，我才知道我真正怀念的是罗斯库司，还有黛西以及其他人。我醒来的时候火车刚好停下，我起身往外看去。车子挡在了一个十字路口中间，两条从山上蔓延下来的栅栏在那里交会之后又分叉，就像一支长角上的纹理的一部分一样，在这硬硬的车辙印中，有个黑人骑着骡子，等着火车开走。他在那里待了多久我不清楚，但是他就是那样安静地坐在那里。他的头上包着一张布，就好像他和他的骡子跟栅栏和道路一样，是生在那儿的，也和小山一样，就像一个被放在那里的标志，上面写着你已经到家了。他没有用马鞍，他的双腿几乎都垂到了地面上。那头驴子看起来像一只兔子一样。我拉起了窗户。

“嘿，大叔，”我说，“是这条路吗？”

“啊？”他看着我，然后松了松那块布，把它从自己的耳朵上捞了起来。

“圣诞礼物！”我说。

“哦，真的啊，老爷。你总算是抢在我的前头了吗？”

“这次我放过你。”我从我的裤子里掏出一些钱，“但是下次要小心点。两天后过了新年我还会回来经过这条路的，到时候看着点路啊。”我把钱从窗户扔了出去，“给你自己买点东西。”

“好吧，呃……”他说。他从骡子上下来捡起硬币，在裤子上蹭了蹭。“谢谢你，我的大少爷，谢谢。”火车开动了，我把身子探出车窗，伸到寒冷的空气中。扭头往回看，看到他站在瘦得像兔子一样的骡子旁边，人和畜生都在那一动不动，看起来那么荒凉、平和。火车转过一道弯，引擎发出一阵短促的、重重的轰鸣声，他们缓缓地在我的视线中消失，还是看起来那样可怜巴巴，那样有耐心，那样无尽地宁静平和：在他们身上我看到像孩子般的笨拙和与之相矛盾的、值得信赖的、可靠的混合体，这种混合体保护着他们不可理喻地爱着他们，却又不断地掠夺他们并规避了责任与义务。然而他们用的手法太露骨简直不能称之为遁词。他们被掠夺被欺骗，却对胜利者怀着坦率而自发的钦佩，犹如一个绅士对任何一个在一场公正的比赛中打败他的人都会怀有的那种感觉。此外他们对白人的种种怪癖行为的容忍，正如祖父对调皮得完全无法预料的孙儿那样溺爱到极点，而这种感情是我早已经忘记了的。整整一天，火车穿过弯弯曲曲的山口，沿着山崖行驶，这时的旅行对我来说只有排气管和车轮的吃力的呻吟声，眼前无穷无尽的山峦逐渐与远处的天空融为一体，这时候我想起家乡，想起那个荒凉的小车站，那里泥泞的小路，黑人和乡下人不紧不慢地来来往往穿行在那个小广场上，他们背着一袋袋的玩具猴子、玩具车和糖果，一支支烟火筒从口袋里露出来，这时我的内心就像在学校听到下课铃声一样迫不及待。

我要等钟声敲响三下之后开始数数，数到 60 我会弯下一根手指，然后想着还有 14 根手指要弯，13、12、8、7……直到我突然意识到周围的一片寂静，所有人都不敢走神，我问："老师，您说什么？""你叫昆汀，对吧？"洛拉问我。接下来是更加可怕的寂静，所有人都绷紧神经，我吓得手都快抽筋了。"亨利，你告诉昆汀，是谁发现的密西西比河。""德索托。"亨利回答。这下大家的精神都放松了下来，过了一会儿我担心我刚才数得可能有些慢，便加快速度，又弯下一根手指，我又担心数得太快，便又放慢了速度，然而我又担心自己数得太慢，便再一次加快速度。就这样，我总没办法刚好在铃声打响的时候数完，双脚迫不及待在破损的地板上蹭来蹭去。那天像一块窗玻璃受到了轻轻一击，发出清脆的响声，我内心里迫不及待，却又不得不老老实实坐在那里。她站在门口，班吉。大声吼叫着。本杰明，我晚年所生的小儿子在吼叫。加迪！加迪！

我要逃离这里，他开始吼道。于是她碰了碰他，说，别出声。我不走。别出声。然后他就真的闭上嘴。黛西。

只要他想，就能知道你想要对他说的话。所以，你不必听也不必说什么。

他知道别人给他取了新名字么？他知道自己会遭遇什么霉运么？

他又何必担心他的运气呢？霉运又不会给他带来什么伤害。

要是改名换姓还是没办法改变运气怎么办？

车走走停停。我盯着窗外往来人群的头顶，他们戴着崭新的草帽，帽子上的颜色还未全然褪去。车中也有了几名主妇，她们拎着菜篮子，身着工作服的男人也开始多过那些皮鞋油光锃亮、衣领光鲜的人。

一个黑人碰到了我的膝盖。"抱歉！"他说。我挪了挪腿，让他过去。车沿着一堵墙走过，于是嘈杂喧闹的声音从墙那边反射回来，反射到把菜篮子搁在腿上的妇女那里，反射到帽子上满是脏污，拿带子系着烟斗的男人那里。我嗅到一股水腥味，于是循着墙缝，我看见了一大片水，还有两根桅杆，海鸥在半空中一动不动，好似两根桅杆中间有一根看不见的细线一般。我伸手摸了摸我的外衣，里面是一封我的亲笔信。车一停下，我便走了下去。

桥面已经升起来了，好让帆船通过。拖船紧挨着那条帆船的舷侧，冒着黑烟，牵引着它。不过，看起来那艘自己也能行驶，不过看不出是什么动力的。一名光着膀子的壮汉在前甲板上把缆绳系紧。他的身体给晒成了深棕色，如雪茄叶一般。另一名壮汉戴着没有帽顶的草帽，掌着舵。船从桥下穿行而过，没有张帆，好似白日幽灵一般。三只海鸥在船尾半空歇着，好似一根无形的线上系着的三个玩具。

桥面一合拢，我便穿行而过，走向另一边，倚靠在船库上方的栏杆上。趸船上空无一人，门也紧闭不开。过去傍晚时分运动员在这里休息，这时候他们在划船。桥的影子，栏杆的影子，还有我的影子，都平躺在河面上。我轻而易举地就欺骗了它，让它和我形影不离。这影子有五十英尺长，我只希望能够将它按在水中，淹死它，这影子就像包裹起来的鞋子，漂浮于水面之上。黑人说，溺水人的影子就在水中盯着自己。影子闪烁浮沉，如同呼吸一般，漂浮的趸船亦是如此。碎片载浮载沉，随水流相汇，冲向大海，冲进海上的洞窟中去。水流确有几分。两只六磅重的熨斗比裁缝的长柄熨斗还要沉，人类一切经验的 Reducto absurdum 嘛。黛西肯定要说浪费可耻。班吉知道达姆迪的死讯后哭得很伤心，*他嗅到了这种味道，他感觉得出来。*

拖船顺流而下，水面因拖船而分割出两道长长的波纹，波纹经过，摇晃着趸船，趸船随波摇晃，发出噗噗的声响。一阵长长的嘎吱声，门朝后打开来，两个人将赛艇拖出来，将赛艇放在水面上。好一会儿，布兰德出来了，手里拿着尾桨。他穿着法兰绒质的灰色夹克，戴着一顶呆板的草帽。不知他和他的妈妈曾经在哪儿知道了牛津的学生都穿着法兰绒戴着呆板的草帽，所以早前三个月他们给杰拉德买了一条双桨赛艇，让他穿着法兰绒，戴着呆板的草帽去划船。船库里的伙计们威胁说要去报警，可是他对此却无所谓。他妈妈开着一辆租来的车，身上穿戴的皮草活像一名北极探险家。她在时速二十五英里的风中同他告别，平稳不动的浮冰就像脏兮兮的绵羊。从那时起我就相信，上帝不仅是个上等人，是个运动员；而且他也是个肯塔基人。待他划走船后，她绕道回来，来到河边与他并驾齐驱，汽车挂着低挡位缓慢行驶。人们说，你简直不敢说这两人相熟，那两人就像国王与王后，彼此都不看对方，只顾沿着平行的轨道在马萨诸塞州行进，宛若有着各自轨道的行星。

他上了船，开始划桨。他如今成绩不错，这是应该的。有人说他母亲想让他放弃划船，去干班上别的同学不愿或不能干的事，可是这一次他表现很是固执。如果你可以把这叫作固执的话。他坐在那儿，一脸皇家贵胄般无聊的神情，金黄色的头发卷曲着，有着一双紫色的眼睛，长长的眼睫毛还有那身在纽约定做的衣服，而他妈妈则在一旁向我们炫耀杰拉德的那些马和他的黑用人，还有他的情妇们。肯塔基州的父亲以及丈夫们有福了，因为她把杰拉德带到坎布里奇来了。在城里她有一套公寓房间，杰拉德自己也有一套，另外他在大学宿舍里又有一套房间。她倒允许杰拉德和我来往，因为我总算是天生高贵，投胎时投在梅逊迪克逊线以南。另外还有少数几个人配做杰拉德的朋友，也是因为地儿不错（最低限度的要求）。至少是原谅了他们，或者不再计较了。可是自从她半夜一点钟在小教堂门口见到斯波特出来，他说她不可能是个有身份的太太，因为有身份的太太是不会在晚上这个点出来的，未来她是不会原谅斯波特的，因为他的名字很长，有五个单词，其中还有一个英国公爵的名字。我敢肯定她准是用这个想法来安慰自己的：有某个曼戈特或摩蒂默家的浪荡公子跟某个看门人的女儿有了一腿，这倒是很有可能的，先不说这是她幻想出来的还是别的情况。斯波特的确爱到处乱串；他毫无顾忌，什么也拦不住他。

小艇只剩一个黑点般大小，两只桨在阳光下变成两个闪光点，小船似乎一直在眨眼。*你有妹妹吗？没，要是有的话肯定都是贱人。你有姐姐吗？她们曾经是贱人。她来到门口的那会儿还不是*达尔顿·艾米斯，达尔顿牌衬衫。我过去一直以为它们是卡其的，军用卡其；到后来亲眼看到了才知道它们是来自中国的重磅丝绸，或者是最细腻的绒布，因为衬衫把他的脸衬得那么黑，把他的眼睛衬得那么蓝。达尔顿·艾米斯，漂亮还算是漂亮，只是略粗俗；倒像是演戏用的道具。还是纸糊的，不信你摸一摸。哦，石棉的，不是真青铜。*只是不愿在家里与他见面。*

“记住了，加迪是个女人，她的所作所为一定有身为女人的动机。”

“你干吗不把他带到家里来呢，加迪？你干吗非得像个黑女人那样在草地里，在土沟里，在丛林里，躲在黑黝黝的树丛里犯贱呢。”

半晌，我听见手表走了有一会儿了。我把身体倚在栏杆上，感觉到那两封信在我的衣服里沙沙作响。我靠在栏杆上，瞧着我的影子；我真是把我的影子骗过了。我沿着栏杆移动，可是我那身衣服也是深色的，我可以擦擦手，瞧着自己的影子，我是真的骗了它。我带着它走进码头的阴影。然后我往东边走去。

*哈佛，我在哈佛的孩子哈佛。哈佛，*她在运动会上遇到一个小男孩，脸上长满青春痘，他参加田径比赛得了奖。他偷偷地沿着栅栏走了过去，吹着口哨想把她当作小狗一样哄出去。家里人怎么哄也没法让他走进餐厅，于是她妈妈以为他会施法——只要和加迪独处，他就能把她迷得神魂颠倒。且不谈那些耍流氓的行为。*他躺在窗沿下的木箱子旁号叫着，*要是能开一辆豪华轿车，胸前纽扣眼里插着朵花那该多好。*哈佛。昆汀，这位是赫伯特。这是我在哈佛的孩子。赫伯特会当你们的大哥哥，他已经答应杰生了。*

满脸堆笑，虚情假意得就像个推销的。一张嘴满口大白牙，却似笑非笑。*我在那儿就听说过你了。*一张嘴满是虚情假意。*你想开车吗？*

进去吧，昆汀。

你来开车。

*这是她的车，你妹妹拥有全镇第一辆汽车你就不自豪？这可是赫伯特送的礼。*路易每天早上都给她上驾驶课，难道你就没读过我的信？兹定于一九一零年在密西西比杰斐逊镇为小女加达斯与悉德尼·赫伯特·海德先生举行婚礼，恭请光临。杰生·李奇蒙·康普生先生暨夫人敬启。附：八月一日之后在寒舍会客，地址为印第安纳州南湾市××街××号。施里弗说你连拆都没拆？三天，三次。杰生·李奇蒙·康普生先生暨夫人。年轻的洛钦伐尔[1]骑马出走，未免操之过

【1】苏格兰诗人沃尔特·司各特的长诗《玛密恩》中的英雄。——译者注

急，是吧？

我打南边来，你可真够搞笑的。

是啊，是在乡下的某个角落。

你很开心是吧？你就是块去马戏团的料。

我确实去了马戏团，就因为拿水冲大象身上的虱子弄瞎了眼睛。这些乡下姑娘。你永远不会告诉她们吧，是不？好吧，至少拜伦还从未美梦成真过，谢天谢地。别打眼镜。你都不拆开吗？那封信躺在桌子上，每只角上都点着一支蜡烛，两朵假花捆在一个粉红色吊袜带上。别往人家的眼镜上打呀。

乡下人真是可怜，他们绝大部分从未见过汽车按喇叭。所以加达斯她都不愿把眼睛转过来看我，他们会离开的，他们连正眼都不瞧我。要是你伤了其中的哪一个，你们的父亲是会不高兴的。赫伯特，我会同你父亲说去买一辆汽车，你把汽车开来我真有点为难，当然我坐着兜风挺痛快的，咱家倒是有一辆马车，可是每逢我要坐着出去，康普生先生总是让黑人们干这干那，我要是说两句话啊，那可就翻了天了。他坚持要让罗斯库司专门伺候我，随叫随到，不过我也明白，这会是什么意思，我知道人们做出许诺仅仅是为了抚慰自己的良心，你是不是也会这样对待我的宝贝小女儿呀，赫伯特？不过我知道你是不会的。赫伯特简直把我们全都惯坏了。昆汀，我给你的信中不是说了吗？他打算让杰生把高中念完，然后才会进他的银行。杰生一定会成为一个了不起的银行家。在我这些孩子中，只有他有头脑，这一点还多亏我，因为他继承了我娘家人的特点，其他几个可全都是十足的康普生家的脾气。*杰生拿出面粉来。他们在后廊上做的风筝每只卖五分，他一个，还有帕特森家的男孩。杰生管账。*

这辆车上倒没有黑人，一顶顶尚未掉色的草帽在车窗外匆匆流逝。是去哈佛的。我们卖掉了班吉的东西，他躺在窗子下面的地上，大声吼叫。我们卖掉了班吉的牧场，好让昆汀去上哈佛，他是你的好弟弟。你们的小弟弟。

你们应该有一辆汽车，它会给你们带来无穷无尽的好处，昆汀，你说是不是呀？你瞧我马上就叫他昆汀，我曾经叫他昆汀。你知道，加达斯对我说了很多他的事情。

你为什么不这么看？我要我的孩子不只是和彼此做朋友，对，我要加达斯和昆汀不只是做朋友。*爸爸，我下了决心*。要是你没有兄弟姐妹，多可怜啊。*没有姐妹，没有姐妹，没有姐妹*。别去问昆汀，他和康普生先生都感到受了些侮辱，我竟然如此强势，敢坐下来谈。现在我是有点发火了。等这件事全部过去之后，我会付出代价的。你已经把我的小女儿带走了。我本就没有妹妹。*如果可以，妈妈，妈妈。*

除非我按照本意，把你带走，我想康普生先生追不上来。

啊，赫伯特·加达斯，你听到了吗？*她根本不看我，没有那种温柔的眼光，撇过脸去不肯回头。*你也不必嫉妒，只不过是个老女人，他在对一个成年已婚女人献殷勤。不敢相信。

真是荒谬。你真的看起来就像老了好多岁。加达斯，你脸颊红润得就如同少女一样。*一脸责备，泪水肆流。空气中弥漫着樟脑和泪水的味道。昏暗的门后总有轻声哭泣的声音。周围是傍晚的金银花香。把空箱子从阁楼上搬下来，就像在搬棺材一样。弗兰奇·里克。盐渍土里看不到死亡。*

我不戴没漂白的帽子，也从不戴帽子。我可以三年不戴帽子。但在以前却不能，我总戴帽子。如果没有了我，也没有哈佛，还会有帽子吗？父亲曾说，在那里，思想的最高境界就如枯萎的草藤紧抓着旧墙砖。那时没有哈佛。至少在我看来没有。又一次，比以前更悲哀。又一次，最悲哀。又一次……

斯波特穿了件衬衫，肯定是。我又能看到自己的影子，可能是不小心，那时踩到了水坑。我应该再踩一下我那无动于衷的身影。但没有姐妹。我不会这样。我不会让我的女儿受人监视。不会。

*我怎么才能让他们听我的话，你一直在教他们不要尊敬我，不要理睬我的期望。我知道你看不起他们。但是，有没有什么理由能教我的孩子——我自己的孩子，我为之受尽磨难——不要尊敬我。*用高跟鞋将我影子的骨头踩进混凝土里，我听着手表，隔着外衣触摸着那几封信。

不管她做了什么，不管你怎么想，我都不会让你、昆汀或是任何人监视我的女儿。

起码你要承认，监视她是另有原因。

我不会，我不会。*我知道你不会。我不想把话说得这么尖刻，但是，女人本就不尊重彼此，也不尊重自己。*

但她为什么要这样？我踩上自己的影子，钟响了，这才一刻钟。到处都找不到执事。想着我会，我可以。

那不是她的本意，这就是女人的行事方式，只是因为她爱加迪。

*路灯下了山坡，然后又返回小镇。*我踏上影子的小腹部分。可以伸手穿过去。*感觉父亲就在我身后，就在夏季焦躁的黑暗里，八月这些街灯啊。*父亲和我一同保护女人不受彼此伤害，也不受自己伤害，是我们的女人。*女人对人不了解，这一点我们一致同意。她们只是天性多疑，频繁梳洗，也总没错。喜欢邪念，对它百依百顺，亲密无比，就像睡觉时拉被子一般，不停想着，直到它达到目的。不管它是否存在。*他和两名新手一起，还没从阅兵式中回过神来，给我敬了个礼，颇有向上级军官行礼的样式。

“我想和你聊一聊。”我说着停下了脚步。

“和我？好啊。再见，伙计，”他也停下答道，又转过来，“和你说话很愉快。”那就是执事，浑身都透着那股气势。说一下你那些天生的心理学吧。他们说他从每学期初，四十年里从来没有误过一次火车；而且一眼就能看出谁是南方人，从来没有说错过；只要你说话，他就能说出你来自哪个州。他接车有一套常用制服，那是《汤姆叔叔的小屋》里的衣服，补丁什么的都有。

“对，没错。请走这边，少爷，我们到了，拿上您的包。”“就是这里，孩子，过来，拿着这些包。”于是，一座移动的行李山慢慢靠过来，露出一个约十五岁的白人男孩。值日生不知为何，再挂了一个包在他身上，然后把他带出去。“现在，注意些，别把它弄掉了。是的，少爷，只要把你的房间号给这个老黑鬼就行了，你到了之后它就会好一点了。”

从那以后，他会时常进出你的房间，无所不在，喋喋不休，直到你完全服从，尽管随着他的服饰档次越来越高，他的行为举止也日趋北方化。直到最终他让你流血，直到你更明白当他叫昆汀或其他的名字时，是在叫你。你下次再见到他时，他会穿着被人丢弃的布鲁克斯品牌的套装，戴着一顶参加普林斯顿俱乐部用的帽子。至于帽圈，我忘了，只知道是别人给他的，说是亚伯罕·林肯军用饰带的一部分，他很高兴，深信不疑。几年前，那时他第一次离开家来到大学，有人散播消息，说他是从神学院毕业的。他后来细想这背后意味，竟看得很开，亲自转播。他最后肯定也信以为真了。总之，就未毕业时的生活，他说了一大篇无关紧要的逸事。熟悉地说着已故教授的姓名，却常常叫错。但对无数天真孤寂的新生而言，他俨然是他们的良师益友。我想，凭着那一通巧妙的诡辩和伪善，他简直恶臭无比，直冲鼻腔。

“有三四天没见你了，”他说，依旧用那军人眼光看着我，“你病了？”

“不，我很好。只是在忙。但我见过你。”

“你见过我？”

“在第二天的阅兵式。”

“哦，阅兵式。是，我在。你知道，我根本不关心那档子事，但男孩们喜欢我陪他们一起，那些老兵也是。你知道的，女士们希望所有老兵都出场。所以我只能答应他们。”

“那次过节也见过，”我说，“我想，你当时在给基督教妇女禁酒会帮忙。”

“那次？我当时是为了我的女婿。他打算在市区部队里谋份差事。去扫大街。我跟他说，他只要拿着扫帚睡大觉就行了。你看到我了，对吧？”

“对。两次都看见了。”

“我是想说，你看到我穿军服了。我穿起来怎么样？”

“看起来不错。比其他人好看。他们应该让你当上将，执事。”

他轻微地碰了下我的手臂，他的手是那种又老又轻的黑人的手。“听着，这不能对外面的人说，我不介意告诉你是因为，不管怎么说，你我都是自己人。”他向我靠近了一些，快速地说，眼睛却没有看着我，“现在我是要放长线钓大鱼。等到明年，咱走着瞧。你就会看到我在哪里游行，我不必告诉你我会怎么做；我只会说，等着看吧，我的孩子。”这时，他的眼睛才开始盯着我，轻轻地拍了拍我的肩膀，身体利用脚后跟转了回去，还在不停地向我点头。“是的，先生。三年前我改为民主党是有目的的。我的女婿在这里为政府工作；我呢——是啊，先生。如果改为民主党的话就能够让那个狗崽子去工作……至于我呢，从两天前开始算起，一年之后您就站在那边的那个角落等着瞧吧。”

“但愿如此。这是你应得的，执事。对了，我想起一件事来——”我从口袋里掏出一封信，“明天把这封信拿到我的宿舍，交给施里弗。他会给你一些东西，不过一定要等到明天，记住了啊。”

他接过信，仔细观察了一番：“这是封好的。”

“是的，信在里面，不到明天可别拆啊。”

“嗯，”他说，他盯着信封，噘起嘴巴，“您是说会有东西给我？”

“是的，我为你准备的一份礼物。”

这时，他开始盯着我，阳光下，白色的信封在他那双黑手中被衬得尤其白。他的眼神很温柔很纯真，瞳孔是棕色的。突然我发现罗斯库司正看着我，那个躲在白人哗众取宠的制服里，以及白人的政治和哈佛派后面的，羞怯、神秘、口齿不清而又悲哀的罗斯库司。“您不是在跟这个黑鬼开玩笑吧？”

“你知道我不会的。难道你曾经被哪个南方人戏弄过吗？”

“您是对的，南方人都是社会名流。可是没法跟他们一起生活。”

“你试过吗？”我说。但是罗斯库司已经走了。再一次，执事又恢复成他长期教唆自己在世人面前所表现的那副模样，自大、虚伪，却不算太粗鲁。

“我会满足你的要求的，我的孩子。”

“一定要等到明天，记住了。”

“当然，”他说，“知道了，我的孩子。嗯——”

“我希望——”我说。他低头看着我，既和蔼又深沉。突然，我伸出手去，和他握了握手，从他那对市政和军队充满幻想的高度来看，他显得很庄重。“你是个好人，执事，我想……你在各个地方帮助过许多年轻人。”

“我对所有人都还挺不错，”他说，“我不会把人们划分为三六九等，对于我而言，不管我在哪里遇到他，人就是人。”

“我希望你的人缘能够一直都这么好。”

“我和那些年轻人相处得挺好。他们也不会忘记我。”他一边晃着信封，一边说道。他把信放在口袋里，然后扣紧他的外套。“是的，先生，”他说，“我一直都有很多朋友。”

钟声再次响起，半个小时过去了。我站在影子的肚子那里，听着钟声，顺着阳光，在稀疏而又安静的叶子中回荡。钟声不停地回荡，宁静而又安详。即使是在这个随处都能见到新娘的好月份里，钟声也总是充满了秋天的味道。*躺在窗户下面的地上咆哮*，他看了她一眼就明白了。从婴儿们的口中，街灯和钟声都静止了。我回到邮局，将我的影子印在人行道上。*走下山后，又走在通往城镇的坡上，就像是挂在墙上，一盏比一盏高的灯笼*。父亲说，因为她爱加迪，她是通过爱人们的缺点这种方式去爱人的。莫里舅舅叉开双腿站在壁炉前，他不得不将一只手从火前移开一段时间，好举杯庆祝圣诞节。杰生跑了一会儿就摔倒在地上，他的手插在口袋里，看上去就像是一只被绑住翅膀的鸟，直到后来，弗什才将他抱了起来。*你为什么不把手从口袋里伸出来，这样你跑的时候就不容易摔跤了*。躺在摇篮里，不停地晃着脑袋，后脑勺都给磨平了。加迪告诉杰生和弗什说，莫里舅舅之所以不工作是因为他小时候总是躺在摇篮里滚着脑袋，后脑勺给滚平了。

施里弗蹒跚地走了过来，胖乎乎的，一副认真的表情。他的眼镜在不断飘落的叶子下闪着光，如同水池一般。

“我给了执事一个字条，让他取些东西。今天下午我可能不在，所以这些东西你一定要等到明天再给他，可以吗？”

“好啊。”他盯着我说，“说吧，你今天到底在干什么？穿得整整齐齐地晃来晃去，像是寡妇在殉夫似的。早上你去上心理学课了吗？”

“我什么都没做。记得明天再给他。”

“你手里拿的是什么？”

“没什么，一双我拿去打了鞋掌的鞋子。一定要明天再给他，你听到了吗？”

“好了，知道了。哦，对了，桌子上有一封信，早上你拿了吗？”

“没有。”

“在桌子上。是塞米拉米司寄来的。十点以前车夫送过来的。”

“知道了。我一会儿去拿。不知道她这次又要搞什么鬼。”

“我猜是又要组织一次演奏会吧。得啦达达吉拉德布拉。‘鼓再敲响一些，昆汀’。上帝啊，我真高兴我不是个绅士。”他继续往前走，手里紧紧抱着一本书，身体已经有些臃肿了，胖嘟嘟的，仍是一副一本正经的模样。*那些街灯*你们认为呢？就因为我们的一个祖先曾经当过州长，还有三个是将军，而母亲家里却不是这样。

任何一个活着的人都比一个死了的人强，*然而在母亲心里却有这样一个根深蒂固的想法*，即一个活着或者死去的人并不会比另一个活着或死去的人强多少。*完了，完了*。*我们都中毒了*，你把罪恶和道德混淆了，妇女们并不像母亲那样考虑道德问题，至于这件事是否是罪恶的，她根本没有想过。

杰生我必须走了，其他的孩子你先照顾着。*我带着杰生*，到一个没有人认识我们的地方去，这样他就能顺利地成长，忘掉这一切。别的孩子都不喜欢我，他们压根就对其他任何事都不屑一顾，身上有着康普生家庭的那种自私自利和妄自尊大。杰生是唯一一个我能够掏心窝而不害怕的孩子。

废话，杰生自然是挺好的。我在想要不要等你身体好些了就带着加迪去佛兰西·利克。把杰生留下来，家里就只剩你和那些黑人陪着他。她会忘记他的，之后这些流言蜚语都会消散，*盐渍地里也不会发现死人*。说不定我可以给她找个丈夫。

电车驶来并停了下来。空中还回荡着半小时报时的钟声。我上车后，车又再次开动了，车声盖过了半小时报时的钟声。不，是三刻钟的报时。那么离十二点大概只有十分钟了。要离开哈佛了，*让你进入哈佛是你母亲的梦想，她甚至为此卖掉了班吉的牧场。*

我到底是做错了什么，上帝居然让我生下这样的孩子，一个本杰明已经足够惩罚我了，现在又出了她的事，对于她的亲生母亲，她却没有一点感情。我为了她受了多少罪，处处为她操心，为她打算，为她牺牲，可说是已经跌到了深渊的最底层，可是她从睁眼来到这世界上开始，就从来没有不怀私心地为我着想过。有时候我看着她就怀疑她是不是我亲生的，而杰生，从我第一次把他抱在怀里，他就没有一次曾让我伤心过。当时我就知道他是我的快乐，是我的救赎。我认为本杰明对我所犯下的罪恶已经是很大的惩罚了。他来讨债是因为我放下尊严嫁给了一个自以为高我一等的男人。我并不怪谁，我爱本杰明超过其他的孩子，这就是原因。因为这是我的责任，虽然我一直心系杰生，可是我知道我还没有受到足够的责罚。我知道我现在不仅要为自己赎罪，还要为你所犯下的罪过赎罪，为了你们这些高高在上有权有势的人给我留下的罪孽赎罪，可是，你总要担起这些责任的，你总是会为你的亲生骨肉所犯下的过错找借口，错的总是杰生。因为比起康普生家的人，他更像是巴斯康家的孩子，而你自己的女儿，我的小女儿，我的小宝贝，她并没有好到哪里去。当我还是个女孩的时候，我并不走运，我只是个巴斯康家的人，我所受到的教育就是女人没有中间的路可选，要么就是嫁作人妇，要么就形单影只。可是当加迪出生，我把她抱在怀里的时候，我从来没有想过她会让自己贱到如此地步。你不知道我只要看着她的眼睛，就能够知道真相吗？你可能觉得她会告诉你，可是她不会的，她神秘得很，你们根本不了解她。我知道她做了什么，这件事与其告诉你们还不如让我死了算了，这就是全部的事实。你继续指责杰生，怪我把他派去监视她吧。如果这样做是在犯罪，而你却放任你自己的女儿。我知道你不爱杰生，你总是愿意去相信别人对他的批评，你从来没有像以前嘲笑莫里那样嘲笑他，你再也不能伤害我了，你的孩子们已经对我伤害得够深了，反正我也快离开人世了，只留下杰生，没人爱他、保护他，我每天这样看着他，就怕他身上康普生家族的特征最终会暴露出来。其间，他的姐姐偷溜出去，跑去会那个你们叫他什么来着，你见过那人没有，你甚至不让我去查出他是谁，这并不是为了我自己，我都不愿意看他一眼，这是为了保护你。可是你都不给我尝试的机会，那谁来抵抗那些不纯正的血统呢。我们倒是可以袖手旁观，可是她呢？她不仅败坏了你的名声，而且还污染了你的孩子们周围的空气。你必须让我走，我已经受不了了，让我带杰生走，把其他的孩子留在你身边。他们不是我的亲生骨肉，可杰生是，他们和陌生人一样，跟我毫无关系。我真的很怕他们，我可以带着杰生到没人认识我们的地方去，我要跪着祈祷，向上帝祈求宽恕我的罪恶，好让杰生逃过这个诅咒，并忘记这是其他的孩子曾经犯过的过错。

如果刚才的钟声是三刻的报时，那么现在离十二点已经不到十分钟了。一辆车刚开过去，人们已经在等下一辆了。我问一个路人，他也不知道正午以前是否还会开出一辆车。因为那是城镇间的区间车。所以现在离站的又是一辆架线式电车。我上了车，能够感受到正午即将来临。我不知道在地底下工作的矿工们是否也能感受得到。这正是要拉汽笛的原因；因为人们正在辛苦地工作流汗，要是离工作出汗的地方非常远，你就不会听到汽笛声，而在八分钟之内，你就能到达不用辛苦工作到流汗的波士顿。父亲说，人的一生不过就是不幸的总和罢了。总有一天，你会对不幸感到厌倦，而之后，时间就会成为你的不幸，父亲也曾这样说过。是一只系在无形的线上的海鸥从空中拖了过去，而你，则是带着失败的象征进入到永恒。接着，羽翼会逐渐变得丰满，父亲说，只有这样的人才能弹奏竖琴。

汽车每停一次，我就能听见我的表叫声，只是停下来的次数并不频繁，*那些能够弹奏竖琴的人也*已经开始吃饭了。吃饭的时候，吃东西会在你的身体里扰乱时间和空间。胃说到中午了，而大脑说是时候吃饭了。好吧，我也不知道现在是什么时间了，不过那又有什么关系呢。人们逐渐离去。无轨电车不再频繁停留，大家都下车吃饭去了，车厢里空空荡荡的。

时间就这样过去。我下了车，独自一人站在那里，与影为伴，不一会儿，下一班车就到了，我坐上它回到了上一个市际车站。到站时恰逢一辆车要开走，我找了一个靠窗的位置坐下后车子便启动了。我看着车子疲惫地缓慢驶过一片片退潮后的沙洲，驶进树林。那条河流在窗外时隐时现，我想象着，如果天气晴好，那些住在新伦敦下游的人看见吉拉尔德的游艇在午前闪耀的阳光中庄严前行该是怎样的享受。那个老太太在今早十点前给我送了一张便笺，我挺好奇她究竟想干什么。吉拉尔德又怎么样，我竟成了他*达尔顿·埃姆斯 哦石棉 昆汀开了一枪 这就是背景*。这事和女孩子们有些关系。女人们*的声音总能压过那些喋喋不休*和罪恶结下不解之缘，她们认为女人固然不可信，但有些男人又天真到难以自保。平凡的女孩们。都是些远亲或世交，不过是有所来往就仿佛是要那些身份高点的人负起血缘责任似的。而那位太太就当着她们的面告诉我们，吉拉尔德的脸拥有他们家族的全部优点。而这实在太可惜了，因为那么漂亮的一张脸蛋居然安在了男人身上，而男人是不需要漂亮的，不漂亮反而更好。但女孩子要是不漂亮，那可就全完了。她自鸣得意地向我们介绍起杰拉尔德的情妇*昆汀朝赫伯特开枪，他的声音穿透了加迪的地板*。“我在他十七岁时曾告诉他‘你的嘴真该长在姑娘脸上’，你能想象*在朦胧的晨光中，轻拂的窗帘带来了苹果花的香气。她的头枕在只穿着晨衣的双臂上，晨光洒在她身上。那声音在伊甸上空回响，床上放着衣服，从她鼻子旁能看到苹果树顶。*他说了什么？注意，他才十七岁！‘妈妈，’他说，‘事情总是如此’。”当时吉拉尔德就那么居高临下地坐着，从睫毛底下瞥着那两三个女孩，而女孩们的秋波也像燕子一般追逐着他的睫毛。施里弗说他一直想知道，*你会照顾班吉和父亲吗？*

越少提班吉和父亲越好，加迪，你什么时候照顾过他们了？

答应我！

无须为他们担忧，你这次干得真是好极了！

答应我，我生着病呢，你一定要答应我，是谁发明了这个笑话，不过他一直认为布兰德太太保养极好，他说她正在培养吉拉尔德，好让他将来勾引到女公爵。她称施里弗为“加拿大小胖子”，还有两次没打招呼就给我安排新室友，一次要我搬出去，一次是他在晨光中打开

门，当时他的脸看起来像个南瓜饼。

“好吧，我们不得不惜别了。残酷的命运使我们分离，但我再也不会爱上别人了，永不。”

“你在说些什么？”

“我说的是残酷的命运之神，那位神祇穿着八码的杏色丝绸，戴的一磅磅首饰比划桨奴隶的枷锁还重，她还是同盟后期那位漫游者约翰的唯一拥有者和产业主。”然后他告诉我她如何跑到舍监那去，要舍监把他赶出房间，而舍监又是如何以下层人的牛脾气坚持先征求施里弗的意见。然后那女人又叫他立刻派人通知施里弗，而舍监不愿意，这导致她后来对施里弗很不客气。“我尽量不说女人坏话。”施里弗说，“但这位太太绝对是贵国各州县中的母狗之最。”现在那散发着兰花香的兰花色亲笔信就放在桌上。如果她知道我几乎每天从窗下经过，还明明知道信就在桌子上，却没有进去。夫人敬启，由于晚辈一直无缘与夫人相谈，故恳请能在今日，昨日，明日或任何日登门拜访。下一件我能记得的事就是吉拉尔德是如何把他的黑人仆役扔下楼梯，而那个黑人又是如何哀求着在神学院注一个册，好待在他的吉拉尔德主人身边，然后他又如何热泪盈眶地追着他的吉拉尔德主人的马车一路跑到火车站。我一直等着听那个锯木厂丈夫的故事，后来知道他有天带着猎枪跑到厨房门口，刚好撞见吉拉尔德从楼上下来。吉拉尔德一把夺过枪折成两半，然后把枪还给了被戴绿帽子的丈夫。他掏出丝绸手帕擦擦手，然后把手帕扔进了炉灶。这个故事我只听过两遍。

射穿他的我刚才见你来这儿了，所以来看看有没有机会认识你。来支雪茄怎样？

多谢，但我不抽烟。

看来我离开哈佛后情况变化挺大，介意我点火吗？

别客气。

谢谢，我听说了很多关于你的事。估计你母亲不会介意我把火柴扔在屏风后面，对吧？加达斯在利克斯时整天谈的都是你，我都吃醋了。我对自己说一定要见见这个昆汀，要知道这畜生长什么样，他居然把我心爱的女孩迷住了。告诉你也没关系，我从没想到她谈个不停的居然是她的哥哥。就算是世界上只有你这么一个男人，她也不会谈得更多了，丈夫就更不用说了。你真的不来一支吗？

我是不会抽的。

既然如此我就不勉强了。不过这种雪茄真的挺不错，我托哈瓦那的熟人批发也花了二十五美元才买到一百支。我猜哈佛有了不少变化，我一直想去看看，但一直抽不出时间。我为了今天拼死拼活奋斗了十年，我的事业离不开银行。在哈佛时有人旧习难改，难免做了些不太好的事，而那些大学生认为这非常糟糕，我想你知道我的意思。给我说说哈佛发生的事吧。

如果你指的是这点，我不会告诉爸爸和妈妈的。

别说，千万别说，哦，这，这可是你说的，其实你知道的，我才不介意你说不说出去，我并没犯罪，只是运气不好。我并不是第一个做过那些事的，也绝不是最后一个。或许你也就是比我走运点儿。

胡说八道！

别那么生气，我又没让你说你不想说的，也不是成心冒犯你。当然像你这样的年轻人对这种事总是看得很重，不过五年后就不一定了。

我对欺诈就这么一种看法，不过我在哈佛也学不到其他看法。

我们的对话比唱戏还精彩，你是参加过戏剧社吧？你说得对，那些事没必要告诉二老，过去的就让它过去吧。我们没必要为一件小事闹翻。我挺喜欢你的，昆汀，你看上去就和那些乡巴佬不一样，我们一定会合得来。我向你母亲保证过要照顾詹森，但我也挺乐意帮帮你。这地方足够詹森发展了，但对你这样的优秀年轻人而言这舞台太小，你的抱负在这里难以施展。

多谢，但你还是把力气放到詹森身上吧，他比我更对你的胃口。

我对那件事也挺后悔的，但那时我也就是个孩子，还是个无母的孤儿。我没有一位像你妈妈那样的母亲能提点我，告诉我那些行为是好是歹。不过现在已经没必要告诉她这些事，这徒然让她伤心罢了。当然也不要告诉加达斯。

我说了，我是不会告诉妈妈和爸爸的。

你给我瞧瞧，要是我们打起来你能撑多久？

我用不着“撑多久”，如果你在学校真学过什么叫打架的话，你就有幸见识下我能扁你多久了。

小兔崽子，你知道自己在干什么吗？

走着瞧。

天哪烟要是你妈妈发现壁炉上有个孔她该怎么说我们啊看这儿昆汀我想我们要做点我们彼此都会后悔的事我爱你从第一次看见你我就爱上了你我说你一定会是个乖小伙儿不然加达斯也不会如此期待你的到来听着我抽身于世已有十年以后你就会发现这世上任何事其实都不算什么现在我们一起处理这事儿好了你是哈佛旧人的孩子我想我压根儿就不知道现在对年轻人来说最美妙的地方现在我要把我的儿子送到这里让他拥有我曾经等待过却不曾得到的机会暂时先别走我们好好聊聊年轻人有自己的思想当他在学校的经历为他塑造一个完美人格时我会全力支持他帮助他在学校踏踏实实的挺好但是走出校门走进社会就需要找到最适合自己的方式因为到时候你就会发现其他人都在

因为他会发现 该死的 所有人都在做同样的事 来 我们握个手 让往事随风去吧 为了你妈妈 祝她身体健康 快点 把你的手给我 来看看它简直就是纤纤玉指啊 看 洁净无瑕 一点褶皱也无 看啊

和你的钱一起见鬼去吧

不 不 别这样 我可是出身富裕之家 我深知年轻人所面临的境况有许多烦心事要处理 想要长辈为你买单可不容易啊 因为我知道 如果

我没有这样的出身 一切就会完全不同 不久前我还不明白这一点 但现在我正要结婚 要面对所有的事情 得了吧 别做蠢事 听着 如果我们有机会好好地来一次谈话 我就想告诉你镇上的一个小寡妇的事

那件事情我也听说过了 你还是守着你那些该死的钱吧

那就算是我借你的吧 你只需眼睛一闭 不到一分钟 就可以变成五十岁的老头

把你的手从我身上拿开 另外 你最好把雪茄也从壁炉架上移开

你琢磨琢磨 就会惊觉它能给你带来的好处 除非你傻到透顶 你应该见识到了 我将它们紧紧攥在手里 以防有人不怀好意 你妈妈跟我谈到过你 她说你头脑发热 做事糊涂 来 过来 亲爱的昆汀 我们才相熟在谈论哈佛大学 你需要我么 可不能故意避开老人家啊 是吧

你先出去一会儿 赫伯特 我要和昆汀谈谈

来 进来 我们都来做一次长谈 亲近亲近 我刚刚和昆汀说了的 拜托 赫伯特 先出去一下 哦 好吧 我想你和小兄弟的确想再私下聊聊

你还是把雪茄从壁炉台上移开吧

好吧 我的孩子 一切照常 过会儿 我会离开 让他们在还能使唤你的时候 使唤使唤吧 昆汀 以后老人家就会非常高兴的 是吧 来 亲爱的 给我们一个亲吻

哦 停 别那样 以后再说吧

那么 我要贷款的利息 不要让昆汀做事 他做不了 随便提一句 我把那个人的鹦鹉的事和它的遭遇告诉昆汀了么 那个悲伤的故事时刻提醒着我 你自己想想吧 回见 回见 回头见

哎呀

啊

你现在在忙什么

没什么

你又在干涉我的事情 去年夏天 难道还没玩够么

加迪你发高烧了 *你病了 是怎么病的呢*

我就是病了 我怎么知道是怎么回事呢

他的声音横穿过

别嫁给这个浑蛋 加迪

午后，河流缓缓流淌，不时泛起粼粼波光。此后一切都好。我们从源头处出发。在上帝和众神面前，源头活水奔流涉远。众神。更妙。如果上帝置身马萨诸塞州波士顿，也会变成暴民。或许都娶不到妻子。双桨划开水波，小船穿梭于波光上和雌棕榈树间。谄媚。谄媚，如果他不是一位丈夫，他就不会在乎神的存在。*这个浑蛋，加迪。*河流在一个拐角处急转直下。

我病了 你一定要答应我

病了 怎么病的

我就是病了 这又不不求谁 但是 你一定要答应我

如果他们需要照顾 那就是你的原因 你怎么病的 此时在窗下，我们可以听到有火车正驶出车站，那是八点十分的火车。要把表兄弟们带回来。人头攒动。一个个都把头抬起来，但不是理发师。是修指甲的女孩。我们曾经有匹纯种马。没错，是在马房里，但是皮革的伪装之下却是一匹杂种马。*昆汀让自己的声音压过别的声音，直穿透加迪房间的地板*

车停了。我从车上下来，走到影子中间。有一条路横跨在铁轨上。木制的华盖旁一个老人从纸袋中拿出东西来吃，过了一会儿，火车已渐行渐远，直到呼啸声也听不到了。这条路延伸到树林，那里枝繁叶茂，绿树成荫，但是新英格兰六月的叶片并不比家乡那儿四月的叶片肥厚。从此，我可以看到一个烟囱。我转过身来，踩着脚下的影子，陷入泥土。*在我的身体里有一些可怕的东西。有时在晚上，我能看到它对着我咧嘴笑。我能看到它，穿过它们，透过它们的脸 对着我咧嘴笑 它现在不见了 我也生病了*

加迪

别碰我 你只要向我保证就行了

如果你病了 你就不能这样做

不 我能 从那之后 一切都会好的 它不会有什么大不了 向我保证不要让他们把他送到杰克逊去

我保证 加迪 加迪

别碰我 别碰我

它长什么样 加迪

什么

那个透过它们向你咧嘴笑的东西

此刻，我仍然看得见那个烟囱。在那里，水流注入大海，填满洞穴。水流平缓地翻滚，只有在曙光初现之时，上帝才会说涨潮。我和弗什打猎一整天的时候，是不吃午饭的，十二点的时候我会感觉到饿，一直持续到一点，然后我就会突然忘记曾经饿过。路灯的灯光从山上照射下来，然后就听到火车从山上呼啸而下。我前额枕着椅臂，感觉光滑平整，又有些凉爽，苹果树伸展到我的头发上，在伊甸园的上空衣服在鼻子旁边看见 你发烧了。我昨天发现了，你的头就像在火炉边上烤一样。

别碰我。

加迪，你病了，不能这样。该死的。

我一定要嫁人。然后他们告诉我，我又会受伤。

最后，我已看不到那个烟囱。路延伸到了一堵墙的旁边。墙边树木繁茂，向外伸展。阳光照得树叶闪闪发亮。石头冰凉凉的，走近就会感觉到丝丝凉爽。只是，我们的国家和这个国家不同。这儿正风行着某种潮流。一种平静却猛烈的多产性甚至让忍饥挨饿的人们也感到满足。它在你周围大行其道，杜绝催生以及助长任何吝啬之风。似此也只是权宜之计，为的是让绿色遍布，枝叶繁茂，甚至远处天边也是一片碧蓝，而非杂糅之作。*在我被告知会继续重蹈覆辙时 它就在我身体里哈哈大笑 我也开始流汗 我在乎什么 我深知伤害对我意味着什么 它算不得什么 我只是要到房里多待会儿 那就行了 我的咀嚼肌变得麻木了 我的口中说着等等 等等 流汗后刚过一分钟 我的牙齿后面就传出了哈哈的笑声 还有爸爸 该死的马 该死的马 等等 那是我的错 每天早上他都提着篮子沿着栅栏向厨房方向去 同时拖拽着一根棍子 每天早上我都强迫自己注意窗外 伺机向他扔煤块 黛西说你快要把自己毁掉了，你是不是跌断腿后没几天就觉得没意思了 等等 只要一分钟我就能习惯了 就等一分钟 我就……*

在这样的空气中，甚至声音都似乎提不起精神，就像空气已疲惫不堪，不足以将声音传播太长时间。不管怎么样，犬吠声比火车呼啸声传得更远。空气中还有某个人的声音。黑鬼们。路易·哈彻甚至从不凭借喇叭传声，他提着那个旧提灯。我说："路易，你上次清洁提灯还是什么时候啊？"

"我不久前才做了清洗。你还记得洪水来时，把乡亲们冲到那边去了么？就是那天，我做的清洁。那天晚上，老女人和我生火，她说'路易，如果洪水冲到这里，你会怎么办'，我说'这是事实。我认为我还是清洁一下我的提灯吧'。所以那天晚上，我做了清洁。"

"在宾州洪水到处肆虐，"我说，"到这里还不能完全消退。"

"那是你的说法，"路易说，"我认为，杰克逊市的洪水和宾州的一样猛烈。乡亲们也说洪水上涌漫上横梁，也不能冲到这里来。"

"你和玛莎那天晚上逃出来了么？"

"我们前脚刚出门洪水就涌进屋子里了，我反正灯也擦好了，然后我和她在墓地后面的小山顶上慢慢挨过长夜。如果我们发现任何更高处，我们就会向那儿走去。"

"此后，你就不曾再对这个提灯做过清洁了吧。"

"既然没需要，我又为什么要再清洁它呢？"

"你是说，要等到下次洪水再来么？"

"就是它帮我们躲过这次洪水的。"

"哦，拜托，路易大叔。"我说。

"嗯，没错。你我各行其道。如果只需要清洁这个提灯来防备洪水，我就不愿和人斗嘴。"

"路易大叔是不肯点灯抓猎物。"弗什说道。

"我当初在这里抓负鼠时，人家还在用煤油洗你爸爸头上的虱子，帮他掐虱子呢。"

"不错。"

"嗯，没错。"路易说，"我们用灯照负鼠的时候可不少，这没错。他们也没谁埋怨光线太暗。嘘，别出声。它就在那儿。呜——怎么不叫了，这臭东西。"我们坐在干树叶上。在我们等待之时，可以听见干树叶窸窸窣窣的私语，自己平缓的呼吸，还有泥土和这无风的十月的悠长气息，提灯发出的刺鼻气味污染了脆弱的空气，还可听到犬吠嘈杂伴着路易说话的回声渐远渐无。他从不高声大叫，但是在一个寂静的夜晚，我们听到他的声音从前门廊传来。当他把狗唤进去，他的声音听起来就像悬挂在肩上却从未用过的喇叭吹出来的一样，不过，更为清晰、柔和，好似它本身就是黑暗和寂静的一部分，在空气中穿进又穿出，缭绕不断。呜 呜 嗷。 呜 呜 嗷。 呜 呜 呜 呜 嗷。 *我一定要嫁人*

有许多人想要和你结婚吗 加迪

我不知道有太多 你能照顾班吉和爸爸吗

你不知道你要嫁给谁 那么 他知道么

别碰我 你能照顾班吉和爸爸吗

在我走到桥边时，我开始感受到有水。石桥呈灰色，表面长满了苔藓，还有雨水侵蚀形成的斑纹，斑纹上爬满真菌。桥下阴暗处水流清澈平缓，发出咯咯轻笑，似在私语水中倒影旋转的天空漾起的漩涡撞在石头上逐渐消逝了。

加迪

我要嫁人 弗什跟我讲起了一个自暴自弃的男人。他走进树林，准备用一把剃刀自残。破剃刀一挥，只见一团东西往肩膀后飞去，同一个动作使血管搅在一起，血流如注向后飞溅，却不重叠。但还不只这样，割去了还不解决问题。还得一开始就没有它们。然后我可以说，哦，那，那是中国人的方式，可我并不认识中国人。爸爸说那是因为你是处女：你不明白吗？女人永远都不再纯真了。纯洁是一种负面状态，因此与本性相悖。本性是在狩猎你，而非加迪。我说那只是言语而已，他说童贞也不外如是，然后我说你不懂。你不可能知道，他说是的。马上，我们意识到这个悲剧并非亲身体验所得。

在石桥的投影之处，我的视线可以向下延伸很远，但不能见底。如果你把一片叶子泡在水中很长时间，它的表皮组织就会脱离，精致的叶脉纤维则随着水波轻缓摇动，好似做着睡眠运动。叶片其他组织和叶脉纤维彼此分离，不再相连，无论它们曾经如何是否一脉相承，无论它们曾经是否骨肉相连。也许在上帝说上升的时候，目光也会随之起浮，延展到深层的平静与静息之外，一睹荣光如斯。不一会儿，晨曦在天边浮现。我把它们藏在桥的一头，向回走，倚靠在桥栏上。

虽不能直探水底，但目光所及穿透水流，可视也颇深，然后我看到水中一个悬挂着的倒影犹如一个箭头逆向插入水流中。蜉蝣们贴着水面，在桥的投影中飞进穿出，来往不断。*如果真有地狱就好了：圣洁的火焰就会让我们二人超越生死。到时你只有我一个人 只有我一个人 我们两人置身圣洁的火焰之外的慑人的恐怖中* 那个箭头随着水流的运动上浮，接着一个漩涡疾驰而过之间，有只鳟鱼突然从水面下衔住一只蜉蝣，壮观场面直如大象叼起花生般诡异。漩涡向下游漂去，然后我又看到了那个箭头，它探入水流中，以优美的姿态随着水波摆动，其上众多蜉蝣斜掠疾行。*那时只有你我至于圣洁的火焰之上，周*

鳟鱼姿态优雅，一动不动，好似悬挂在波动的阴影中。三个男孩拿着渔竿走上桥来，我们一起靠着桥栏，俯身向下看鳟鱼。他们熟悉鱼。他就像是一个邻家小伙。

“二十五年来，他们一直都想抓到那条鳟鱼。波士顿有家商店愿意用价值二十五美元的渔竿和捕获者交换这条鱼。”

“那么，你们为什么不合力而为呢？你们难道不想要一根价值二十五美元的渔竿吗？”

“不，我们会抓到它的。”他们说。他们靠在桥栏上，向下俯视那条鳟鱼。“我一定会。”有一个说。

“我不会要那根渔竿，”第二个说，“而是拿钱。”

“也许他们不会给你钱，”第一个说，“我敢说他会让你要那根渔竿。”

“那我就卖了它。”

“你卖不到二十五美元。”

“那么，能得多少是多少。我用这根渔竿就能捕到和二十五美元那根一样多的鱼。”接着他们谈论了他们会怎么用那二十五美元。他们都急着说各自的盘算，他们的声音显得心情格外迫切，异于寻常，直有些迫不及待了。他们将虚幻的愿望化为一线希望，直到可能，最后变成无可争议的事实，人们滔滔不绝谈论自己愿望之时便是这番景象。

“我会买一匹马和一辆马车。”第二个说。

“嗯，你会的。”另外两个答道。

“我会的。我知道用二十五美元可以在哪里买到。我认识那个人。”

“是谁？”

“是谁不要紧，关键是我能用二十五美元买到。”

“呀，”另外两人嘲弄道，“他根本就不知道，只是说说而已。”

“你们真这样想？”男孩说。他们继续嘲讽他，但他不再回应。他靠着桥栏，向下俯视那条鳟鱼，一如之前。突然，他们话语中的尖刻、冲突之意就此消失了，好像对他们而言他已经抓到那条鱼，买到了马和马车。他们二人都体会到了一个成人的特征：对于梦想而言，保持沉默更能让人信服。我想，那些用过多语言粉饰自己、互相吹捧的人至少都应该发掘沉默的智慧。过了一会儿，我能感觉到，另外两人正在想方设法对付他，试图夺走他那个马和马车的想法。

“你用那根渔竿换不到二十五美元，”第一个说，“我敢说你什么也得不到。”

“他还没捕到那条鳟鱼呢。”第三个突然说道。

接着他们同声喊着：“呀，我和你是怎么说的？那个人叫什么名字？我谅你也不敢说。根本就没这个人。”

“呀，闭嘴，”第二个说，“看，它又出现了。”他们靠着桥栏，不约而同地一动不动。他们的渔竿在阳光照射下，显得又细又长，也一例斜放着。鳟鱼不慌不忙，只见它的身影微微摇摆向水面上浮；随之小漩涡再次缓慢向下游逝去。

“快！”第一个低声说。

“我抓不到它了，”他说，“我们看看波士顿人的手段吧。”

“这个池塘里就这一条鱼吗？”

“是的。它把其他所有的都赶走了。附近最好捕鱼的地方是在下面的艾迪。”

“不，那不是，”第二个说，“毕格罗磨坊那儿要好上一倍。”接着，他们就此争论了一番，然后突然又停下来，又去注视鳟鱼在水中浮现。此时天空的一部分倒影被卷进了破碎的漩涡。我问他们最近的镇子离这儿有多远，他们告诉了我。

“但是最近的车路是那条，”第二个一边说，一边向后指着下面的那条路，“你是要去哪儿？”

“不去哪儿。就只走走。”

“你从大学里来？”

“是的。镇上有工厂吗？”

“工厂？”他们看着我。

“没有，”第二个说，“这儿没有。”他们盯着我的着装看，“你要找工作？”

“毕格罗磨坊呢？”第三个说，“那是一家工厂。”

“在我的眼里，是一家工厂。他指的是一家真正的工厂。”

“有鸣笛的工厂，”我说，“我都没听到整点鸣笛。”

“哦，”第二个说，“在神教派教堂的尖顶上有一个时钟。你可以从那里看时间。那个表带上没表吗？”

“今天早上，我把它弄坏了。”我把表给他们看了。他们仔细查看了一番。

“它还在转，”第二个说，“这样一个表值多少钱？”

“它是一个礼物，”我说，“是我高中毕业时父亲给我的。”

“你是加拿大人？”第三个说。他的头发是红色的。

“加拿大人？”

“他和他们的腔调不一样，”第二个说，“我听过他们说话。他的腔调像黑人说唱。”

“说，”第三个说，“难道你不怕他揍你？”

“揍我？”

“你说他的腔调像有色人种的。”

“呀，住口，”第二个说，“当你翻过那座山，就能看到那个尖顶了。”

我向他们道谢。“祝你们好运。只不过不要捕到下面那条老鳟鱼。它应该自由自在地活着。”

“没有人能捕捉到。”第一个说。他们又倚靠着桥栏，向下俯视水中。在阳光下，三根渔竿就像三条斜放的线，带着黄色的火焰。我再次踩着我的影子，踏着它走到斑驳的树影下。

这条路蜿蜒曲折，渐渐远离了河流。它跨越过小山，接着又蜿蜒向下，将人的目光和念头都带到一个宁静的绿色隧道中，树木那端矗立着一个四角台塔，但距离时钟的原型表盘还远。我在路边坐下来。草很深，长到脚踝处了，而且漫山遍野。路上的影子一动不动，就像是用模板印画下来的，而阳光就是斜握的笔。但那只是一列火车，不一会儿，就在树林那边消失了，带着长长的呼啸，然后我就听到我手表和火车的声音也慢慢减弱至无，好像它正在某处走过另一月或另一夏日，快如惊鸿一瞥，一切匆匆而逝。除了杰拉尔德。

加迪，该死的，该死，加迪。

他们的声音越过山冈，三根细长的渔竿好似几条燃烧着烈焰的丝线。他们边走边看着我，但没有停留。

“哦，”我说，“我没看到它。”

“我们不想再尝试了，”第一个说，“那条鱼是捉不到的。”

“时钟在那，”第二个边说边用手指着，“再走近一点，你就能看到时间了。”

“是的，”我说，“好吧。”我站起来，“你们都要去镇上？”

“我们要去大漩涡钓鲢鱼。”

“如果我们哪儿也不去，就什么也捕不到。”第三个说。

“我不明白为什么你一直都在讲大漩涡，”第二个说，“去那儿你什么也钓不到。”

“你可以不去，”第一个说，“你不一定要跟着我。”

“我们去纺织厂那儿，游泳吧。”第三个说。

“我要去大漩涡钓鱼。”第一个说，“你们爱怎么样就怎么样吧。”

“你说，什么时候听说有人在大漩涡钓到鱼了？”第二个对第三个说。

"我们去纱厂游泳吧。"第三个说。四角台塔在树林那一端渐渐隐没，时钟的表盘还是离得很远。我们走在斑驳的树影上。随后，又走到了一个果园，只见那里粉白相间。到处都是蜜蜂，我们早就可以听到它们的声音了。

"我们去纱厂那儿游泳吧。"第三个说。在果园旁有条小路出现转弯。第三个男孩放慢了脚步，停在那儿。第一个男孩继续往前走，点点阳光沿着渔竿跃动，从他肩膀一直到衬衫的后边。"走啊。"第三个说。第二个男孩也停下来了。你为何一定要嫁人，加迪？

你是不是想要我说出来？你是不是认为我说出来，事情就不会这样了。

"我去纱厂。"他说，"走吧。"

第一个男孩继续往前走。他光着脚，踩在地上听不到声音，比叶落微尘更为纤柔。果园中成群的蜜蜂嗡嗡叫着，犹如风潮乍起越来越强。小路沿着围墙延伸，随之呈外拱形，路边野花如繁星碎落。其尽头处顺势隐入林间。阳光斜照其上，只见稀稀疏疏直如星点，又如流萤，摇扇欲扑。黄色的蝴蝶在树荫间轻摇曼舞，看似阳光点点。

"你想去大漩涡干什么？"第二个男孩说，"如果你要钓鱼，你可以在磨坊那儿钓。"

"啊，让他走。"第三个说。他们目送第一个男孩离开。阳光从他的肩上滑落，又散落在渔竿上，如金黄色的蚂蚁闪烁。

"肯尼。"第二个说。*你去对父亲说清楚好吗 我会说我是父亲的生殖之神 我发明了他 创造了他 去跟他说 这样不行 他会说我不是 然后你和我因为爱儿女*"啊，走吧。"第三个说。"人家早就在那儿了。"他们还在看着第一个男孩。"呀，"他们突然说，"继续走吧，乖孩子。如果他去游泳，就会把头弄湿，回去就得挨揍。"他们踏上那条小路，顺着往前走。树荫下，黄色的蝴蝶跟随着，在他们周围上下舞动。

因为没什么别的。我以为有什么别的，但可能没有 然后我 你会

*发现不公也不值得你相信。*他没注意我。他头戴破帽，脸转向一边，下巴描摹出脸的轮廓。

“你为什么不和他们去游泳？”我说。*那是个臭流氓 加迪*

你是要挑衅他，是吗？

你是骗子，是坏蛋 加迪 他打牌出千 被俱乐部开除了 大家都不和他来往 他期中考试作弊 被开除了学籍

哦 怎么了 我又不和他打牌

“比起游泳来，你更喜欢钓鱼吗？”我说。蜜蜂的嗡嗡声渐渐减弱，但仍然存在，好像没有沉入寂静，更显沉默的只是我们两人，此时水位也上涨了。前面的路又变得曲折起来，渐渐地眼前的路成了街道，两边平添了几幢白色的房子和背阴的草坪。*加迪 该死的 就算不为我，你能为班吉和父亲想想吗*

我还可以考虑点什么 我还考虑过什么呢？ 那个男孩离开街道，转到一边，头也不回，翻过一个栅栏，越过草坪，来到一棵树下。先把渔竿放下，再爬上树杈，坐在那儿，背对着街道，最后稀疏的阳光透过树叶照在他的白衬衫上，一动不动。我还想了什么？我甚至不能哭。去年的时候，我就死了。我告诉过你，我已经死了。但我不知道那是什么意思，我不知道自己在说什么。在家里，八月下旬的一些日子也是这样。就像这样，空气稀薄而热切，有些悲伤，眷恋和熟悉的东西在里边。人是气候经验的总和，这是爸爸说的。人是自己所有的一切的总和。不义之财总要将人沉闷地引向人财两空的境地：一边欲火焚身，一边心如死灰，真是冰火两重天。*但现在我知道我已经死了，我告诉你*

为什么你必须听 我们可以离开 你和班吉，还有我去没人认识我们的地方 一辆小马车由一匹白马拉着，马蹄嵌入浅土中；形似蛛网的轮子微弱地震颤着，发出的轧轧之声显得枯燥无味。层层绿叶犹如披肩，泛起阵阵涟漪，其下马车向着山上去了。榆树。不：榆树街。榆

树街。

关于什么 关于你的学费 他们把牧场卖了换钱，你就可以去上哈佛了 你难道不明白你必须现在去完成学业吗 否则，他就什么都没了

卖牧场 白衬衫在树杈上，在摇曳的树影里一动不动。车轮形同蛛网。马车下到凹陷处，马蹄踩踏快如妇人刺绣，干净利索。随后速度慢慢减弱，似乎一直停滞不前，就像从跑步机上迅速滑落。往前走，街道再次转弯。我现在可以看到白色的圆顶塔，还有呆笨、武断的圆形钟表显示着时间。*卖牧场*

他们说如果爸爸不停止戒酒 他一年内就会死 他不会戒的 他不会的 因为我 因为上一个夏天 然后 他们就会把班吉送到杰克逊去 我哭不出来 我甚至哭一分钟都哭不出来 她正站在门边 下一分钟 他咆哮着、拉扯着她的裙子 他的声音在墙壁间如波浪般来回撞击着 她背靠着墙缩着 越来越小 越来越小 她的脸色苍白，眼睛就像手指那样凹陷进去 直到他把她推出房间 他的声音来回激荡直是势不可挡 仿佛静默之中无处容身 咆哮着

当你打开门，门铃会响，但只会响一次。门上就会发出高亢、清晰却微弱的铃声，传递到整洁、安静的空间中，好像铃声经过了调节设定，既不致损坏门铃，也不需要消耗过多的安静平复，当门打开时，不久前焙烤的暖气就会扑面而来；一个脏兮兮的小孩，两只眼睛像玩具熊，扎着两条漆皮色辫子。

“你好，小妹妹。”在温暖的空间中，她的脸就像是一杯牛奶掺入咖啡，“有人吗？”

但她只是看着我，直到一扇门打开，一位女士进来。在柜台上排放着的玻璃杯后边，露出她的脸，灰色、光滑，头发稀疏却拉紧，脑壳灰白光滑，眼镜也是整洁的灰框就像电线上的什么东西，商店的现金箱。她看上去像位图书管理员。存放在布满灰尘的货架上的某种脱离现实的东西确乎存在，它有条不紊，且平静地变干，好像一缕见证了往日的不平的怨气。

“拿两个这个，夫人。”

从柜台下面，她取出报纸切成两半，然后把它放到柜台上，把两个面包拿出来。小女孩用双眼紧紧地盯着，一动不动，就像两颗黑加仑静止浮在一杯淡咖啡上。犹太人的国土，意大利人的家乡。看着面包，两只整洁的灰手，左手食指上的宽黄金带饰，用蓝色指关节敲打着吧台。

“你是自己焙烤面包吗，夫人？”

“先生？”她说，“像那样。先生？就像在台上。先生？五美分。还要什么吗？”

“不要了，夫人。我不需要。这位女士需要。”她不够高，不能越过柜台看，于是她走到柜台的末端，看着小女孩。

“你把她带进来的？”

“不是，夫人。我来的时候，她就在这儿了。”

“你这小坏蛋。”她说，她绕过柜台走出来，但她并没有碰那个小女孩，“你衣兜里有钱吗？”

“她没衣兜，”我说，“她什么都没干。她只是站在那儿，等着你来。”

“那么，门铃为什么没响呢？”她盯着我。她只需要一堆开关，在她 2×2=5 的头脑后面应该挂一块黑板。“她会把东西藏在裙子下面，然后就没人能发现。你，孩子。你怎么进来的？”

小女孩什么也不说。她看着那个女人，然后飞快地向我瞪了一眼，又再看着那个女人。“他们外国人，”她说，“怎么没听到铃响呢？”

“我打开门的时候，她进来的，”我说，“我们俩进来它只响了一次。不管怎样，她在这儿拿不到任何东西。而且，我认为她不会。你会吗，小妹妹？”小女孩偷偷地看着我，若有所思。“你想要什么？面包吗？”

她把手掌伸开，露出一枚五分镍币，币面潮湿肮脏，硬币攥得很紧快要陷进肉里了。银币虽然潮湿，但却温暖。我可以嗅到淡淡的金属味道。

“你这儿有五分的面包吗，夫人？”

从柜台下面，她取出报纸，再从报纸上裁下一张放在柜台上，把面包裹进去。我把硬币和另一个放到柜台上。“请再来一块面包，夫人。”

她从箱子里拿出另一块面包。“给我那包。”她说。我给她，她解开包裹，把第三块面包放进去，拿了硬币，在围裙里找到两个铜币，就找给了我。我把它们给了那个女孩。她用手指攥住，又湿又暖，就像一条蠕虫。

“你要把面包给她？”那个女人说。

“没错，”我说，“我希望你的手艺同样能让她产生我感觉到的美妙感受。”

我拿起两个纸包，把面包给小女孩，那个女人在柜台后面一身铁青，冷眼看着我们。“你等一下。”她说。她往后面走去。接着门被打开，又关上。小女孩看着我，手里抱着面包靠着脏裙子。

“你叫什么名字？”我说。她不再盯着我，但她仍然一动不动，好像连呼吸都停止了。那个女人又回来了。手里拿着一个有趣的东西，就像拿着一只死了的宠物鼠一样。

“喂。”她说，小孩转过头去看着她。“拿着，”那个女人边说边拿着它戳向那个小女孩，“它只是看起来特别。我想你吃的时候，是不知道有什么区别的。给。我可不能整天这样站着。”小孩拿过来，但仍然看着她。那个女人把手放在围裙上擦了擦。“我得去修理一下门铃。”她说。她走到门边，然后猛地将门拉开。小门铃立即叮当作响，声音微弱却清晰。我们朝门口走过去，那个女人回过头来看着。

“谢谢你的蛋糕。”我说。

“他们是外国人。”她边说边盯着门铃作响的阴暗处，“年轻人，听我的劝，尽量避开他们。”

“好的。”我说，“走吧，小妹妹。”我们走出去，“夫人，谢谢。”

她把门甩上，然后猛地拉开，使门铃发出单一、微小的响声。“外国人。”她说，眼睛盯着门铃。

我们继续走。“好了，”我说，“来点冰淇淋怎么样？”她正在吃品质粗糙的蛋糕。“你想吃冰淇淋吗？”她狠狠地向我瞪了一眼，嘴里还在咀嚼。“走吧。”

我们走到杂货店，买了些冰淇淋。她却不愿意把面包放下。“你为什么不把面包放下，方便吃东西呢？”我说着，示意要帮她拿。但她攥着它，不肯放开，嚼着冰淇淋，就像太妃糖。吃过的蛋糕放在桌上。她一直吃个不停，先把冰淇淋吃了，然后又去吃蛋糕，还不断扫视着陈列柜。我把我的吃完，我们就走出来了。

“你家是往哪条路走？”我说。

此时出现了一辆马车，就是那辆白色马车拉着的。只有皮尔迪医生最胖，重三百磅。你拉着他爬坡，坚持住。孩子们。吊在车上爬坡比自己走上去还累。*你看过医生了吗 去看过了吗 加迪*

我不需要 我现在不能问 以后一切都会好的 不要紧的

爸爸说，因为女人太过柔弱，太过神秘。两次月圆之间恰巧有一次周期性的排污，保持着微妙的平衡。他说月亮圆圆满满，黄黄的，她的大腿臀部就像丰收时节的月亮。淌出来淌出来老是这样，黄黄的，像走路时的光脚掌。接着就知道有个男人把这些神秘和傲慢的东西都隐藏起来。所有藏在里面的他们向外探出柔和的身影，等着人们来抚摸。腐败的液体就像浸泡的东西一样漂起来，又像发白的橡皮没有充满气体将忍冬花香和所有的气味混杂起来。

“你最好把面包带回去，好吗？”

她看着我，静静地、不停地咀嚼着；吞咽食物时，喉咙总是流畅而有规律地胀大。我打开纸包，从中拿出一块面包给她。“拜拜。”我说。

我往前走，然后回头一看。她跟在我后面。“你家是往这条路走吗？”她默然以对。走到我边上，差不多在我手肘下方停下，嘴里吃着东西。我们继续走。周围很安静，少有人路过 *让忍冬的香味和其他东西都混合起来 她会告诉我，让我别坐在台阶上 听她的门在黄昏中砰然关上 听班吉还在哭泣 晚餐的时候 她就得下来 然后让忍冬的香味都混杂在里面* 我们走到了拐角处。

“好了，我得沿着这条路走下去。”我说，“再见。”她也停了下来。她咽下最后一口蛋糕，然后开始吃面包，还一边看着我转过拐角。“再见。”我说。我转入街道，继续往前走，但走到下一个拐角处时我停下来了。

“你家往哪儿走？”我说，“这条路吗？”我顺着街道直指。她只是看着我。“你家顺着那条路走吗？我肯定你家住在火车站附近，是吗？”她仍然看着我，一脸平静，似乎藏着秘密，嘴里还在吃东西。街道两边都空无一人，树木间草坪宁静，房屋整齐，但街上冷落无人，不像来时路上。我们调转方向，往后走。有两个男人坐在商店门前的椅子上。

“你们认识这个小女孩吗？她一直跟着我，我找不到她家在哪儿。”

他们停下来，看着我，然后又看着她。

“一定是新来的意大利家庭的孩子。”一个说。他身穿一件褪色的礼服大衣。“我以前见过她。你叫什么名字，小女孩？”她向他们怒目而视，下巴仍在不停地嚼动。她吞咽的时候，嘴巴还不忘咀嚼。

“也许她不会说英语。”另一个说。

“他们吃完面包后，把她留在那儿。”我说，“她一定能说话。”

“你爸爸叫什么？”第一个说，“皮特？乔？叫约翰吗？”她又咬了一口面包。

“我该怎么办？”我说，“她就是一直跟着我。我得回波士顿了。”

“你从大学里来？”

“是的，先生。我现在得回去了。”

“你也许可以沿街上去，把她交给安斯。他会在马车行。他是警察局长。”

“我想就这么办吧。”我说，“我得跟她办点事，非常感谢。走吧，小妹妹。”

我们沿街阴凉一侧往上走，断墙的影子缓缓移到街对面。最后，我们走到了马车行。典礼官不在。有一个人坐在椅子上斜靠着那扇又宽又矮的门，门后成排的畜栏里吹来凉风，风中夹杂着臊气。那个人眼睛盯着邮局，对我说他也不认识这个女孩。

“他们是外国人。我看得出来。你可以带她穿过轨道，他们就住在那儿，也许有人会认领。”

我们往邮局走去。它在街道下面。那个穿礼服大衣的人正翻阅报纸。

“安斯刚刚驾车出城了。”他说，“我以为，你最好还是往下走，穿过车站，走到他们河边的房子那儿去。那里有人会认识她的。”

“我想我只能这样了。”我说，“走吧，小妹妹。”她把最后一片面包塞进嘴里，吞下去。“还要吗？”我说。她看着我，嘴里还在嚼动，她的眼睛乌黑，一眨不眨，眼神友善。我拿出另外两块面包，给她一块，自己在另一块上咬一口。我问了一个人车站的位置，他指给我。“走吧，小妹妹。”

我们到达车站，穿过轨道，轨道边就有河。有一座桥横跨其上，河边有一条街道，街道上房屋布局杂乱随意，街道背靠着桥。街道肮脏不堪，气味也混杂刺鼻。可见一块未经修饰的土地四周围着残垣断壁，中间矗立着一幢风化破旧的房子，边上停放着一辆古朴的马车与此格格不入，房子的上层窗户挂着一件鲜艳的粉色外衣。

“那幢房子像你的家吗？”我说。她眼睛从面包上移开，看着我。“这幢？”我边说，边用手指着。她只是嘴里咀嚼着，但这似乎让我感觉到积极的意味，像是默认，尽管她的情绪并不热切。“这栋？”我说，“那走吧。”我走进破烂的大门，回头看她。“这里吗？”我说，“这像你家吗？”

她迅疾点头，又看着我，啃了啃那潮湿的半月形面包。我们往前走。撕碎的旗子散落一地，草长得很粗，叶片直直地戳着碎旗，眼前的路向着一个破败的小门廊延伸。房子并无任何有人的迹象，没有风，上层窗户挂着的那件粉色的衣服也不动。有个门铃吊着一个瓷钮，连接的线大概六英尺长。我先拉瓷钮，见没有反应，就停下来接着敲门。小女孩正在嚼外层的面包皮。

一个女人把门打开。她看着我，然后用意大利语和小女孩很快说了些什么，先是一个渐升的变调，而后停顿了一下，质问。她又对她说了什么，小女孩只是在面包皮的一端看着她，用脏手把面包推进嘴里。

“她说她住在这儿。”我说，“我在镇子那边碰到她。这是你的面包吗？”

“闭嘴。”她说。她又对着小女孩说了一通。小女孩只是看着她。

“不住这里吗？”我说。我指着小女孩，然后她，然后门。那个女人摇头。她说得很快。她走到门廊边上，顺着街道向下指，还一边说着什么。

我也猛烈点头。“你来指给我看？”我说。我抓住她的手，一边朝着路那边挥舞我的手。她说得很快，同时用手指着。“你来指给我看。”我说着，想让她走下台阶来。

“Si，si。”她说，仍然止步不前，给我指着方位。我再次点头。

“谢谢。谢谢。谢谢。”我走下台阶，走向大门，虽不是跑，但速度也相当快。我到达大门处时停下来，回头看了她一会儿。面包皮现在已经被吃完了，她用她乌黑、友善的眼睛看着我。那个女人站在台阶上，看着我们。

“来啊。”我说，“我们迟早要找到正确的地址。”

她走过来，正好停在我的手肘下方。我们继续往前走。这些房子似乎都空空如也。看不到一个人。这些空房子让人觉得喘不过气来。但他们不可能都是空的。如果你突然把所有的墙撕开来，就会发现每个房间都不同。太太，如果你愿意，来认领你的女儿吧。不。太太看在上帝的分上，来认领女儿吧。她贴着我的手肘行走，辫子紧紧捆住，闪闪发亮，接着最当头的房子已在脑后，前面的路顺着河水拐向一边，没入墙后看不见了。那个女人从破烂的大门走了出来，头上包着块头巾，两个角系在脖子下面。路继续弯弯曲曲向前延伸，周围荒无人烟。我找到一个硬币，把它给了小女孩。走到一个拐角处时，“再见了，小妹妹。”我说。然后我就跑了。

我跑得飞快，头也不回。在路转角前，我向后望了一眼。她站在路上，小小的身影，仍然把面包攥在脏兮兮的裙子前，她的眼珠黑亮，直直地瞪着，眨也不眨。我继续往前跑。

有条小巷从大路上岔开。我转入小巷，再过一会儿，脚步慢了下来，转而快步前行。小巷夹在建筑背面之间——未经粉饰的墙面，晾衣绳上鲜艳的衣服比比皆是，一座牲口棚后墙断裂，在茂盛的果树间默默腐朽，果树久未修剪，野草滋蔓，其间开着粉色、白色的花，阳光炽热，蜜蜂嗡嗡，颇有些热闹。我回头一看，小巷的入口处空荡荡的。我更放缓脚步，影子踩在身上，影子的头在遮掩住栅栏的野草间缓缓移动。

小巷向后转到一扇闩上了的门前，就此没入草丛中，只能隐约看到草间的一条小径。我翻过栅门，进到一个树木丰茂的院落，走过院落来到另一堵墙前面，顺着墙走。我的影子现在落在了背后。这儿有蔓藤和爬山虎之类的植物，如果在家乡，就是忍冬了。尤其是黄昏下雨之时，会有一阵阵香气袭来，忍冬花香都混杂在里面，好像不如此就不够味，不够难受。 *你为何让他吻你 吻你*

我没让他吻我 我只是让他看着我 这就够他疯疯癫癫的了 你以为呢？ 一个巴掌 她的脸上就印上了我鲜红的手印 就像手底下点亮一盏灯照着她的双眼闪烁

不是因为接吻 我才打你。十五岁的女孩子吃饭还用手肘撑着 父亲说你吞咽的时候 真是如鲠在喉 你和加迪到底是怎么回事 坐在桌子对面 却不用眼看我。 因为你让一个不可一世的、城里来的臭小子亲你我才打你的 你该说了吧 你说不说 这下你该说牛绳[1] *了。 我鲜红的手掌从她脸上抬起来。你觉得把她的头摁进草丛里如何。 草秆会歪歪斜斜地戳进她的肉里。 说牛绳 快说*

无论如何 我都不会亲吻娜塔莉那样肮脏的女孩 眼前的墙隐入阴影中，然后我的影子也融入其中，我又一次戏弄了它。我忘记了河流是沿着街道蜿蜒而行的。我爬上墙。接着她看着我跳下来，她还是攥着面包放在胸前。

我站在草丛中，我们相视了一会儿。

“你为什么不告诉我你就住在这边，小妹妹？”面包正慢慢穿透纸，早就需要一张新的了。“好吧，我们走，把你的家指给我。”不吻娜塔莉那样肮脏的女孩。下雨了，我们在屋顶上可以听到，就像叹息穿过牲口棚高耸、芳香的空间。

这儿？ 摸到她了

不是这儿

【1】在美国南方，男孩欺负女孩时，喜欢抓住女孩的头发，让她们承认那是“牛绳”。——译者注

这儿？ 雨并不大，但我们什么都听不见，只能听到敲打屋顶的声音，就像是你我的血液脉动

她把我推下梯子 就跑开了 把我留在那里 加迪跑开了

是这儿疼吗 加迪跑开时 是这儿碰疼了吗

哦 她贴着我的手肘往前走，手肘都要碰到漆皮似的头顶了。面包从报纸的破洞中钻了出来。

“如果你不快点回家，面包就要从报纸里掉出来了。你妈妈会怎么责怪你？”我敢打赌我能举起你

你不行 我太重了

加迪走了吗 她往家里去了吗 你从我们家那儿不能看到牲口棚 你这样尝试过吗

那是她的错 她推开我 然后跑了

我能把你举起来 看 我能

哦 她的血还是我的血 哦　我们继续踩着浅土往前走，双脚踏地寂静无声，就像踩在橡皮上一般，太阳从树林中斜射下来，好似轻描淡写。我又能感觉到在树荫隐秘处水流迅疾而平缓地流淌。

“你家离这儿很远，是吗？你真是聪明，自己一个人走这么长的路到镇上。”这就像坐着跳舞 你坐着跳过舞吗？我们可以听到雨声，食槽里有只老鼠，畜栏空荡荡的，没有马。 你怎么搂着跳舞 像这样吗

哦

我曾经这样搂着 你以为我不够强壮 是吗

哦 哦 哦 哦

我是这么搂着的 我是说 你听到我刚才说什么了吗 我说

哦 哦 哦 哦

这条路继续向前延伸，路上寂静无人，阳光越来越倾斜。她那两条笔直的小辫子辫梢处用红布条扎好。她走路时，包面包用的报纸有一角在不断拍打着，面包尖露了出来。我停下来。

“看这儿。你真的住在这条路上吗？走了差不多有一英里了，都没见过一幢房子。”

她看着我，眼珠乌黑，眼神神秘又友善。

“你住哪儿，小妹妹？你难道不是住在这个镇上吗？”

在树林里某处有只鸟，在隐约断续斜射进来的阳光之外。

“你爸爸要担心你了。你难道不知道，你不直接拿着面包回家是要挨揍的吗？”

那只鸟啼声又起，只是看不见它，啼声深沉却毫无意义，没有高低变化，忽戛然而止，就像被刀切断，再起，连同流水在隐秘处迅疾平缓流淌的感觉也来了，但视觉和听觉都不能发现其所在。

“哦，该死，小妹妹。”半张面包纸软软地垂下来，“这张纸现在没用了。”我把它撕下来，丢在路边，“走吧。我们得返回镇上去。我们要沿着河走回去。”

我们从正路走出来。泥沼中有苍白的小花盛放，暗流涌动无声无息。 *我这样搂着你 我是说我一直是这么搂的 她站在门口 两手叉腰看着我们*

是你推的我 是你的错 你也弄疼我了

我们正坐着跳舞 我敢说加迪不会坐着跳舞

停 快停下来

我只是把你裙子后背上的脏东西掸去

你把你的脏手拿开 是你的错 你推倒的我 我很生气

我不在乎 她看着我们面红耳赤的样子 她就走开了 我们开始听到长啸声，流水飞溅声；接着，我立即看到一个褐色的身影掠过。

我仍是怒气不止。我的衬衫打湿了，头发也一样。雨点透过屋顶，可以听到雨点敲打宏大的屋顶之声，现在我能看到娜塔莉在雨中穿过花园的身影了。让雨把你打湿 我盼你染上肺炎 回家吧 你这母牛。我竭尽全力跳进猪浴池中 黄泥水直没到腰间 臭烘烘的 我不断往下陷

直到我跌倒 在里面打起了滚 “听到他们在游泳了吗，小妹妹？我也想自己去玩玩。”只要我有时间。到我有时间的时候。我能看到我的表在转动。 泥土比雨要暖和，但它气味难闻。她转过身去 我就绕到她身前。 你知道我在做什么吗？她转过身去 我绕到她身前 雨钻进泥土里穿透她的裙子 打湿的背心紧紧粘在身上 散发出的气味臭不可闻。我抱了她 我刚才就干了这个。 她转过身去 我绕到她身前。 我就抱了她 我告诉你。

我才不在乎你做了什么呢

你不在乎 你不在乎 我会让你在乎 我会让你在乎的。 她把我的手掀开 我用另一只手把泥巴抹在她身上 她湿润的巴掌打在我脸上 我都没有感觉 我从腿上扒下稀泥 抹在她湿透、僵直、正调转过去的身体上听到她的手指戳进我的脸 但我没有丝毫感觉 尽管此时滴到我嘴唇上的雨感觉有点甜味

他们在水中先看到了我们，只见一个个头和肩膀露出来。他们叫喊着，有一个蹲着的站起来，又跳到他们中间去了。他们看上去像海狸，河水拍打着下巴，他们叫喊着。

“把那个女孩带走。你把一个女孩带到这儿是要干什么呢？快走开。”

“她不会伤害你们的。我们只是想看你们一会儿。”

他们蹲在水里。他们的头攒成一团，注视着我们，然后他们分散开来，往我们这边冲过来了，还一边用手捧水朝我们泼。我们赶快躲开。

“小心，男孩们，她不会伤害你们的。”

“走开，哈佛学生！”是第二个男孩，那个刚才在桥上幻想着马和马车的男孩，“用水泼他们，伙伴们！”

“我们上岸去，把他们扔到水里面来。”另一个说，“我不怕任何女孩子。”

“用水泼他们！泼他们！”他们向我们冲过来，还一边泼水。我们向后退。“走开！”他们叫喊着，“走开。”

我们走开了。他们在河岸下面缩成一团，一个个光溜溜的头在河水上排成一排。我继续往前走。“那儿不是我们该去的地方，是吧。”阳光斜射进泥沼中，高处都是，角度更为倾斜了。“可怜的孩子，你只不过是一个女孩。”泥沼之中小花零星点缀，我从未见过如此小的。“你只不过是个女孩。可怜的孩子。”在河流边上有一条路蜿蜒而行。河水到此又回复平静，水流泛黑，平静而迅疾。“你不过是个女孩。可怜的小妹妹。”

我们躺在打湿的草上气喘吁吁 雨点像子弹一般打在我后背上，冰凉冰凉。你现在在乎了吧 在不在乎 在不在乎

我的天啊 我们真要成泥人了 快起来。雨点打在我额头上，那一块就变得火辣辣的 我手上流出殷红的血 被雨水一洗刷就淡化为粉红色冲走了。伤口痛吗

当然痛 你以为呢

我真想把你两只眼睛抠出来 我的天啊 我真是臭不可闻啊 我们最好还是到小溪里去洗洗吧

“又到镇上了，小妹妹。现在你得回家了。我也要回学校了。看啊，现在已经很晚了。你现在要回家了，是吗？”但她只是用她那乌黑、诡异、友善的眼光看着我，半露的面包被紧抱在胸前。“它被打湿了。我还以为我们及时跳开了呢。”我把手帕拿出来，想要把面包擦干，但面包皮开始脱落，于是我就停下了。“我们让它自己风干吧。这样拿着。”她就照我说的那样拿着。面包现在看上去是被老鼠啃过一样。

水位沿着蹲下的背慢慢上升 身上的泥巴像蜕皮一样脱落，发出恶臭 雨点敲打在皮肤上，形成坑坑洼洼的麻子就像发烫的油锅上沸腾的油脂。

我跟你说过，我会让你在乎

我压根就不在乎你在干什么

接着我们听到有人飞奔而来，我们停下来，向后回望，看见一个人转入小路朝我们跑过来，平行的树影在他大腿上迅疾划过。

“他有急事。我们最好——”接着我看到还有另外一个人，一个年纪稍老的跑得很吃力，手里握着一根棍子，一个男孩腰以上都赤身，跑的时候还提着他的裤子。

“那是朱里奥。”小女孩开口说话了，接着他突然向我袭来，我就看到了那个男孩颇具意大利人特征的脸和眼睛。我们一起摔倒在地。他的双手猛打我的脸，嘴里说着什么，我以为他还想要咬我，接着，他们把他拉开，他的胸口一起一伏，奋力挣扎，嘴里还大叫着。虽然被他们缚住了双手，他却还想踢我，直到他们把他往后拉走。小女孩在那儿号啕大哭，双手抱住面包。上身半裸的男孩向我猛冲，上蹿下跳的，还提起了自己的裤子。这时，有人及时拉我起来，我看到另一个赤身裸露的身影绕过小路寂静的拐弯处朝这边跑来，跑到一半又调转方向，跳进了树丛里，衣服就像木板一样甩在后面。朱里奥仍在奋力挣脱。把我拉起来的人说：“咳，现在终于抓到你了。”他穿着一件汗衫，没穿外衣。汗衫上面别着一个金属徽章，在他另一只手里握着一根多节、圆滑的棍子。

“你是安斯，是吗？”我说，“我在找你呢。出了什么事？”

“我警告你，你所说的一切都将用作呈堂证供对你进行指控。”他说，“你已经被捕了。”

“我要杀了他。”朱里奥说。他仍然挣扎着。有两个人控制着他。小女孩哭个不停，手里拿着面包。“你拐走我的妹妹。”朱里奥说，“我们走吧，先生们。”

“拐走他妹妹？”我说，“为什么，我一直都——”

“闭嘴。”安斯说，“你跟法官说去吧。”

“拐走他妹妹？”我说。朱里奥从那人手中挣脱开来，又向我疾驰而来。但警长中途拦住了他，他们两个扭抱在一起，直到另外两人过来再次缚住他双手。安斯松开了他，在那儿气喘吁吁。

“你这外国混账。”他说，“就为你这种人身侵犯，我真想把你也抓起来。”他再次转过身来对着我，“你愿意老老实实地跟我走，还是要我把你铐起来？”

“我会老老实实的。”我说，“怎么都好，只要我能找到一个人——弄清楚——拐走他妹妹。”我说，“拐走他——”

“我警告过你。”安斯说，“他想要告你蓄意强奸幼女。喂，你，让那个女孩消停一下。”

“哦。”我说。接着我就开始大笑。又有两个男孩从灌木丛中走出来，他们打湿的头发像石膏那样粘着，眼睛显得圆圆的，他们忙着扣上衬衣的扣子。衬衣早就打湿了，粘在了肩膀和手臂上。我试图止住大笑，但是我控制不住。

“看他，安斯，我想他疯了。”

“我得止住笑。”我说，“一分钟之内就停下来。有一次情况就是这样，当时也是停不下来，哈——哈——哈！”我说，还在大笑。“让我坐一会儿。”我坐下来，他们在一边看着我，还有那个满脸泪痕、抱着像是咬过的面包的小孩，河水在小路下面迅疾又平静地流淌。过了一会儿，笑意终于发泄完了。但我的喉咙不受控制，就像胃吐空了还在干呕。

“噢，好了。”安斯说，“忍着点吧。”

“好的。”我说，缩紧我的喉咙。此时出现了另外一只蝴蝶，就像一线阳光逃了出来。不一会儿，我不必把喉咙缩得很紧了，我就站起来。“我好了，往哪走？”

我们沿着小路一直走，另外两人盯着朱里奥和小女孩，那两个男孩跟在我们后面某处。这条小路沿着河流伸展到桥那儿。我们跨过桥，车轨，就有人走到门口来围观，越来越多的男孩不知从哪儿钻了出来，直到我们转入主街道，就形成好大的队伍了。杂货店门前停着一辆汽车，一辆很大的汽车，我一开始没认出来，直到布兰特太太说："怎么了，昆汀！康普生·昆汀！"然后我看到杰拉德，还有坐在后座的斯波特，他背靠在座椅靠背上。还有施里弗。我不认识那两个女孩。

"康普生·昆汀！"布兰特太太喊道。

"下午好。"我说，把帽子举了举，"我被捕了。我很遗憾，未能看到你的纸条。施里弗跟你说了吗？"

"被捕？"施里弗说，"抱歉。"他说。他撑起身来，跨过那些人的脚，走了出来。他穿着我的一条法兰绒的裤子，就像戴着手套一样。我不记得有这么一条裤子了，我也记不起布兰特太太有几个下巴。最漂亮的女孩也和杰拉德一样坐在前面。她们透过面纱看着我，脸上带着一种娇柔惊恐的神情。"谁被捕了？"施里弗说，"怎么回事，先生？"

"杰拉德。"布兰特太太喊道，"把这些人打发走。你坐这个车，昆汀。"

杰拉德走出来。斯波特却动也不动。

"他怎么回事，长官？"他说，"是抢了鸡笼吗？"

"我警告你。"安斯说，"你认识犯人吗？"

"认识。"施里弗说，"听我说——"

"那你可以和我们一道去见法官。你正在妨碍司法公正。走吧。"他摇了摇我的手。

"哦，再见。"我说，"能见到你们所有人我非常高兴。不好意思，我不能和你们一起。"

"你想办法啊，杰拉德。"布兰特太太说。

"听我说，警官。"杰拉德说。

“我警告你，你是在妨碍一个警官执法。”安斯说，“你有什么话，可以去向法官说，可以说明你认识犯人。”我们继续往前走。现在队伍已经成规模了，我和安斯走在前面领头。我能听到他们在谈论这件事的经过，斯波特在询问，接着朱里奥用意大利语说了一大通，我回头看，见小女孩站在路边，用她那友善又神秘莫测的目光看着我。

“快回去。”朱里奥冲她喊道，“我要把你揍扁了。”

我们顺着街道走，转入一片草坪，在离街较远处坐落着一栋镶白边的平顶砖房。我们经过石子路走到门口，安斯把我们之外的所有人拦在外面。我们走进房子里，里面一间光秃秃的房间里透着一股隔夜的烟味。只见一个木框中铺着沙子，中间放着一只铁皮火炉。墙上挂着一幅褪色的地图，肮脏不堪，画着这个小镇的平面图。在一张满是疤痕、堆满物品的桌子后面，坐着一个头发蓬松、呈铁灰色的人，他正透过钢边眼镜审视着我们。

“抓到他了，是吗，安斯？”他说。

“抓到他了，法官。”

他打开一个满是灰尘的大本子，拉到自己面前，把一支肮脏的钢笔蘸到一个装着类似煤渣的墨水瓶里。

“等等，先生。”施里弗说。

“犯人姓名。”法官说。我跟他说了。他慢条斯理地写在本子上，那支钢笔故意刮出声音，很是折磨人。

“听我说，先生。”施里弗说，“我认识这个人。我们——”

“遵守法庭秩序。”安斯说。

“别说了，老弟。”斯波特劝道，“让他按他的规矩办吧。反正他是要这么办的。”

“年龄。”法官问。我回答了。他边写，嘴里一边嘟噜。“职业。”我告诉他。“哈佛学生，呃？”他说。他抬眼看我，脖子微弯，目光越过眼镜上边。他的双眼清晰，目光冷漠，像山羊。“你是来这儿干什么，拐骗儿童？”

“他们都疯了，法官。”施里弗说，“那些说这个男孩拐骗的人都——”

朱里奥举止激动。“疯了？”他说，“我难道没抓住他，呃？我难道不是亲眼看见的——”

“你是骗子。”施里弗说，“你根本没有——”

“秩序，秩序。”安斯说着，提高了他的声音。

“你们都闭嘴。”法官说，“如果他们不保持安静，就把他们赶出去，安斯。”他们都不说话了。法官看着施里弗，然后又看着斯波特，然后是杰拉德。“你认识这个年轻人？”他对斯伯特说。

“是的，法官先生。”斯波特说，“他不过是乡下来的小伙子在这里上学。他老实本分。我想警官是弄错了。他的父亲是公理会的一个牧师。”

“嗯。”法官说，“你刚才到底在干什么？”我跟他说了，他则用冷酷苍白的眼神看着我。“怎么样，安斯？”

“也许是这样。”安斯说，“这些混账外国人。”

“那个女孩在哪儿？”

“他叫她回家去了。”安斯说。

“她当时有没有被吓着什么的？”

“朱里奥跳到犯人身上，她才惊到了。他们只是沿着河边的小路往镇上走。几个游泳的男孩告诉我们他们走的那条路。”

“是误会，法官。”斯波特说，“孩子们和狗都这样，喜欢和他黏在一起。他也没办法。”

“嗯。”法官说。他向窗外看了一会儿。我们则看着他。我可以听到朱里奥挠痒的声音。法官把目光收回来。

“小女孩没受到伤害，你还满意吧。喂，你？”

“没损伤。”朱里奥闷闷不乐地答道。

“你是不是放下工作，去找她？”

“是的。我丢下活儿。我跑着找。我拼命地跑。这儿找，那儿找，接着有人告诉我，看到他给她吃的。她就和他走了。”

“嗯。”法官说，“好吧，小伙子。我看你得赔偿朱里奥，你耽误了他的工作。”

“好的，先生。”我说，“多少钱？”

“我看，一美元。”

“好了。”斯波特说，“如果这样就完了——我想可以放了他了是吗，法官先生？”

法官没抬眼看他：“你跑了多远才追上他的？”

“至少两英里。找了两个小时，才抓到他的。”

“嗯。”法官说。他沉思了一会儿。其间我们看着他，他头发笔直树立，眼镜架在鼻梁的低处。窗户黄色的投影渐渐在地板上划过，移到了墙根，接着往上爬。微尘在倾斜的光柱中打转。“六美元。”

“六美元？”施里弗问，“用来做什么？”

“六美元。”法官说。他看了施里弗一会儿，然后又看着我。

“等等。”施里弗说。

“别啰唆了。”斯波特说，“给他，老弟。给完就可以走了。女士们正等着我们呢。你有六美元吗？”

“有。”我说。我给他六美元。

“案件审结。”他说。

“要一张收据。”施里弗说，“你交了钱，就可以问他要一张签收单据。”

法官不动声色地看着施里弗。“案件审结。”他说的时候没有提高声音。

“该死的——”施里弗说。

“走吧。”斯波特说，还一边拉着他的手臂。“再见，法官。多谢了。”当我们朝门走出去，马里奥再次叫嚷起来，凶巴巴的，然后消停了。斯波特正看着我，他那双棕色的眼睛带着嘲弄，有些冷酷。“好了，老弟。我想此后你得去波士顿追姑娘了。”

“你这个笨蛋。”施里弗说，“你这是干什么，在这儿兜圈子，和这些该死的意大利人厮混？”

“走吧。”斯波特说，“他们肯定等得不耐烦了。”

布兰特太太正和他们说话。她们分别是霍尔姆斯小姐和丹吉菲尔小姐。见我过去，就都不再听她说话，又用那种娇弱、好奇又惊恐的眼神看着我。她们的面纱翻起来悬在雪白、小巧的鼻子上方，面纱之下她们的目光闪烁，泛着神秘。

“康普生·昆汀。”布兰特太太说，“你妈妈该说什么了。年轻人遇到棘手的事，没什么大不了。但是出去走走就叫一个乡村警察抓起来了，这就不简单了。他们以为他做了什么坏事，杰拉德？”

“没什么。”杰拉德说。

“胡说。你说，斯波特。是什么？”

“他想拐骗一个脏兮兮的小女孩，但恰巧被他们抓到了。”斯波特说。

“胡说。”布兰特太太说，但她的声音渐渐变弱，她对我审视了一番，两位女孩都不约而同地轻声吸了口气。“真不像话。”布兰特太太尖刻地说，“这不就是这些无知下等的北方佬的所为吗？上车吧，昆汀。”

施里弗和我坐在两个可折叠的小座位上。杰拉德发动了车，然后上来，我们便开车走了。

“现在，昆汀，你告诉我这件蠢事到底是怎么回事。”布兰特太太说。我原原本本告诉他们，施里弗缩着，在他的小座位上生气，斯波特又往后背靠着，他旁边坐着丹吉菲尔小姐。

“可笑的是，长期以来昆汀一直都把我们骗了。”斯波特说，“我们一直认为他是模范青年，大家都可以许以妻女，直到他的不法勾当被警察拆穿公布，我们才看清事实。”

“住嘴，斯波特。”布兰特太太说。我们沿着街道，一直越过桥，穿过窗上挂着粉色大衣的房子。“你就是你不读我的纸条的后果。你为什么不来拿呢？麦肯齐先生说他告诉了你纸条的所在。”

“是的，夫人。我一直打算去取，但我还没回过房间。”

“要不是麦肯齐先生，我还不知道你要让我们坐在这儿等多久呢。当他说你不曾回去时，这就空出来一个位置，所以我们就叫他来。不过我们还是非常高兴你能来，麦肯齐先生。”施里弗一言不发。他交叉双臂抱住，眼睛越过杰拉德的鸭舌帽笔直注视前方。据布兰特太太说，这种帽子在英国是骑摩托车时戴的。我们经过那幢房子，还有三幢别的房子，接着是一个院子，那个小女孩就站在院门口。她现在已没了面包，她脸上留下一道道煤渣样的线条。我向她挥手，但她没有回应，只是车经过时她的头缓缓转动，眼睛一眨也不眨地跟随着汽车前行的轨迹。接着我们行驶在围墙边上，我们的影子沿着墙体飞奔，过了一会儿，我们经过了躺在路边的一张破报纸，我就又开始大笑起来。我感觉到它在我的喉咙里，我往树林里看去，只见下午的阳光倾斜照射，想起下午的时候，想起那只鸟，想起游泳的男孩们。但我仍不能止住笑，接着我知道如果用劲过猛，我就会哭出来。我想起自己以前想过的不再能保住童男之身的事了，当时众多女孩在阴凉处走动，她们轻柔的声音在那儿萦绕低回，秀口一吐，字字飘香，分明感觉目光灼灼，却不露痕迹，但如果当真如此简单，也就算不得一回事了，如果算不得一回事，那我又算什么呢。接着布兰特太太说道：“昆汀？他病了吗，麦肯齐先生？”然后施里弗肥胖的手摸了摸我的膝盖，斯波特跟着开腔了，我也不再竭力去控制了。

“如果那个篮子妨碍到了他，麦肯齐先生，你就把它往你那边移一下。我之所以带上一篮子葡萄酒，就是想年轻绅士应该喝点，尽管我父亲，杰拉德的外祖父……”

干过这样的事吗 你干过这样的事吗 在灰白的黑暗中 有一点微光她双手扣住

“……有酒的时候，他们就喝。”斯波特说，“是吧，施里弗？”

她的膝盖 她的脸看着天空 忍冬花香在她脸上、喉间弥漫

“也喝啤酒。”施里弗说。他的手又摸了摸我的膝盖。我就又挪动了膝盖。

像抹上一层淡薄的紫丁香 说起他时就会浮现

“你不是绅士。”斯波特说。

他横在我们之间直到她的身影在黑暗中逐渐清晰

“不是，我是加拿大人。”施里弗说。

说起了他 言辞闪烁 和船桨片在水里跳跃一般 也如在英国骑摩托时戴的帽子一样晃动 船一直在飞速前进 接着他们两人永远重叠在一起他当过兵 杀过人

“我喜欢加拿大。”丹吉菲尔小姐说，“我觉得那里美得让人惊艳。”

“你是喝过香水吗？”斯波特说。

用一只手他就能把她举到肩膀上 接着和她一起飞奔 飞奔

“没有。”施里弗说。

那畜生飞奔着，两个背影交叠在一起 她的身影在水光闪烁的桨影中渐渐模糊了 飞奔的是那只优波流斯的猪 一边跑一边交媾 有多少次呢 加迪

“我也没有。”斯波特说。

我也不知道，反正很多 我心里有罪难言 心里有罪难言 父亲 我犯错了 你做过吗 我们没有 我们没有做过 我们真做过吗

“杰拉德的外祖父老是在早饭前去采薄荷，那时还有露水留在枝叶上。他甚至都不让老威尔基去碰，你还记得吗，杰拉德？他总是自己动手去采了来，配制他的薄荷威士忌。他对待他的薄荷威士忌十分挑剔，就像一个老妪一样，按照脑子里的配方对一切严格把关。他只把那配方给过一个人，那是……”

我们做了 你怎么能不知道呢 如果你有耐心听 我就原原本本说给你听 那是一桩罪行 我们犯下了可怕的罪行 那是掩盖不了的 你以为可以掩盖住 但听着 可怜的昆汀 你根本没做过 是吗 我会告诉你是怎么回事 我会告诉爸爸 然后 该怎么办就怎么办 因为你爱爸爸 然后我们就得在指责和惊恐中离开 圣洁的火焰啊 我会让你承认我们做过的 我比你强壮 我会让你明白我们确实做过 你以为那是他们 但那是我 听着 我一直都在骗你 那是我 你以为我在弥漫着该死的忍冬花香的房里 尽量不去想那秋千 雪杉 神秘的冲击 搅在一起的呼吸 吮吸着狂野的呼吸 还有一声声 好的 好的 好的 好的

“他从没喝过葡萄酒，但他总是说一篮子葡萄酒。你上次读的是什么书 杰拉德划船服里的那本关于葡萄酒的是每个绅士外出野餐的必备。”

你爱他们吗 加迪 你爱他们吗 他们碰你的时候 我就死了

一分钟前她还站在这儿 一分钟后他就在叫喊了 还一边拉着她的裙子 他们大喊大叫地走进走廊 上了楼梯 把她推上楼梯 到了浴室门口停了下来 她背靠着门 一只手挡着脸 大叫 竭力想要把她推进浴室 当她走进去吃晚饭时 T.P. 正在喂他饭 他就又开始动作了 一开始只是啜泣 直到她碰到他 接着他大叫起来 她站在那里，眼睛就像角落里的老鼠 然后我往灰白的黑暗中跑去 闻起来有雨的味道 所有的花都带着潮湿的味道 暖空气释放出来 蟋蟀们在草丛里高低鸣噪 我踱着步子，周身笼罩着一片寂静的孤岛随我往前移动 阿芳看着我通过栅栏 它形如一个黑点，就像一条线上晾的被子 我想到那该死的黑鬼竟忘了喂她 我又往山下跑去 在蟋蟀鸣叫声烘托出的真空中奔行，就像一口气穿过镜子一般 她躺在水里 头枕在沙上 水漫至她的臀部处，拍打着

水中还有一丝微光 她的裙子一半已经湿透了 两侧随着水流的起伏上下沉重摆动 水流并不流向何处 只是随着自己的动作不断起伏 我站在岸上 在避水的土堆上可以闻到忍冬花香 空气中的毛毛雨里似乎都混杂着忍冬花香 再加上蟋蟀的鸣噪 你的皮肉都可以感觉到一种实在的物质了

班吉还在哭吗

我不知道 嗯 我不知道

可怜的班吉

我在岸上坐下来 草有点湿 接着我发现我的鞋湿了

别泡在水里 你疯了吗

但她没有动 她的脸雪白有些迷蒙 借助头发才能和朦胧的沙子区别开来

现在就出来

她坐起来接着又撑起来 裙子沉重地垂下来 她爬上岸来 衣服重重地拖着 坐下

你怎么不拧干一点 你想感冒吗

是的

水流的一部分浸透到沙里 其余的流过去了 流到柳树中的黑暗处去了 流过浅滩时

水波就像一片薄纱一样伸展开来 此时水里仍然有微光

他走过了所有的大洋 走遍了全世界

接着他说起了他 两只湿漉漉的膝盖扣在一起 在灰白的微光中脸向后仰 又是忍冬花香

母亲的房里亮着灯 班吉的房里也是 T.P. 正把他放到床上去

你爱他吗

她的手伸出来 我没动它 它在我的手臂上摸索着 她把我的手平放在她的胸口上 她的

心怦怦直跳

不 不

是他逼你的吗 那就是他逼你的 让你就范 他比你强壮 他 明天我就要杀了他 我发誓

我会 爸爸就不需要知道了 以后再说 就只有你我知道 别人没必要知道 我们可以拿着

我的学费 我们可以放弃我的入学注册 加迪 你恨他 是吗 是吗

她把我的手按在胸口 她的心怦怦跳着 我转过身来抓住她的手

加迪 你恨他 是吗

她把我的手往上移 碰到她的喉咙 在那儿可以感觉到，她的心一下一下 猛烈撞击

可怜的昆汀

她的脸朝天看 天穹低垂 低到夜空的所有气味、声音似乎都拥挤在一块，犹如置于一顶

低垂的帐篷之下 忍冬花香尤其浓烈 它混进了我的呼吸 落在她的脸上、喉咙里 就像

涂料 她的血脉在我手上突突搏动 我用另一只手斜撑着 那只手开始痉挛 抽动 我竭力

呼吸 在浓烈的忍冬花香中吸进空气

是的 我恨他 我愿为他死 我早就为他死过了 每次发生这种事 我都为他死了一次又一

次

当我把手抬起来 我仍然感觉到树枝和草印在掌中横七竖八的压痕热辣辣的

可怜的昆汀

她向后靠去 用两个手臂支撑着 两只手还抱着膝盖

你根本就没做过 是吗

什么做过什么

我做过的事 我做的事

是的 是的 许多次和许多女孩一起

接着我哭了 她又用手来抚摸我 我贴着她宽松的上衣哭起来 然后她向后躺下 穿过我

的头望向天空 在她的虹膜下 我看到一圈白边 我打开小刀 你还记得那天吗

达姆迪死的那天 你坐在水里，浸湿了衬裤

记得

我把刀尖抵到她喉咙上

这不需要多久 只一秒就好了 然后就轮到我自己 我自己来 然后

好啊 你自裁好吗

好的 刀片够长 班吉现在已经睡觉了

是的

这不用一秒钟 我尽量不会弄疼你的

好啊

你可以闭上眼吗

不 就这样 你得使劲往里捅

用手摸摸看

但她没动 眼睛张得很开 越过我的头看着天空

加迪 你还记得因为你的衬裤沾上泥水，黛西怎么对你大吼大叫的吗

别哭

我没哭 加迪

你要把刀戳进去了吗

你要我戳进去吗

嗯 戳

用你的手来摸摸

别哭 可怜的昆汀

但我止不住 她把我的头抱住 靠在她潮湿却坚实的胸前 我可以听到她的心跳强劲而平

缓 不再怦然撞击了 水流在柳丛的暗处汩汩流动 忍冬花香像波浪一般在空气中阵阵袭

来 我的手臂和肩膀都扭曲地压在身下

那是什么 你在干什么

她的肌肉鼓起 我坐起来

我的小刀 掉到地上了

她坐起来

什么时候了

不知道

她站起身来 我还在地上摸着

我要走了 随它去吧

往家里走

我可以感觉到她站在那儿 我可以闻到她湿衣服的味道 感觉到她在那儿

它就在这儿某个地方

就这样吧明天你找得到的走吧

等一下我一定能找到它

你害怕了吗

就在这里原来它一直都在这里

是吗那走吧

我站起来跟上我们走上山冈在我们到之前蛐蛐就默声了

很奇怪你怎么能丢掉什么东西又四处去找

灰色一片有露珠的灰色斜上灰色的天空

然后是上边的树

该死的忍冬我真希望它能不散发味道

你以前喜欢这味道的啊

我们穿过山顶走向树林她撞到了我 她让了一点走到了山沟是灰色草地上的一道黑色伤痕

她又撞到了我

她看着我让了一下我们一起走向山沟

就这样吧

为什么

看看你是否还能看到南茜的骨灰我很久都没和你一起来看过了

现在上面长满了藤蔓和黑荆棘

他们就在这里你说你能不能看到呢 能吗

昆汀停下

来吧

山沟越来越窄最后没有了她转向树林

昆汀停下

加迪

我又超过了她

加迪

停下

我抓住她

我比你强壮

她站住不动了 虽然极度不服但是不动了

我不想打到停下你最好停下

加迪别加迪

没什么用的你难道不知道吗这不会让我去忍冬群毛毛细雨里我可以听到蛐蛐在转圈圈看着我们她退后绕过我走向树林

你一直走回屋里好了

该死的忍冬

我们来到栅栏她钻了过去我也有样学样在我把弯腰直起的时候他从树林里走向这片灰色直挺地一动不动地朝着我们走过来虽然在移动但是还是就像没动一样她走向他

这是昆汀我淋湿了我全身都淋湿了如果你不想来可以不来

他们的身影重叠了她的头在天空的映衬下显得比他高他们的头你不想来可以不来那就不会有两个头了黑暗中有雨有潮湿的草有树叶的味道灰色的灯就像毛毛细雨忍冬的味道伴着潮湿波浪而来我只能模模糊糊看到她的脸靠在他的肩上他一手抱着她就像抱着一个孩子一样他伸出他的手

很高兴见到你

我们站在这里握手而她的影子拉得很长

两个影子印成一个

昆汀你要干什么

走一会儿我想我要穿过树林回到马路上穿过镇上回家

我转身走了

晚安

昆汀

我停下

你想干什么

树林里树蛙闻到了空气中的雨味他们听起来就像难以拧动的玩具音乐盒发出的声音忍冬的气味

过来

你想干什么

昆汀过来

我走回去她摸摸我的肩膀靠下来她的模糊的脸从他的高影上靠下

来我后退

小心点

你回家吧

我有点想睡觉了我要散散步

在分岔路口等我

我去散个步

我会马上回来的等我你等我

不我要经过树林

我没回头看树蛙它们也没注意我灰色的光线像苔藓一样撒在树上但是还是不会下雨过了一会儿我回到了树林的边上我一到这里我就又闻到了忍冬的气味我可以看见法院大楼上的灯光还有镇上的星光天幕下的广场路旁的黝黑的杨柳母亲房里的灯光依然亮着班吉房里也一样我弯腰经过栅栏穿过草地我在灰色的草地上在蛐蛐中间奔跑忍冬味和雨水的味道越来越浓烈然后我就看到了水看到了灰色的忍冬我躺在河岸上脸贴近地面为的就是不闻到忍冬的气味现在我闻不到了于是我躺在这里感觉到泥土穿过我的衣物我听着雨过了一会儿我的呼吸没那么费尽了我躺在这里想如果我就这样躺着脸贴地面我就不用深呼吸就可以闻到泥土的气息然后我的脑海中一片空白她从河岸上走过来停下我没动

时间不早了你回家吧

什么

你回家吧时间不早了

好吧

她的衣服窸窣作响我没动它们就没响了

你会像我和你说的一样做吗

我什么都没听见

加迪

嗯如果你希望的话我会照做

我坐起来她坐在地上双手握着膝盖

就像我和你说的一样回房里去

好的你想要我做任何事我都会照做

她甚至没看我我抓住她的肩膀用力地摇晃她

你闭嘴

我摇晃她

你闭嘴你闭嘴

好的

她抬起头我看到她根本就没看我我看得到她的眼白

起来

我拉起她她很柔弱我把她拉着站了起来

现在走吧

你走的时候班吉还在哭吗

走吧

我们穿过分岔路看到了屋顶然后看到了楼上的窗户

他已经睡了

我必须停下来闩上门她在灰色的光线下继续赶路空气中有雨的气息但是雨一直不下忍冬的气味开始穿过花园的栅栏飘过来她走到了阴影里我能听见她的脚步声这时候

加迪

我听到她的脚步声然后我的手就摸到了她的不冷不热的衣服

还有点儿湿气

你现在还爱他吗

她屏住了呼吸除了慢慢地吸气呼气好像发生在遥远的地方

加迪你还爱他吗

我不知道

在灰色的灯光之外事物的阴影好像泡在一潭死水里一样死物一样
我真希望你已经死了
你也是吗你现在进来
你现在在想他吗
我不知道
告诉我你在想什么
停下停下昆汀
你闭嘴你闭嘴你听到我说的话了吗你闭嘴你会闭嘴吗
好吧我会闭嘴我们制造了太多噪音
我会杀了你你听到没
我们到秋千那里去吧在这里他们会听到的
我没在哭你是说我在哭吗
没有现在别说话你会吵醒班吉的
你回屋里去现在回去
我没哭我就是个坏姑娘你没办法改变了
我们都被诅咒了这不是我们的错这不是我们的错
别说了过来现在回屋睡觉吧
你说服不了我的我们都被诅咒了
我终于看到了他他正要去理发店他在到处望我走过去
等了一会儿
我找了你两三天了
你早就想和我谈谈
我现在要和你谈谈
他飞速地拨弄了两三下就卷好了一支烟他用手擦燃了火柴
这里不适合谈话我们是不是约别处
我到你的房间来你是住在宾馆吗
不这个主意不怎么样你知道小溪后面的那座桥吗就在那个什么的

后边

嗯我知道

一点怎么样

好的

我转身

打搅你了

等会

我停下转身

她没事吧

他就像是青铜打造的他的卡其衬衫一样

她有什么需要我帮忙的吗

我会准时赴约

她听到我要T. P. 一点钟的时候安好“王子”的马鞍她一直盯着我看连饭也没怎么吃她也来了

你要去干什么

难道我想去散步都不行吗

你肯定有什么事情要去办去办什么事

没你什么事你个婊子你个婊子

T. P. 已经牵着“王子”在偏门等了

我不想驾马车我要散步

我走下车道出了大门我转向小道然后我跑了过去我还没到桥边就看到他靠在桥栏上马拴在树林里他转过身看了看然后又转回去了他没再抬头直到我走到桥边停下来他手上抓着一块树皮他把树皮一点点掰下来经过桥栏上面扔到水里

我来告诉你离开这个镇子

他故意撕下一块树皮慢慢地扔到水里看着它

它漂走了

我说你必须离开镇上

他看着我

是她要你告诉我的吗

我说你必须离开这里不是我父亲也不是任何人和你说的是我说的

听着先不提这个我想知道她没事吧有人找她的麻烦吗

那不是你需要关心的事情

然后我听到自己说我要你在太阳下山之前离开这里

他剥下一块树皮扔进水里然后把树皮放在桥栏上又飞快地两下就卷好一支烟把火柴转出了桥栏

如果我不走呢你想怎么样

我会杀了你别以为我瘦小就觉得我是个孩子

他从鼻孔里吐出两道烟雾在他的脸上

你多大了

我开始颤抖了我的手在桥栏上我想如果我不藏起来的话他会看得到

为什么

我要你今晚上之前走

听着小子你叫什么班吉是天生的是不是他

昆汀

我根本没想说我的嘴巴自然就说出来了

昆汀

他慢条斯理地在桥栏上弹了弹烟灰好像在削铅笔一样我的手不再发抖了

听着没必要这么较劲这不是你的错不是我也有别人

你有妹妹吗你有吗

没有但是女人都是婊子

我给了他一拳我的张开的手在抑制打他脸的冲动他的手动得和我

的一样快烟从桥栏被丢下我另一只手扬过去他又抓住了我的手在烟掉入水中之前他一只手抓住了我的两个手腕他的另一只手飞快地伸向了衣服下的胳肢窝在他身后太阳开始西下一只小鸟在阳光没照到的那个地方欢歌鸟在欢唱的时候我们看着彼此他松开了我的手

看这里

他把树皮从桥栏上拿了下来丢进了水里树皮漂了起来水流把它带走了他的手放在桥栏上漫不经心地拿着拿着手枪我们等待着

你现在打不到了

不

它漂在水面上树林里太安静了我又听见了鸟叫声接着是水流声过了一会儿枪声他根本没有瞄准树皮消失了然后一片一片的树皮浮在水面上他又打了其中两片不比银圆大的树皮

我看这就够了

他把旋转弹膛飞了出去然后朝枪筒里吹了口气一缕青烟消散在空中他给三个空弹膛上了子弹关上旋转弹膛把枪口对着自己递给了我

干什么我又不想打上一枪

从你说的话来看我知道你会需要的我把它给你你刚才也看到了它的威力

和你的枪一起滚吧

我打了他在他抓住我的手腕之后很长一段时间我还想打他我还是试了试这就好像我是透过一片五彩玻璃看他一样我可以感受到我的血脉在沸腾然后我又见到了天空和天空下的树枝以及从树枝中间斜照下来的阳光而他正抓着我想让我站起来

你打了我吗

我听不到

什么

是的你感觉怎么样

没事放开我

他放了我我靠在桥栏上

你感觉没事吗

让我安静一会儿我没事

你能自己回家吗没事吗

滚让我自己待着

你最好不要走路了坐我的马车吧

不你走吧

你可以把缰绳放在鞍头上放开它它自己会回马厩的

别管我你走吧让我自己待着

我靠在桥栏上望着流水我听到他驾着马车离开的声音过了一会儿周边安静下来了我只能听到水声鸟鸣声我从桥边走了靠着树坐了下来头靠在树上闭上眼一大片阳光洒下来拂照在我的眼帘我挪动了一下身子我又听到了鸟鸣声水声然后一切都感觉退去了似的我完全听不到任何声响了在经受这么多个日日夜夜因为忍冬欲睡不得安眠的折磨之后我就终于感觉快没事了就算过了一会儿我就知道他没打我他为了昆汀骗了我而我就像一个女孩子一样昏睡了过去但是那都不重要了我靠坐在这里阳光斑斑点点地拂过我的脸就像树枝上星星落落的黄色树叶听着潺潺流水声什么都不想就算我听到了迅速前来的马蹄声我坐在这里闭上眼睛听到串串马蹄声在沙地上疾走发出的摩擦声奔跑的声音和她在我身上急急探寻的双手

笨蛋笨蛋你受伤了吗

我睁开眼睛她的手擦过我的脸

我不知道方向直到我听到了枪声我不知道我没想到他会和你偷跑出去我没想到他竟然会

她用双手托起我的脸把我的头朝树上撞

停停下

我抓住她的手腕

停下别撞了

我知道他不会的我知道他不会

她又想把我的头往树上撞

我告诉了他不要再和我说话我告诉他了

她想要我松开她的手腕

放开我

停下我比你强壮停下

放开我我得追上他问他放开我昆汀求你放开我放开我

突然她就不挣扎了她松了手

是的我可以告诉他我可以让他相信任何事我可以

加迪

她没有拴住“王子”它随时能往家里跑只要它有这个想法

任何时候他都相信我

你爱他吗加迪

我什么

她看着我然后眼里什么光芒都散去了她的双眼变得犹如石像的眼睛

空洞无神没有任何生气

把你的手放在我的咽喉上

她拿起我的手平放在她的咽喉上

现在说他的名字

道尔顿·艾姆斯

我感觉到有一股热血在她的喉头涌动强而有力地搏动着

再说一遍

她的脸转向树林阳光斜照在树林里鸟儿在这里高歌

再说一遍

道尔顿·艾姆斯

她的热血持续沸腾着在我的手心里搏动搏动

她的热血持续沸腾了一段时间，但是我的脸感觉冰冷，就像死去一般，而我的眼、我手上的伤口又感到阵阵刺痛。我能听到施里弗在使用打气筒的声音，然后他端着脸盆回来了，脸盆中间荡漾着一团暮光，暮光边缘晕染着一层黄色的光圈——就像褪色的气球一样，然后可以看到我的倒影。我试图看清水中的我的脸。

“停了吧？”施里弗说，“把那块布给我。”他试图从我的手中拿过那块布。

“小心，”我说，“我自己可以。是的，差不多停了。”我又浸了一下手中的布，这回黄色的光圈被打散了。布浸湿了。“我真希望能有块干净的布。”

“你得用块牛排敷敷眼睛，”施里弗说，“你明天要是没个熊猫眼，才怪呢。那个浑蛋。”他说。

“我伤着他没？”我把手帕拧干，想擦擦背心上的血迹。

“擦不掉的，”施里弗说，“你得送到洗衣房去才行。好了，把手帕敷在眼睛上吧。为什么不呢？”

“我总能擦掉一点的，”我说，但是确实没擦掉多少，“我的衣领怎么样了？”

“我不知道，”施里弗说，“按在眼睛上吧。按住这里。”

“小心，”我说，“我自己可以。我伤着他没？”

“也许你打到他了。我可能正好转身了，或者眨眼了什么的，所以没看到。他可把你打得半死。你全身都惨遭毒手了。你和他挥拳头打架，到底是怎么想的啊？你个蠢货！现在感觉怎么样？”

“很好啊，”我说，“我现在在想我能用什么把背心洗干净不？”

“好了，别提你那该死的衣服了。你眼睛受伤没？”

“没事啊，”我说。周遭一切似乎都变成了一动不动的紫罗兰，屋顶上的被绿色渲染的天空染上了金色的光辉，烟囱里冒出缕缕炊烟，在无风状态下直直地升上了天际。我又听到了水泵的声音，一个男人在打水，一手在压水泵，一边侧过头来看我们。一个女人出门来，但是没往外看。我能听见别处的牛叫声。

“好了，”施里弗说，“别管你的衣服了，把那块布压到眼睛上。明早上我一起来就拿你的衣服出去洗。”

“好的。我感到遗憾起码该留点血迹在他身上的。”

“那个浑蛋。”施里弗说。斯波特走了出来，我估计是和那个女人在说话，接着他穿过了院子。他用他那冰冷深邃的目光盯着我。

“嗨，小子，”他看着我说，“你为了寻乐子，倒是惹了不少麻烦啊！拐骗还带打架。你假期在干什么呢？放火？”

“我没事，”我说，“布兰德夫人说什么？”

“因为你被打出血了，她正在狠狠骂杰拉德呢。她下次看见你也会狠狠骂你的，居然让他把你揍成这个样子。她倒是不反对打架，但是不能打出血来。我想就是因为你都流血了，她对你有点不齿。你感觉还好吧？”

“当然，”施里弗说，“如果你不能成为布兰德家的一员，那退而求其次的做法，就是看情况和他们家某人通奸，或者喝醉后找他们家哪个人打一架。”

“说得对极了，”斯波特说，“但是我没觉得昆汀醉了啊。”

“他没醉，”施里弗说，“你要喝醉了，才敢和那个浑蛋动手吗？”

“好吧，我觉得我只有烂醉如泥了才会试着动手，看看昆汀现在的样子。吉拉德那浑蛋在哪里学的拳击啊？”

“他每天赶到镇上的麦克那里学。”我说。

“是吗？”斯波特说，“你和他动手的时候，你知道他学拳击的事吗？”

“我不知道啊，”我说，“不过我猜到他练过，是练过。”

“再把布沾湿沾湿，”施里弗说，“要换盆水吗？”

“没事，”我说。我又把布沾了点水，举到我的眼睛上。“真希望能弄点什么好好洗洗我的背心。”斯波特还在盯着我。

“说说看，”他说，“你为什么和他打架啊？他说了什么惹到你了？”

“我不知道。我不知道我怎么就和他打起来了。”

“我就知道你突地跳了起来，说：‘你有妹妹吗？有吗？’当他说没有的时候，你动了手。我注意到你一直看着他，但是你看上去又好像对任何人说的话都漠不关心，直到你跳起来问他有没有妹妹。”

“啊，他又在吹嘘呗，”施里弗说，“又在吹嘘他的女人。你知道的：就像他平时在女孩子面前胡乱吹嘘时一样——含沙射影、胡编乱造、天花乱坠，根本没啥实际意义，所以女孩子也搞不清他具体在说什么。他和我们说的他于大西洋城约一个少妇到舞厅相见，却放了她的鸽子，他回了宾馆睡大觉，以及他躺在床上时如何为了她的空等伤心遗憾，因为他没有赴约并满足她的需求。还大谈女人身段的优美，以及由此而生的遗憾的结局，而女人对此不屈不挠，除了仰躺在床上就无事可做了。勒达潜伏在灌木丛中，呻吟和呜咽地等待着那只天鹅，明白吗？浑蛋，我都想自己动手了结他。不过，如果是我的话，我会抡起他那该死的酒篮子打他。”

“哦，”斯波特说，“救美英雄！小子，你不只让人崇拜，还让人敬畏。”他看着我，略带冷漠揶揄，“我的老天爷啊。”他说。

“我打了他，很抱歉，”我说，“我这副样子回去道歉和好，会不会看上去太糟了点儿？”

“道歉，见鬼的道歉，”施里弗说，“让他们都去死吧。我们要去镇上了。”

“他应该回去道歉的，那他们都会看到他是一个绅士般地在打架，”斯波特说，“我的意思就是挨打挨得很有绅士风度。”

"就这鬼样子？"施里弗说，"全身沾满血？"

"那好吧，"斯波特说，"你们知道怎么做就好了。"

"他总不能穿着汗衫到处跑吧，"施里弗说，"他还不是高年级生呢。来吧，我们回镇上吧。"

"你没必要和我一块，"我说，"你继续去露餐好了。"

"让他们见鬼去吧，"施里弗说，"到这边来。"

"我该怎么和他们说？"斯波特说，"说你和昆汀也打了一架？"

"什么都不要说，"施里弗说，"和她说她的选择只到太阳下山之前有效。昆汀，过来。我要问问那个女人最近的市间铁路在哪里……"

"不用，"我说，"我不回镇上。"

施里弗停下来，看着我。他转过身来，他的眼镜就像两片小黄月亮似的。

"那你要去干什么？"

"我还不打算回镇上。你继续回去露营。和他们说我衣服脏了，就不过来了。"

"看着我，"他说，"你要去干什么？"

"没什么，我没事。你和斯波特回去露营吧。我们明天见。"我穿过院子，走向马路。

"你知道车站在哪里吗？"施里弗说。

"我会找到的。我们明天见。告诉布兰德夫人，我很抱歉，砸了她的派对。"他们站在那里看着我。我围着屋子绕了一圈，然后沿着一条石子路走到大路上。石子路两旁都长着玫瑰。我穿过大门，走到了路上。大路是下斜的，通向树林里，我认得出停在路边的那辆车子。我上了山，上山途中，我发现光线越来越强，而我还没到山顶，就听到了车子的声音——似乎是很遥远的从暮光中传过来的声音，于是我驻足听了一会儿。我已经看不到那辆车了，但是我发现施里弗站在房子前面往山上望，而他身后泛黄的暮光如泼般洒在屋顶上。我抬手示意了一下，就继续穿山而行了，一面还注意着汽车的声响。然后，房子也看不见了，我停在一片黄绿色的光影里，听到汽车的声音越来越大，直到快听不见时，它又忽然没了声响。我一直等到声音再响起，然后才继续赶路。

我下山时，天色渐渐暗下来了，但是又感觉光度是没变的，好像在变的、在减弱的是我自己，虽然在大路没入树林的时候，光线还是够看看报纸的程度。很快我就来到了一条小道，我转向小道上。小道比大路窄一些，光线也暗一些，但是当看到一块木质招牌表示它通向的是无轨电车站的时候，光线又没变了。从小道出来之后，光线好像变亮了，就像我穿过了黑夜的小道走到了白昼一样。很快我就看到了车子。我坐上去，人们都扭头看我的眼睛，我找了个靠左边的位置坐下。

车上开灯了，所以当我们穿过树林的时候，我除了自己的脸和坐在对面过道里的女人之外——她头上端端正正地戴着一顶插了一根断羽毛的帽子，什么都看不见。但是我们穿过树丛之后，我又看见了暮光，同样的暮光——让我感觉时间真的停住了，而太阳也一直悬在地平线之下似的。之后我们又来到了那个亭子——有一个老人在这里吃过衣兜里的东西的亭子，而大路在暮光下延伸至暮色深处，而我似乎能感受到河流在远处平缓、迅疾地流动。车子又开动了，从敞开的门里透进来的风越来越大，直到它让整个车厢里都充盈着夏天和黑夜的气息，不过没有忍冬的味道。我想忍冬的味道是一种极悲切的味道。我记忆中有很多花草的味道——紫藤就是其中之一。碰到下雨天，要是母亲感觉身体还好，可以在外面透透风的话，我们就会在紫藤下玩耍。而母亲卧床的时候，黛西就会让我们穿上旧衣服到雨天里玩耍，因为她觉得雨水对年轻人是没什么害处的。不过，要是母亲在的话，我们一般是先到门廊上玩，等到母亲嫌弃我们过于吵闹的时候，我们才会出去到紫藤架下玩。

这里就是我早上最后见到大河的地方，大概就在这一块。我能感觉到暮光之外的水流——自有一股水的清香。春天花开的时候下雨的话，到处都是这股清香，平时就会注意不到。但是下雨的时候，这股清香会在暮光中钻进屋子里，要么就是因为有暮光的时候雨下得更浓，要么就是暮光中本身有什么香味，反正这股清香就是暮光时最浓。然后我就会躺在床上想什么时候会消散呢？什么时候呢？车门口透进来的风夹杂着水的气息，一股潮湿平稳的气息。有时只要我一遍一遍地念叨那句话就能安然入睡但是后来忍冬的香味混进了其中于是在这整个就成为了黑夜和不安的象征我就像在半睡半醒间俯瞰着一条半明半暗的走廊而走廊上所有的静物都有模糊难辨的阴影我做过的一切也都变成了阴影我所感知和忍受的一切都变得滑稽可笑了并且带着嘲弄而且没有任何内在联系地否定其本该具有的重要性我在想我是我不是谁不是不是谁。

在薄暮之外，我能嗅到河湾的味道，我看到最后的一丝光亮宁静地洒在沙洲之上，就像打碎的明镜一般，而再向远处，光线开始铺洒在白净的空气之中，就像远处有些蝴蝶在盘旋一般微微颤动。班吉明这孩子，怎么老是爱坐在镜子前面呢。在他身上，经久不衰的避难者的冲突淡去、缄默并调和了。我晚来得子的班吉明被作为人质带到了埃及。啊！班吉明！黛西是因为母亲太以他为荣。他们像突然涌现的一股黑人潮流那样侵入白人的生活，瞬间就像透过显微镜一样，将白人的真实情况孤立成为无可争辩的现实情况；而剩下的时间只有笑声，在你没觉得有什么可笑的情况下发出的笑声，以及毫无理由的哭泣。他们打一些奇怪的赌，甚至是吊唁的人数这样的事，会打个赌。孟菲斯的一家妓院里都是这种人，有一回他们好像被附体了一样，都裸奔到了街上——而三个警察才制得住他们中一个。是啊耶稣哦好人耶稣哦多好的人。

车停下了，我下了车，他们又看着我的眼睛。来了一辆无轨电车，挤满了人——我只好站在后平台上。

“前面有位置。”乘务员说。我看了看车厢里，左边是没有位置的。

“我就要下车的，”我说，“我就站这里吧。”

我们过了河。那桥拱度比较小，但是桥身很高，矗立在寂静与虚无之间，而这里有黄、红、绿相间的光亮……在澄净的天空中一遍又一遍地闪烁。

“你还是往前走，找个位置坐下吧。”乘务员说。

“我马上就下了，”我说，“就两站了。”

我在车到邮局之前就下了。我想到露营的人现在准是围坐在哪里，然后就听到了我的表声，于是我开始仔细听打钟的声音，我透过衣服摸了摸给施里弗的信，而榆树残缺的阴影就落在我的手上。就在我拐进四方院子的时候，钟声响了，我就接着赶路了，而钟声就像池塘里风起的涟漪一样传到我耳里又继续传开，这报的是几时差一刻？好吧，几点差一刻。

我们房里的窗户黑压压的，入口处空无一人。我进门的时候挨着左墙走的，但是没人：只有阴影里弯弯曲曲的楼梯上回荡的一代代悲切的人们的脚步声的回声，就像光影洒在阴影上一般，我的脚步像飞扬的灰尘一样吵醒了阴影，接着它们又安静地沉淀了下来。

开灯之前，我就看到了那封信——为了让我一眼就望见，信是用一本书支在桌子上的。在信里，他们把他当作了我的丈夫。然后斯波特说他们要到哪里去，要很晚才回来，而布兰德夫人则还需要一个骑士。这样一来，我又会见到他了，因为现在已经过了六点了，他一小时之内是没车回来的。我拿出表，听它送走时间的嘀嗒声，我都不知道它甚至不会撒谎。然后我把它朝上放在桌子上，拿出布兰德夫人的信，撕成碎片放进了废纸篓里，又脱下了我的衣服、背心、衣领、领带和衬衫。领带也沾了血，不过反正等会就会给黑鬼的。也许上面的血迹他能看作是耶稣戴过的。我在施里弗的房间里发现了汽油，我把背心平摊在桌面上，只有在这上边才能摊平，然后打开了汽油瓶。

*镇上的第一辆车一个姑娘***姑娘***汽油味就是杰生受不了的味道这味道让他恶心脾气暴躁因为一个姑娘***姑娘***没有妹妹只有班吉明我的可怜的班吉明如果我有母亲的话我就能说母亲***母亲**因为用了很多的汽油，我都分辨不出是污渍还是只是汽油印子了。这刺激得我的伤口又痛了起来，所以我去洗漱的时候，就把背心搭在了椅子上，为了能快一点儿弄干污渍，又把电灯拉下来了一点儿。我洗了洗手和脸，但是我还是能在肥皂泡里闻到那股子刺激鼻子收缩的味道。然后我打开包，拿出了衬衫、衣领和领带，把带血的又塞了回去，关上包穿好了衣服。在我梳头发的时候，钟响了，半点了。不过，反正还可以等到报三刻，除非假设 *在飞驰而过的黑暗里只有他自己的脸没有那根折断了的羽毛除非是他们中的两个人而不是像这样的两个人同一天晚上去波士顿然后我的脸他的脸猛地一瞬间擦过黑暗中两个灯火通明的窗子猛地擦过我的脸和他的脸猛地擦过之后就消逝了刚看见便已成为过去刚刚真的照面了吗没有道别那候车亭里空荡荡的再无一人在此吃东西马路在黑暗和寂静中也是空无一人那座桥弯成弓形，伸向寂静的黑夜中水流沉睡了安详而又迅速流走没有道别*

我关了灯，回到了我的卧室，离开了那堆汽油但是我还是能闻到汽油的味道。我站在窗口，窗帘在黑暗里慢慢地吹拂到我的脸上，就像有人在沉睡中深呼了一口气，又幽幽地吐出一口气，然后就不再轻抚我了。

在她们上楼之后，母亲躺在椅子上，把散发着樟脑味的手绢放在嘴巴上。父亲没动还是坐在她旁边抓着她的手叫喊声一声接过一声就像寂静里无它的容身之处似的 我小的时候，我们的书本里有一张这样的图片——一片黑暗中只有一道微弱的斜光照在从黑暗中抬起头来的

两张脸上。*你知道如果我是国王我会做什么吗?* 她从不是女王或者仙女之类的她总是当国王当巨头当将军 *我会冲破那个地方把他们拖出来痛快地抽他们一顿* 那张图片撕下来扯碎了。我是高兴的。我必须回过头来看才知道地牢就是母亲自己她和父亲牵着手向上走进微弱的光里而我们迷失在下面的哪个地方即使他们也没有一丝光亮。然后忍冬的气味飘了进来。就在我关上灯打算睡觉的时候忍冬的气味就一阵阵地飘了过来而且越来越浓郁直到我喘不过气来必须起床像我小时候一样在黑夜中摸索着走到别处 手看得见在头脑里触摸形成看不见的门门现在手看不见什么了 我能闻到汽油、桌上的背心和门的味道。走廊还是没有人烟，世世代代悲切地寻找水。*然而看不见的眼睛像咬紧牙关没有不相信怀疑甚至没有苦痛胫骨脚踝膝盖顺着一道看不见的楼梯长栏杆行走在母亲父亲加迪杰生莫里都睡着的情况下失足我不害怕只要母亲父亲加迪杰生莫里都沉沉睡去我也能好好睡一觉当我的门门门* 这里也是空荡荡的，水管、白瓷脸盆、有污痕的静止的四壁、沉思的宝座。我忘了玻璃杯，但是我能 *手能感觉发凉的手指那无形的天鹅喉咙比摩西的权杖还要脆弱玻璃杯叩击着不是叩击在细弱的喉咙上而是叩击在发凉的金属上玻璃杯满了溢出了水让玻璃杯发凉手指冲洗睡觉留下潮湿感觉的睡眠在喉咙的长长沉默中* 我又回到了走廊里，吵醒了大批静默中窃窃私语的失落人，闻到汽油的味道，那只表还躺在黑暗的桌子上撒着弥天大谎。接着窗帘又在黑暗中呼出一口气，轻抚过我的脸。还有一刻钟，我就不在了。最宽慰人心的语言啊。宽慰人心的语言。过去不存在。现在存在。过去存在过。现在即将不存在。（Non fui. Sum. Fui. Non sum.）好像我又在哪里听到了钟声。密西西比还是马萨诸塞州。我有。我没有。马萨诸塞州还是密西西比。施里弗的行李箱里有一壶酒。*你难道都不打开吗* 杰生·里奇蒙·康普生先生和夫人宣布 *三次。多日。你难道不打开它吗* 他们的女人加达斯的婚礼 *那种酒能让你混淆结果和手段* 我打开。喝酒。我不打开。让我们把班吉的草坪卖掉吧，那样昆汀就能去哈佛了。我会死在里面的。加迪说的是一年吗？施里弗的行李里有一瓶。先生我不需要施里弗的我把班吉的草坪卖了现在我可以死在哈佛了加迪说在大海的洞穴里和间隙里随着波浪平静地波动因为哈佛是这样一个拥有好名声的地方四十英亩买这样一个好名声一点儿都不昂贵。一个逝去的高贵的名声我们用班吉的草坪来换取除非他能这么快意识到 *在她进门的时候他就开始哭泣* 小镇上有个无耻的浑小子我一直以为父亲和她开玩笑所以总提起那个人。我也没怎么注意过他以为他只是个普普通通的陌生的旅行推销员或者是和别人一样穿军用衬衫的直到我猛地意识到他根本没把我当成一股潜在的破坏力量而是看着我的时候想着的是她在通过她看着我就像通过一块彩色玻璃一样 *你为什么要搅和我的事你不知道那没什么好处吗我想为了母亲和杰生你最好是离开*

是母亲让杰生监视你的吗 我就不会干这种事

女人仅仅就是利用别人的荣誉准则这是因为她爱加迪 即便人不舒服她也待在楼下以防父亲在杰生面前嘲笑莫里舅舅父亲说他是个很差劲的古典学者才会冒险选择不懂事的瞎眼小子他应该选杰生的因为杰生最多会犯莫里舅舅犯的大错而不会让他变成黑眼帕特森家的男孩子们比杰生小一些他们卖五分钱一个的风筝直到出现了经济纠纷杰生就找了一个更小的新搭档怎么看都够小了因为 T. P. 说杰生仍管账但是父亲说为什么莫里舅舅还要做事如果他的父亲养得起五六个无所事事只要坐在火炉边的黑奴那他现在肯定也供得起莫里舅舅的吃住还可以借点钱给他这样也可以维持他父亲的信条那就是说在这个热度适宜的地方他的种族是天生高贵的然后母亲就会开始哭哭啼啼说父亲居然认为他的同胞比她高贵还有就是说他在嘲笑莫里舅舅是在叫我们一样的事情她不知道父亲是教会了我们的人都不过是一只只从堆废玩偶的垃圾堆里扫出来的肚子里塞满锯木屑的玩偶锯木屑从哪边的伤口里流出来的反正不是让我致命的那个。以前我总以为死亡就是类似像祖父那样

的他的一个朋友一个很好的私交一个特别的朋友就像我们过去认为祖父的桌子连摸摸都不可以甚至在房子里都不敢大声说话我总认为他们就是一体的它一直在等着萨托里斯上校来一起坐坐他们在杉树后面的一个高地上萨托里斯上校站在一个更高的位置望什么然后走下来祖父穿上了制服我们能透过杉树听到他们低声的交谈他们一直在说话祖父总是说得对

报三刻的钟声响了。第一声精准无痕，庄严利落，驱散了不紧不慢的寂静感迎接下一声就是这样如果人们也能永远这样相互交错就好了一如一个火焰扭转着燃烧了一瞬间然后在冰冷的永恒黑暗中彻底熄灭而不是躺在这里尽力不去想那流逝的时间直到所有的杉树都染上了浓郁的死亡气息班吉如此讨厌这个。只要想到那树丛就像我能听见密语涌来闻到赤裸的身体内热血跳动的味道透过红红的眼帘看到被解绑了的成对的种猪一边交配一边冲进大海里他说我们必须保持清醒地观看短时间内的邪恶但是它维持不了多久我觉得它没必要维持多久对一个有勇气的人来说而他说你认为那是勇气吗我说是的父亲大人你不这样认为吗每个人都是自己道德品质的独裁者你认不认为那是勇气比行为本身更重要比任何行为更重要因为不然你不会是真心的而我说你不相信我是认真的于是他说我认为你是过于认真了要警示我否则不会有动力告诉我你犯了乱伦罪我说我没说谎我不说谎他说你想把一个天性使然所犯的过错升华为一件耸人听闻的事情然后用真相来根除它我说这是我了将她从喧哗的世俗中分离出来如此我们就能不受限制和不受使唤就像从未有过一样他说是你试图让她这么做的吗我说我害怕我害怕她可能会然后又带不来什么好处但是如果我能告诉你我们干了那件事情那件事情就会是这样了而别人就不会这样了然后世界就会叫嚣着退出我们他说嗯关于那另外的一件事情你现在倒是也没有说谎话但是你对你内心这个部分仍然是无知的就是关于自然事件的普遍真理和原因这烦恼着每个人就算是班吉你也没在想人的有限性你在思考的是一种神化的境地其中是会达到头脑中的一种暂时的对称超越肉体而且它不单意识到自身和肉体它也不会抛弃你甚至不会死亡我说暂时的他说你现在甚至都不能想象有一天它不再这么伤害你了你似乎只是把它当成一种体验让你一夜白头这么说吧根本不改变你的容颜在这种情况下不会改变的这会是一场赌局怪事就是这些机缘巧合之下孕育出的人的每一次呼吸都是新鲜的他所投掷的骰子已经是针对他动过手脚的人不能面对最后的结局其实他早已知晓他迟早必须面对因而无须使用各种权宜之计比如暴力还有连小孩子都骗不过的小骗局直到有天在极端厌恶中他孤注一掷翻开一张牌没有人会在第一波绝望的盛怒悔恨和痛失所爱袭来的时候这么做只有在他意识到盛怒悔恨和痛失所爱相对黑暗的赌徒来说都不是那么重要而我说暂时的他说很难相信爱或者殇会是一种没有预先计划便买了下来的债券它的成长是不管你想不想都会成长成熟起来而且没有预兆地就被回忆起了也被当时正当值的任意管事的神替代直到你相信她也许甚至不值得为之沮丧我说我永远不会那么做没人知道我知道什么而他说我认为你最好立马回到坎布里奇去你也许能去缅因州一个月只要你精打细算一点儿你是有这个支付能力的也许看着钱治愈的问题之多超过耶稣是一件好事而我想我知道了你相信的是什么我下个星期或者下个月是会在那里理解的而他说那么你就会要记住让你去哈佛是你母亲毕生之梦想自你出生她就怀揣这个梦想而康普生家族没有一个人会让以为女士失望而我说暂时这对我是有好处的对大家都好而他说每个人都是自己道德品质的独裁者但是不要让人预先设定另一个人的幸福而我说暂时的他说那是最让人伤心的一个词世界上其他的什么都没有这不是绝望直到世界甚至不是世界直到这时最后一声钟声响起。

不久它终于停止了震动，黑暗中又恢复了平静。我走进起居室，把灯打开。穿上背心。汽油味道现在变淡了，甚至察觉不到了。从镜子里也看不见血迹了。至少不像我的眼睛这般明显了。我又把外衣穿上。施里弗的信在衣服里摩擦得哧哧直响。我把它拿出来，察看了一下地址，然后放进一侧的衣兜。接着我把手表拿进施里弗的房间，放进他的抽屉，就到自己的房里去了。我拿上一块新手帕，走到门口，手停在了电灯开关上。然后我记起还没刷牙，于是就又得打开包来。我找出牙刷，挤了点施里弗的牙膏，就走出去刷牙了。其后，我把牙刷挤得尽量干些，才又放回包里。把包拉上，就又走到门口去。砰地一下关灯之前，我先环顾了一圈，看看还有什么遗漏，结果发现忘了拿帽子。我得经过邮局，途中就一定会碰上他们中的某一人，接着他们会以为我不过是一个住在哈佛广场上的一年级生，却要装得像高年级学生一样。我也忘了刷它，不过施里弗有个刷子，所以我不需要再把包打开了。

1928年4月6日

我说，当过婊子，就一直是婊子。我说你应该感到幸运，如果她只是逃逃课，让你担心的话。我说她现在应该立马到厨房来，而不是待在她的卧室里在脸上涂涂画画，还等着六个黑鬼伺候她吃早餐——而这些黑鬼只有吃了一整盘面包和肉才能站得稳。

母亲就说："但是要让学校领导知道我约束不了她，我不能够……"

"好吧，"我说，"你不行，是吧？对她，你就没想过什么办法。"我接着说，"你觉得晚点，也就是等到她十七岁的时候，再这样做怎么样？"

她想了想我的建议。

"但是要让他们以为……我甚至不知道她有成绩单。她上个学期告诉我，今年学校已经不用成绩单了。而现在，琼金教授打电话和我说，她要是再缺席一次，就得休学了。她怎么会这么做？她去哪里了？你成天都在镇上；你应该去看看她是不是在学校。"

"好的，"我说，"如果她逃课到街上来，我想她是要做不能在大庭广众之下做的事情。"

"你这是什么意思？我没想到你会这么说，"她说，"你是他们中间唯一一个不怪罪我的人。"

"当然，"我说，"我没那个美国时间来怪罪您。我没时间去哈佛，或者把我自己喝得烂醉如泥。我必须工作。不过，当然如果您想让我跟着她，看她都在干些什么，我可以从商店辞职，然后找一个夜间的工作。这样，我就能成天看着她，然后晚上您就让班来换班，看着她。”

“我知道我只会给你带来麻烦，是你的包袱。”她边说，边趴在枕头上哭起来。

“我知道了，”我说，“您在我耳边这么说了三十年了。现在，连班吉都该是知道了。你想让我就这个和她说说吗？”

“你觉得这会有什么用吗？”她说。

“如果你在我准备实施计划的时候，又来搞破坏的话，肯定没用，”我说，“如果你想让我管教她，你就直说，然后你就不要插手了。每次我试图做点什么的时候，你就来插手，然后让我们都被她笑话。”

“记住她也是你自己的血脉亲人。”她说。

“当然，”我说，“那正是我在想的事情——骨肉。如果按我说的话，也有一点儿血缘。当人们表现得像黑鬼一样，唯一能做的事情就是把他们当黑鬼。”

“我怕你对她发火。”她说。

“好啦，”我说，“你的那套是行不通的。你想让我做点什么，还是不做？指条明路，到底怎么样，我还要工作呢。”

“我知道你应该让你的生活远离我们，”她说，“你知道，如果当初我实现了我的想法的话，你就会有个自己的事务所，日子也该过得和巴斯康一样。因为不管你姓甚名啥，你骨子里就是巴斯康家的人。我知道，如果你父亲当时要是有远见……”

“好了，”我说，“我想他像每个人一样，有偶尔猜错的时候，就算是史密斯或者琼斯也一样，会犯错。”

她又开始呜咽了。“你怎么能这么说你的亡父呢！”她说。

“没事，”我说，“没事。你想怎么样就怎么样吧。但是因为我没有自己的事务所，我必须做我该做的事情。你想让我和她谈吗？”

“我怕你对她发火。”她说。

“好吧，”我说，“那我什么都不会说。”

“但是必须采取点什么措施，”她说，“怎么能让人们以为是我允许她逃课，到街上乱跑的，或者以为我没那个能力管住她……杰生，杰生啊！你怎么能这样！怎么能留给我这么多的包袱。”她说。

“现在这样，”我说，“您会弄得你自己又不舒服的。您为什么不直接把她整天锁在房间里，或者把她交给我，就别再为她的事情操心了，您看怎么样？”

“我的亲骨肉。”她哭着说。

所以我说：“没关系，我会好好照顾她的。别哭了。”

“不要对她发火，”她说，“记住她还只是个孩子。”

“我不会的，”我说，“我不会冲她发火的。”我带上门，走了出去。

“杰生，”她喊。我没答话。我走到了大厅里。“杰生。”她在门后喊。我继续往楼下走。餐厅里没人，然后我听到她在厨房的响声。她在试图说服黛西，再给她一杯咖啡。我走了进去。

“我想你穿的是校服，对吧？”我说，“还是你们今天是放假？”

“黛西，求你了，半杯就好。”她说。

“不行，小姐，”黛西说，“我不能给你喝了。一个十七岁的姑娘，不应该喝超过一杯的，更何况卡罗琳小姐交代过的。你去穿校服吧，这样你就能和杰生一起去镇上了。你又要迟到了。”

“不，她不会的，”我说，“我们马上就来解决这个事情。”她一手端着杯子，看着我。她把脸上的头发扫到后面，晨衣则往下滑。我说：“你放下那个杯子，马上到我这里来。”

“为什么？”她说。

“过来，”我说，“把杯子放到洗碗池里，过来这边。”

“杰生，你现在要干什么？”黛西说。

“你可能以为你能像对付你外婆他们一样，对我应付了事，那就错了。我给你十秒钟，照我说的做：把杯子放下，过来！”我说。

她不看我了，看向黛西。“黛西，几点了？”她说，“到十秒的时候，你吹个口哨。拜托，黛西，就半杯。”

我抓住她的手臂。她打掉了杯子。杯子掉在地上，她往后猛地一跳，盯着我，但是我仍然抓着她的手臂。

黛西从椅子上站了起来。说：“杰生，你。”

“你松开我，”她说，“不然，我要抽你了。”

“你想打我，真的？”我说，“你会，是吗？”她真的打了我。我抓住那只手，就像抓住一只野猫一样。“你来真的？”我说，“你以为你能打我？”

“杰生，好了！”黛西喊。我把她拖进了餐厅。她的睡衣松开了，松松垮垮地挂在身上，基本上是裸着的。黛西蹒跚地走了过来。我转身，把门踢上了。

“你别过来。”我说。

昆汀靠在桌边，扣衣服。我看着她。

“现在，”我说，“我想知道你是什么意思，逃课、对你外婆说谎、在成绩单上伪造她的签名，还有让她忧患成疾。你这样做，到底是想干什么？”

她什么也没说。她把晨衣一直扣到了脖子下面的扣子，紧紧地把她的身体包了起来，然后看着我。她还没来得及化妆，现在她的脸光滑发亮得就像用擦枪布擦过一样。我走过去，抓住她的手腕。“你到底想干什么？”我说。

“关你屁事！”她说，“你放开我。”

黛西进来了。“杰生，你！”她说。

“听我的，出去。”我看都没看她一眼，说，“我想知道你逃课的时候，去了哪里，”我说，“你没到街上来，不然我会看见你的。你和谁在一起？你是和哪个该死的油头小子在树林里鬼混吗？你是去了树林吗？”

“你！你个该死的！”她说。

“你可能能这样吓唬一个老女人，但是我要让你瞧瞧，现在抓住你的是谁才行。”我用一只手抓住她，然后她不动弹了，盯着我，她的眼睛开始睁大，变得深邃起来。

“你想做什么？”她说。

“你等我先解下这根皮带，你就知道了。”我说，然后解下了我的皮带。此时，黛西抓住了我的手臂。

“杰生，”她说，“杰生，你！你难道不为你的行为感到难为情吗？”

“黛西，”昆汀说，“黛西。”

“我不会让他那么做的，”黛西说，“别担心，宝贝。”她挂在了我的手臂上。这时，皮带解出来了，我猛地扯开了黛西，将她推了出去。她跌到了桌子上。她太老了，除了艰难移动以外，做不了什么了。但是那没什么关系：我们厨房里需要一个人，吃年轻人吃不完的东西。她又跌跌撞撞地走过来，挡在了我们中间，她又想抓住我。“打我吧，先生，”她说，“如果你一定要打人，才能出气的话，那就打我吧。”她说。

“你以为我不敢？”我说。

“我知道你什么都做得出来。”她说。然后，我听到母亲在楼梯那儿的动静。我应该知道她不会袖手旁观的。我放了昆汀。她跌跌撞撞地倒在了墙上，紧紧地抓着她的衣服。

“没事，”我说，“我们暂时不算这笔账。但是你以为你能在我这里蒙混过关吗？我不是什么老妇人，也不是一个半死不死的老黑鬼，你个小骚货。”我说。

“黛西，”她说，“黛西，我想要我妈妈。”

黛西走向她，说：“没事啦，没事啦。只要我在这里，他就再也不能碰你。”母亲下来了。

“杰生，”她喊，“黛西。”

“好了，没事了，”黛西说，“我不会让他碰你的。”她把手放在昆汀身上。昆汀推开了她的手。

“你个该死的黑老妇。”她说。她跑向门边。

“黛西，”母亲在楼梯上喊。昆汀经过她，跑上了楼梯。“昆汀，”母亲喊她，“昆汀，你怎么了？”昆汀没理她。我能听到她跑到楼梯顶，然后进了大厅的声音，之后，就是门被甩上的声音。

母亲停下来了。然后，她走了过来，说：“黛西。”

“没事，”黛西说，“我来了。你去把车开出来，等着，然后送她去学校吧。”

“别担心，”我说，“我会送她去学校的，我还要确保她待在学校。我开始做这个事情了，就会善始善终。”

“杰生。”母亲在楼梯上喊我。

“现在，去吧，”黛西边走向门边，边说，“你想再让你母亲犯病吗？我来了，卡罗琳小姐。”

我走了出去。我能听到她们在楼梯上的声音。“你现在回床上睡觉，”黛西说，“你难道不知道你还不能起床吗？现在，回去躺着。我会负责监督她及时去学校的。”

我出了后门，去把车开出来，我要整个绕一圈才能到前面找到他们。

“我记得我说了要你们把备用胎装在车后边的。”我说。

“我没时间，”卢斯特说，“班随时需要有人看着，直到姥姥忙完了厨房里的事情。”

“好吧，”我说，“我养了一厨房只会跟着班屁股跑的黑鬼，而我想换个车胎的时候，还得自己动手。”

“我找不到人照顾他。”他说。然后班开始呻吟着，淌着口水。

“把他带到后面去，”我说，“见鬼了，你怎么总是把他带在别人看得见的地方。”在他开始大喊大叫之前，我就把他们赶走了。星期天够糟的了，一草坪的人把一个超大号的球踢得四处飞，这些人都不需要养六个愚蠢的黑鬼。班吉每次一看见这群人来了，就会开始围着栅栏大叫着跑上跑下，我知道这会弄到他们开始要我支付观球费为止的，然后母亲和黛西会拿出几个瓷门球和一根拐杖，假装在打球，要么就是我晚上用灯笼。也许，他们会把我们都送到杰克逊的疯人院里去。天知道呢，如果真的被送过去了，他们可能还会举行“老家周”表示庆祝呢。

我走到后面的车库里。墙上靠着一个车胎，但是如果要我自己动手装上去的话，真是该死。

我退出来，打了个转。她就站在我的车子旁边，我说：“我知道你没带书，如果不是和我毫无关系的话，我就想知道那些书都被你怎么样了。当然，我没有权利问你。”我说，“我只是刚好是那个去年九月花了十一块六毛五买它们的人。”

“我的书是母亲买的，”她说，“我压根没花过你的钱。要花你的钱，我宁愿饿死。”

“真的？”我说，“你这么和你外婆说说看，看她会说什么。你看起来不是没穿衣服啊，”我说，“就算你抹在脸上的那些粉什么的，比你穿的所有衣服遮住的还多一些。”

“难道你认为，这是你或者你妈的钱买的？”她说。

“问问你外婆，”我说，“问问她那些支票怎么样了。说起来，我记得，你倒是也看见她烧过的啊。”她甚至没有听我说，她把脸涂得乱七八糟，而她的眼神像杂狗的一样坚硬。

“你知不知道我会做什么？如果我发现这些东西压根没花你的或是

外婆的钱的话。”她边用手压着裙子，边说。

“你会做什么？”我说，“钻进桶子里？”

“我会立马撕了它们，然后扔到大街上，”她说，“你以为我不会这么做吗？”

“当然，你肯定敢这么做，”我说，“你总是说到做到。”

“以为我不会呢。”她说。她两手抓住裙子领子处，好像要撕开裙子一样。

“你要是敢撕那条裙子，”我说，“我今天就在这里打到你终生记住这一次为止。”

“你以为我不敢呢。”她说。这时，我意识到她是真的打算撕裙子，直接就这么撕开。等我停下车，抓住她的手，已经有很多人在围着看了。一瞬间，这让我非常生气，都气糊涂了。

“你要是敢再这么做，我会让你后悔来到这个世界上。”我说。

“我已经后悔了。”她说。她不动了，然后她的眼神变得有点奇怪，我当时想她要是在大街上，在我的车里哭的话，我会抽她，抽到她生不如死。幸运的是，她没哭。因而，我松了她的手，继续赶路。还好，我们就在一条巷子边上，我可以在这里转到后街上，不用待在广场上。已经有人在彼尔德家的草地上支起了帐篷。艾尔给了我们两张入场券。她把脸转开，咬着嘴唇，坐在那里。“我已经后悔了，”她说，“我不知道我为什么要生在这个世界上。”

“我知道，肯定还有人也不明白。”我说。我在学校前面停了下来。铃声已经响了，最后一个学生正在进门。“无论如何，你也按时到过一次，”我说，“是你自己进去，然后一直待在这里呢，还是我和你一起进去，要你待在这里？”她下了车，“砰”地把门关上了。“记住我说的话！”我说，“我是认真的，让我再听到一次你在后巷里和那些死小子到处晃荡的话，你就试试看！”

她回头看了一眼，说：“我没有晃荡，我想每个人都知道我在做什么。”

“他们是都知道，”我说，“这镇上的每个人都知道你是什么样子的。但是不要让我再听到，听到没？我本是并不在乎你做什么，但是我在这镇上是有地位的，所以我不能允许我有家庭成员，有像一个黑鬼骚货一样的所作所为。明白了没？”

“我不在乎，”她说，“我很差劲，我会下地狱，但是我不在乎。我宁愿下地狱，也不想待在有你的地方。”

“如果再让我听到一次，说你没去学校的话，你会希望你本是在地狱的。”我说。她没回头。

我到邮局，拿了信，继续开车到了商店里，然后停了车。我走进来的时候，艾尔在看着我。我想给他一个责怪我迟到的机会，但是他只是说：“那些中耕机来了，你最好是能帮助乔布大叔装好它们。”

我走到后院，老乔布正在拆板条箱，照他的速度，大概一个小时能取出三个螺丝。

“你真应该为我工作，”我说，“镇上所有不中用的黑鬼都在我家吃白饭呢。”

“我就是给周六给我发钱的人干活，”他说，“我干了活，就没时间讨好别人了。”他拧开了一个螺帽，“在我们国家，除了新工人，大家干活都不太上劲。”他说。

“你该庆幸你不是一个要等到这些中耕机出来，才有活干的新工人，”我说，“在他们打算阻止你之前，你会把自己做死的。”

“这倒是真的，”他说，“新工人真是艰难啊。不管风吹日晒，整个星期下来，每天都得早出晚归。星期六对他们来说，根本没什么意义。他们也不能坐在前廊上看西瓜长得怎么样了。”

“星期六对你来说，也会没什么意义，”我说，“如果是要我付你工资的话。现在把这些东西从板条箱里拿出来，然后拖进去。”

我首先打开了她的信，然后取出了支票。女人就是女人，又晚了六天。然而，她们还总是试图让男人相信，她们做得了买卖。你想一个做买卖的人，要是把一个月的第一天从第六天开始算，他的买卖能支撑多久。同样地，当他们寄出我的银行账单的时候，她总是好奇为什么我都要到六号才会把工资存进去。女人总是明白不了那种事情。

“就我写的关于昆汀的复活节裙子的事情，我没收到回信。信顺利到了吗？我写给她的前两封信，都没有回音，不过，第二封信里的支票和其他一张支票一起兑现了。她生病了吗？请立刻给我回信，否则我会亲自来看她。你承诺过，你会在她需要什么的时候，及时通知我。你偷拆了我写给她的信，我都知道，就像我在亲眼看着你一样。你最好尽快给我打电报到这个地址，告诉我她的情况。”

这时，艾尔开始朝乔布大喊大叫，所以我把信收起来，然后走了过去，想给他一点儿生气。这个国家需要白人劳动力。就让希望懒惰的黑鬼饿上个几年，然后他们就会意识到他们是多么愚笨。

快到十点的时候，我来到了前厅。前厅里有个旅行推销员。再过两分钟就十点了，所以我邀请他到街上喝一杯。我们要聊聊收成。

“没啥好的，”我说，“棉花都被投机倒把分子掌握了。他们给农民灌迷魂汤，让农民大种棉花，然后就此在市场上打压对手。难道你以为农民除了脖子晒红、背部变驼，真的能得到什么好处吗？难道你以为那个大汗淋漓地把棉花种到地里的人，除了解决温饱，能得到一丁点儿的其他好处，”我说，“如果种多了，就卖不出价钱，也就连摘都没必要了；如果种少了，就连放轧棉机里都少了。那这又是为什么呢？为了一群浑蛋东部犹太人，我这里说的可不是信犹太教的人，”我说，“我也认识一些很好的犹太人。你可能就是其中之一吧。”我说。

“不，”他说，“我是美国人。”

“请勿见怪，”我说，“我不会因为一个人的宗教信仰，对他有偏见的。我对犹太人本身，并没有什么意见，”我说，“这只是种族不同。你必须承认他们并不生产什么，他们只是跟随拓荒者来到了这个新的国度，然后卖衣服给当地人而已。”

“你说的是亚美尼亚人吧，”他说，“对吧？拓荒者可没必要穿新衣服。”

“请勿见怪，”我说，“我不会因为一个人的宗教信仰，对他有偏见的。”

“当然，”他说，“我是美国人。我之所以鼻子长成这样，只是因为我的家族有一点儿法国血统。我是地道的美国人。”

“我也是，”我说，“我们这样的人剩下的可不多了。我说的是那些坐在纽约的办公室里，剥削涉世不深的赌徒的人。”

“是的，”他说，“穷人赌博，可是一丁点儿用处都没有。国家应该设立法律，禁止赌博。”

“你觉得我说得不对吗？”我说。

“是对的，”他说，“我想你是对的。农民来来去去都是倒霉的那个。”

“我知道我是对的，”我说，“这是一个容易被骗的游戏，除非你有熟人，能得到可靠的内部消息。我正好认识一些这样的人。他们有一家纽约最大的操纵公司之一给他们消息。我的做法一般是，”我说，“我从来不会一次承担太大的风险。他们就是为那种自认知道了所有的信息，并且试图用三块钱就打捞一笔的人设置的陷阱。这种人就是别人干这行的目标。”

这时，十点的钟声响了。我走到电报局。就像人们常说的一样，电报局只开了一点点门。我走到角落，再一次拿出电报，想确定一下。就在我确定的时候，一个报告来了——涨了两个点。我从他们所说的话里能判断出来大家都在买进。大家都在挤上船，就像完全没想到船会沉一样。弄得就像是有法律明文规定除了买进，不能进行任何操作了一样。好吧，我估摸着那群东部犹太人也得过日子。但是，如果任何一个在其国内混不下去了的外国佬，都能到美国来赚美国人的钱，那真是想我死。又涨了两个点，现在总共四个点了。见鬼，他们这回是真对了，看来他们的确有内部消息。那么我要是不听劝告，那我每月给他们的十块钱不是白给了。我走出去，然后想起来还没打电报，又走回来，打了电报。“一切安好。今天写Q。”

“Q？”报务员问道。

“是的，”我说，“Q，你不会写吗？”

“我只是确定一下。”他说。

“你照我写的发过去，我保你没错，”我说，“电报费收件方支付。”

“你要打什么电报，杰生，”怀特医生边说，边越过我的肩膀看过来，“是要买进的密码电报吗？”

“完全正确，”我说，“你自己判断形势吧，你可比那些纽约人懂得多。”

“嗯，是的，”医生说，“要是一磅涨两分，我今年就可以攒大笔的钱了。”

有一个报告来了——跌了一个点。

“杰生是在抛售，”霍金说，“看他的表情就知道。”

“我做什么，没关系，”我说，“你们自己按自己的判断做事。这些个富得流油的纽约犹太人也要和大家一样生存。”我说。

我回到了商店。艾尔在前厅忙活，我走到桌子后边看罗恩的信。“亲爱的爸爸，真希望你在这里。自从爸爸出镇之后，就没有好派对了。我想念你，我亲爱的爸爸。”我估摸着她确实是想我了。上回我可是给了她四十块呢。我从不承诺女人什么，也不会告诉她我会给她什么。那是对付女人的唯一方法——也就是让她们捉摸不透。如果你能想出任何一个其他让她们吃惊的方法，就给她们的下巴一拳好了。

我把信撕碎，在痰盂里烧了它。我的原则是，绝不保留女人留给我的只言片语，我也从不给她们写信。罗恩总是追着要我给她写信，但是我说我忘记告诉她的任何事情，都要等到我再到孟菲斯的时候，再告诉她。不过，我说我不介意她偶尔给我用普通信封寄封信，但是她要是想给我打电话的话，孟菲斯也就容不下她了。我说，当我在那里的时候，我是一个男孩，但是我不会让任何女人给我打电话。这里我说到我给了她四十块钱。如果你喝醉了，突发奇想想给我打个电话的话，记住这一点，并且在你打电话之前数十下。

“什么时候？”她说。

“什么？”我说。

“你什么时候回来？”她说。

“我会告诉你的。”我说。然后她想买瓶啤酒，但是我不会同意。“把钱存起来，”我说，“给你自己买条裙子吧。”我也给了女仆五块钱。毕竟，就像我说的，钱没什么价值，只是看你怎么花它。钱也不属于任何人，那为什么要想办法储存它呢。它只属于能得到又能守住它的人。在杰弗逊，还真就有这么一个人，靠卖腐烂了的食物给黑鬼，赚了大笔的钱，却住在商店上面一个猪舍大小的地方，还自己煮饭菜吃。四五年之前，他生病了。他被吓得要死，所以等他好了，他参加了教会，并且花五千块钱一年资助了一个中国传教士。我总在想，等他死的时候，发现根本就没有天堂的话，会气成什么样。就像我说的，他还不如继续生病，就此死了，把钱省下来呢。

信烧完的时候，我正打算把其他的信乱塞到衣服兜里的时候，突然有一种预感，应该在回家之前拆开昆汀的信看看，但是就在这时，艾尔开始在前厅叫我了，所以我把信收好，走过去，一直在等那个红脖子做决定——到底是花两毛钱还是三毛五分钱买一根缰绳，等了十五分钟。

“你最好是买那根好点的，”我说，“你要是买便宜的东西，也就不能指望走在别人前头。”

“如果这个没什么好的，”他说，“那你们为什么还卖呢？”

“我没说这一无是处，”我说，“我只是说没那个好。”

“你怎么知道没有那么好，”他说，“你用过吗？”

“因为它不要三毛五，”我说，“这就是我为什么知道它不好的原因。”

他把那根两毛钱的抓在手里，从指间拉过去。“我觉得我还是买这种吧。”他说。我想拿过来，包装好，但是他却把绳子捆好，塞到工装裤衣兜里了。然后他拿出了一个烟袋，好不容易打开它，倒了些硬币出来。他递给我两毛钱，说：“我可以用一毛五买晚餐时的甜点。”

“好吧，”我说，“你是医生。但是明年当你要买新装备的时候，不要找我抱怨就行。”

“我还没种明年的庄稼呢。”他说。我终于摆脱他了，但是每次我把那封信拿出来，就有事情了。他们都在镇上看演出，成群结队地进来买一些对镇上没什么好处的东西，除了让市长办公室的那帮贪污腐败分子又能分得一笔之外，也不能留下什么。而艾尔就像一只笼子里的母鸡一样，前前后后说：“您好，女士，康普生先生会接待您的。杰生，给这位太太拿个搅拌器，还拿一个五分钱的屏风钩子。”

是呀，杰生喜欢做事。我说不，我读了大学从来没什么优势，因为在哈佛它只教会你怎么晚上游泳，却没教你怎么游泳，而在希瓦尼，他们压根没教你水是什么。我说你可能该送我去州立大学；也许我会学会用鼻头喷雾弄停我的钟，然后你们就能把班送去当海军，我说或者是骑兵什么的，骑兵营里可是用阉马的。那么，当她把昆汀送回来要我养的时候，我说我猜那也是对的，他们把工作送到了我面前，而不是要我远上北部找工作，然后我母亲就会开始哭，我说不是我不想在这里工作；如果你认为这能让你满意的话，我会辞职，自己来照顾，让你和黛西赚钱养家，或者要班赚吧。把他租给一个杂耍团；总会有那么些人，愿意花上一毛钱来看他，然后她就会哭得更伤心，一直说我那可怜的受折磨的孩子啊，而我说是的，等他长大了，而不是像现在只有我半个人高的时候，就能帮您大忙了，而她说她马上就会死了，她死了我们就都好了，我说好吧，好吧，您想怎么办就这么办吧。那是您的外孙女，她肯定比其他所有外孙女得到的都要多。只是我说，这只是时间问题。如果您相信她会照她说的做，不来看的话，您就是在自欺欺人，因为第一次是那个母亲一直在说，谢天谢地，你除了不叫康普生之外，你就是康普生家族的人，因为现在你是我的全部——你和莫里，我说我自身本来能不把莫里舅舅卷进来，这时，他们来了，说他们准备好了。这时母亲也停止了哭泣。她揭开了黑纱，我们一起下了楼。莫里舅舅正从餐厅出来，还在用纸巾擦嘴巴。大致就是留出了一条小巷子一样的路，我们走到门口的时候，正好看到黛西在角落里赶班和 T. P. 到后面去。我们走下台阶，上了车。莫里舅舅一直在说可怜的小姐姐，可怜的小姐姐，念叨个不停，一边还轻拍母亲的手。他一直在念叨些什么。

“你带衣带了吗？”她说，“他们为什么还不走呢，等班吉明出来，又好看了。可怜的小孩。他还不知道。他甚至没意识到。”

“好了，好了，”莫里舅舅说，轻拍她的手，嘴里念念有词，“这样更好。就让他不知这丧父之痛吧，等到不得不说的时候再说。”

“其他的女人在这个时候，应该有孩子在身边支撑她们吧。”母亲说。

“你有我和杰生。”他说。

“这对我伤害太大了，”她说，“他们两个在两年之内就变成了这样。”

“好了，好了。”他说。过了一会儿，他似乎是把手偷偷伸到了嘴巴边，把嘴里的东西丢出窗外了。然后，我就知道我闻到的是什么了——丁香茎的味道。我估摸着，他认为这是他在父亲的葬礼上，起码要做的吧，或者也许侧柜以为仍是父亲呢，所以在他路过的时候，绊了他一下。就像我说的，如果他一定要变卖什么，送昆汀去哈佛的话，如果当初他是把侧柜卖了，还从中拿出一点儿替自己买一件独袖紧身衣的话，我们的日子真是会好过得多。我琢磨着康普生家族在交到我手上之前就败光了的原因，就像我母亲说的，是被父亲喝掉了。至少，我从来没听他说要变卖什么东西，送我去上哈佛。

所以，他一直在拍母亲的手，一边说“可怜的小姐姐”，一边用戴着黑手套的手拍母亲的手，而四天后我们收到了那只黑手套的账单，因为那天是二十六日，因为就是一个月前的同一天，父亲上这儿，把它买回了家，而他只字不提她在哪里之类的，母亲一直哭着说：“那你甚至没见到他？你没想办法让他出点赡养费吗？”然后父亲说：“没有，他的钱，她一个子儿都不会碰的。”母亲又说：“可以用法律手段逼迫他。他没法证明，除非……康普生·杰生，你不会傻到告诉……”

“别说了，卡罗琳。”父亲说，然后他要我去帮黛西从阁楼里把旧摇篮拿出来，我说：“好呀，他们今儿个晚上倒是真给我把工作安排到家里了。”因为我们一直都在希望他们能把事情处理好，也以为他会抚养加迪的，因为母亲一直说加迪对家庭还是有足够的感情不会危及到我，一旦她和昆汀有了自己的去处。

“她还能放在哪里呢？”黛西问，“除了我，谁会抚养她啊？你们不都是我养大的嘛。”

“你养得真是太好了，”我说，“无论如何，这又给了她操心事了。”所以我们把摇篮搬了下去，之后黛西就开始在她自己的房间里装好它。这时，母亲果然又开始了。

“别说了，卡罗琳小姐，”黛西说，“你要把她吵醒了。”

“放这里？”母亲说，“被这种空气毒害？她现在已经够糟的了。”

“别说了，”父亲说，“别犯傻了。”

“为什么不能在这里睡？”黛西说，“她妈妈还不能单独睡的时候，都是在这个房间，每天晚上由我哄她入睡的。”

“你不知道，”母亲说，“是我自己的女儿被她丈夫抛弃了，可怜的无辜的孩子，”她说，看着小昆汀，“你永远不会知道你造成的苦痛。”

“闭嘴，卡罗琳。”父亲说。

“你为什么总是这么向着杰生？”黛西说。

“我一直想保护他，”母亲说，“我一直在保护他不受其扰。至少我要尽全力保护这个小孩子。”

“我想知道，为什么说她睡在这个房间不好？”黛西说。

“我没办法，”母亲说，“我知道我只是一个麻烦的老女人。但是我知道没有人能违背上帝的意志，又不受惩罚的。”

“胡说八道，”父亲说，“黛西，那就把摇篮装在卡罗琳小姐的房间吧。”

“你可以说我是说胡话，”母亲说，“但是永远不能让她知道。而且永远不要让她知道那个名字。黛西，我不准你在她面前说起那个名字。如果她能在不知道自己一个母亲的情况下长大，我会感谢上帝的。”

“别犯傻了。”父亲说。

“我可是从来没有干涉过，你怎么抚养他们长大成人的，”母亲说，“但是现在我受不了了。我们必须立马做个决定，今晚就要决定。要么永远不要在她面前提起那个名字，要么就送她走，或者我走。你做个决定吧！”

“别说了，”父亲说，“你只是伤心了。黛西，摇篮就装在这里吧。”

“你肯定也快生病了，”黛西说，“你看上去像鬼一样。你快上床躺着，我给你端杯朗姆酒来，然后你好好睡一觉吧。我敢打赌你出去后，肯定没好好睡过一觉。”

“不行，”母亲说，“难道你不知道医生说了什么吗？你为什么一定要让他喝酒？他现在最大的问题就是酒喝多了。看看我，我也难受，但是我还不至于懦弱到要用威士忌来麻痹自己，那等于是自杀。”

“胡说，”父亲说，“医生知道什么呢？这只是他们谋生的手段而已：建议人们做一些当下没在做的事情，这谁不会呀——连退化的猿猴都会。接着，你该喊个牧师来，牵我的手了。”然后母亲就哭了，父亲则出去了。他下楼了，然后我听到了父亲开侧柜的声音。晚上，我醒来的时候，又听到了父亲下楼的声音。母亲可能是睡了，因为家里总算安静下来了。父亲估计也很小声，因为我没听见声响，只是在侧柜前面看到了他的睡衣下摆和光腿。

黛西装好了摇篮，替小昆汀脱了衣服，把她放了进去。从父亲把她带回来，她就没哭过。

“马上这个摇篮就小了，”黛西说，“我想到了，我在大厅里铺个简易床睡，这样你就不用晚上起床了。”

“我不想睡，”母亲说，“你回去睡吧，我没关系的。我很乐意把我的下半生用在带她身上，只要我能阻止……”

“别说了，”黛西说，“我们一起好好照顾她。但是你也要去床上睡觉，”她对我说：“你明天要去学校。”

所以我出来了，而母亲又把我叫了回去，在我肩上哭了一会儿。

“你是我唯一的希望，”她说，“每天晚上我都感谢上帝把你赐给我。”当我们在那儿，等大家开动的时候，她说：“谢天谢地！如果他也走了，我就只剩下你了，而不是昆汀。谢天谢地，你不是康普生家族的人，因为我现在仅剩的就是你和莫里了。”我说，好吧，我可以不让莫里舅舅卷进来的。他一直用戴着黑手套的手在轻拍母亲的手，说着走开了。轮到他铲土的时候，他脱下了手套。他走到第一批人旁边，他们在帮后来的人打伞，他们时不时地跺跺脚，想把脚上的泥土弄掉，因为铲子上也沾满了泥土，所以他们必须敲掉它，而在掉下来的时候泥土发出一种空洞的声音，而当我退到马车旁边的时候，我在一个墓碑后面看到他——又在喝酒。我以为他会永远喝下去，因为我也穿了新衣服，不过还好车轮上还没沾上很多泥土，所以只有母亲看到了，说我不知道你什么时候才会有另一件新衣服，而莫里舅舅说："马上，马上就会有。完全不用担心。你一直都有我呢！"

我们的确有他，一直都有他。第四封信来自他。但是没有打开的必要。这种信，我自己就可以写，或者凭记忆背给她听，为了保险起见就加上十块钱好了。但是对于另一封信，我倒是有种直觉——就是感觉她又在耍什么花招了。自从第一次之后，她就变聪明了。她很快就发现，我和父亲可不一样。当他们快要填到顶了的时候，母亲又开始号啕大哭，所以莫里舅舅和母亲上车先走了。他说，你可以和别人一起回来；他们会很乐意让你搭个顺风车的。我必须把你母亲送回去，我本来想说："是的，你本来应该带两瓶酒，一瓶是不够的。"但是我想了想场合，就没说什么，让他们走了。他们也不怎么关心我全身有多湿，因为这样母亲又很长一段时间要担心我得肺炎了。

我一边这么在想着，一边看着他们把泥土铲进去，然后拍紧，就像在和泥浆、做木栅栏什么的，我开始觉得有点小意思，所以我决定在附近走走。我想到我要是往镇上走，就会被他们追上，然后会喊我和他们中谁一起走，所以我往回走，去了后面的黑人墓园。我站在雪松下，这里没怎么下雨，只是偶尔滴几滴，而且站在这里，我可以看到他们什么时候完工离开。过了一会儿，他们都走了，我等了一分钟，才走出来。

我必须顺着他们走的路走，这样就不会沾到湿淋淋的草，所以我没有看见她，直到我走得很近，才看到她戴着黑斗篷，站在那里看花。我立马就认出了她，甚至没等到她转身看我，掀起面纱。

"你好，杰生。"她边说，边伸出手。我们握了握手。

"你在这里干什么？"我说，"我想你答应过母亲，不会再回这里了的。我以为你应该更理智才对。"

“嗯？”她说。她又去瞧那些个花了，这花怕是花五十块钱也买不来的吧。有人放了一束在昆汀的坟墓上。“你这么想？”她说。

“不过，我也不奇怪，”我说，“我一直都知道，你不把别人放在心上。你才不在乎别人呢。”

“这样啊，”她看着坟墓，说，“杰生，那个工作的事，我很抱歉。”

“你会抱歉？”我说，“你现在可是说话温顺得多了。但是你没必要回来的，并没有留下什么东西。如果你不信我，就去问问莫里舅舅。”

“我什么都不想要。”她说。她看着坟墓，说：“为什么他们都不告诉我？”她说，“凑巧我在报纸的最后边看到了，只是凑巧。”

我什么都没说。我们站在那里，看着坟墓，然后想到了我们的小时候，一件一件的事情出现在我的脑海里。我又觉得有点怪怪的，有点疯掉了的感觉，我想到现在在家里又要一直看到莫里舅舅管事了，就像他现在把我丢在雨里让我自己回家一样。我说：“你真是会挑时间，他一死，就偷偷回来了。但是这对你没什么好处的。难道你以为你能以此为机会，偷偷潜回来？如果你驾驭不了自己的马，你就只能放弃，”我说，“我们甚至连你在那里叫什么名字都不知道。你知道吗？我们甚至不知道你叫什么。如果你和他还有昆汀一起待在下面，倒是对你有好处。”我说，“你知道吗？”

“我知道，”她说，“杰生，”她盯着坟墓，说，“如果你能安排我见她一分钟，我给你五十块。”

“你不会有五十块，”我说。

“你不信？”她说，眼睛并没看我。

“让我看看，”我说，“我不相信你有五十块钱。”

我可以看见她的手在斗篷下移动的方位，接着她伸出了手。倒是真有钱，我可以看到两三张黄色的钱。

“他还给你钱？”我说，“他寄了多少给你？”

“我给你一百块，”她说，“好吗？”

“只看一分钟，”我说，“而且只能按我说的做。就算给我一千块钱，我也不能让她知道。”

“好的，”她说，“就按你说的做。我也不会花一千块钱让她知道。”

“给我钱。”我说。

“完事后给你钱。”她说。

“你不相信我？”我说。

“我不信，”她说，“我了解你。我们是一起长大的。”

“你还真有脸和别人说信任这个问题，”我说，“好吧。我不能再在这里白白淋雨了。再见。”我作势要走。

“杰生。”她叫我。

我停了下来。“怎么样？”我说，“快点决定，我都淋湿了。”

“好吧，”她说，“给你！”我看到处没人，就走回去，拿了钱。她还抓着不放。“你会做的吧？”她透过面纱看着我说，“你发誓？”

“好了，”我说，“你想等到别人看见我们在一起吗？”

她让我走了。我把钱放进了衣兜里。“杰生，你会做的吧？”她说，“如果有其他办法，我不会求你的。”

“你对极了，你也没有其他办法可想，”我说，“我当然会做。我说了我会做的，难道不是吗？好了，只是你要按我说的做。”

“好的，”她说，“我会的。”于是我告诉了她到哪里之后，就朝租来的马车走去。我走得很快，我到的时候，他们正好在解开马车。我问看车钱数了没有，他说没有，我就说康普生太太忘了些事，还要用车，所以他们就让我上车了。是敏克在赶车。我买了支雪茄给他，所以我们在后街逛了一会儿，直到天快黑了——他们是看不到这里的，也就看不到他。然后敏克说他要把马队赶回去了，我就说我给你再买支雪茄，于是，我们一起驾车进了巷子，我就穿过庭院回到了家里。我在大厅里停了一会儿，直到听到母亲和莫里舅舅的声音在楼上响起，才走到后面的厨房去。昆汀和班与黛西在一块儿。我说母亲喊她，于是，我把她带到了房里。我找到了莫里舅舅的雨衣，披在她身上，抱起她回到了小巷子里，坐上了马车。我告诉敏克去仓库。他不敢经过马厩，所以我们只能原路返回，然后我看到她站在角落的灯光下，我和敏克说靠近人行道走，要是听到我说“快”，就给马队抽上一鞭子。然后，我掀开了她的雨衣，把她举到窗户边，加迪一看到她，就好像要扑过来的样子。

“快，敏克！”我说，于是敏克抽了一鞭子，然后我们就像消防车一样，在她面前呼啸而过。“现在你该履行承诺，坐火车离开了。”我说。我从后窗看到她在跟着我们的马车跑。“再抽一鞭子，”我说，“我们回家吧。”我们转弯的时候，我还看到她在跟着跑。

当天晚上，我又数了下钱，然后收好了，这种感觉不坏。我说我琢磨着这回你知道我的厉害了吧。我琢磨着现在你知道你不能害我丢了工作，就不管了吧。我从没想过，她会失信于我——没坐那辆火车离开。那是我当时还不了解女人的原因；我除了相信她们，没想过多的，可是第二天早上，见鬼，她居然直接走进了我的店里，还好她有点理智，戴了面纱，也没有和别人搭话。这是周六早上，因为我在店里，她直接就飞快地走到了我的办公桌后边。

“你个骗子，”她说，“你个骗子。”

“你疯了吗？”我说，“你什么意思？就这样到这里来闹事？”她正打算说话，我堵住了她的嘴。我说：“你已经害我丢了一份工作；你想害我也丢了这份吗？如果你有什么事要和我说，天黑之后我和你在哪里见一面就好。你有什么好和我说的呢？我不是把我答应的事都做完了吗？我说了让你见她一分钟，难道没有？这么说吧，难道你没见到她？”她只是站在那里，盯着我，像发疟疾似的颤抖起来，双手抓得很紧，就像痉挛了一样。“我做了我答应要做的事情，”我说，“你才是骗子。你答应要坐那趟车离开的，难道不是吗？难道你没答应？如果你以为能把钱收回去，那就试试，”我说，“就算你给我一千块钱，我冒了这么大的险，你还是欠我的。要是十七次车发车之后，我发现或者听说你还在镇上的话，我就告诉母亲和莫里舅舅。那你就好好活着，直到你再见到她为止吧。”她只是站在那里，看着我，双手紧紧地握着。

“该死的你，”她说，“该死的你。”

“没事，”我说，“那也没关系。不过记住我说的话。十七次车之后！后果我也告诉你了。”

她走后，我感觉好多了。我说我估摸着她以后总得在害我丢掉到手的饭碗之前，好好三思了。那时候，我还只是个孩子——别人说什么都相信。自那以后，我可学到了。而且，就像我说的，我大概也不需要别人的什么帮助，我就能和一直以来一样，靠自己就能挺过来。不过突然，我就想到了黛西和莫里舅舅。我想到她会怎么接近黛西，而莫里舅舅是个给点钱就什么都做得出来的人。而我坐在这里，都没办法离开商店，去保护我自己的母亲。就像母亲说的，如果老天一定要带走你们中的一个，谢天谢地留下的是你，我还可以依靠你。我说是的，我觉得我最多就到商店，不会离开你太远的。我琢磨着总得有人守着我们家这剩下的一点东西。

所以，我一到家，就盯着黛西。我告诉黛西她得了大麻风，然后拿出《圣经》给她读了一段关于人的肉腐烂脱落的内容，我告诉她，她要是看加迪、班或者昆汀的话，他们也会染上这个病。所以我以为我把一切都安排妥当了，直到有一天我回家的时候发现班在大叫。他鬼哭狼嚎的，没人能制止他。母亲说：“把拖鞋给他吧。”黛西走出去了，没听到。母亲又说了一遍，我说我去拿——因为我实在受不了这么大的噪声。就像我说的，我可以忍受很多事情，我不怎么指望他们，但是如果我白天要在那个该死的商店里忙一整天，晚上却不能平和安静地吃顿晚餐的话，我就受不了。所以我说我去拿，这时黛西急忙忙地喊了句："杰生！"

突然，我心里就像明镜一样知道发生了什么，不过为了确定一下，我还是去拿了拖鞋过来，果不其然，当班看到拖鞋的时候，发出了好像被宰一样的号啕声。于是我逼问了黛西，把结果告诉了母亲。我们又得把她送到床上去了。当事情告了一个段落之后，我就给黛西来了个下马威——就是你能对黑鬼做到的最大的限度。黑人仆役的最大麻烦就是，你用他们时间长了，他们就开始自恃过高——以为自己才是家里当家做主的了。

"我想知道，为什么不能让可怜的小姐看看她自己的孩子，"黛西说，"如果康普生先生在的话，就会可以的。"

"但是父亲已经不在了，"我说，"我知道你也没把我看在眼里，但是我想你总要听母亲的话。你要是一直这样折磨她，你也会把她送进坟墓的，到时候你就往这房子里塞满奴婢贱人好了。但是你要她见班，倒是想干什么啊？"

"杰生，如果你称得上是人的话，你也是个冷酷自私的人，"她说，"我感谢主，虽然赐予我的是一颗黑色的心，但是我起码是有良心的。"

"至少我是个男人，在养着这一大家子，"我说，"如果你再这么做的话，你就别想再待在这个房子里。"

于是，我再见到她的时候，我就和她说了，如果她再从黛西那里入手的话，母亲就会解雇黛西，然后把班送到杰克逊去，带着昆汀搬走。她盯着我看了一会儿。附近没什么路灯，我看不太清楚她的脸。但是我感觉得到她在看我。在我们还小的时候，每当她要开始抓狂的时候，她的上嘴唇就会开始不自禁地跳动。它每次跳动都会让她的牙齿露出来一点点，而她就站得像个电线杆一样，一动不动，只有她的上嘴唇越翘越高，牙齿越露越多。但是她什么也没说。她只是说："好吧。多少钱？"

"嗯，透过马车车窗看一次一百块。"我说。因此，自那之后，她都表现得很好，只有一次，她要求看下银行账户清单。

"我知道每张支票背后都有母亲的签名，"她说，"但是我想看看清单。我想自己弄清楚这些支票都到哪里去了。"

"母亲用来做私人投资了，"我说，"如果你认为你有权插手她的私事，我会告诉母亲说你认为这些支票被误用了，因为你不相信她，你要查账。"

她没多说什么，也没动。我可以听见她在细声说："该死的你！该死的你！该死的你！"

"大声说出来啊，"我说，"我觉得我们对彼此的看法，不是什么秘密了。也许你想拿回那些钱。"我说。

"听着，杰生，"她说，"关于她的事，不要对我说谎。我不会要求看任何东西。如果那还不够的话，我每个月可以多打点钱。只要你承诺她会……她……你可以做到的。为她做到你可以做到的。对她好点。我什么都做不了，他们不……但是你不能。你全身上下到处都是冷血的。听着，"她说，"如果你说服母亲让我带回她，我会给你一千块。"

"你拿来一千块钱，"我说，"我知道你现在只是在说谎。"

"我有。我会有的。我能拿到一千块。"

"我知道你会怎么拿到一千块，"我说，"还不是你怀上她的同样的方式。而等她长大……"然后，我感觉她真的要打我了，随之我又不知道她会干什么。有一下子，我感觉她就像一个过于紧绷随时都要爆发的玩具一样。

"真是，我是疯了，"她说，抓着我的手，她的手就像发烧了一样热，"你要承诺你会好好照顾她，去……她是你的亲人，是你的血亲。

答应我，杰生。你和父亲的名字一样：但是你以为我要是求父亲，需要说两遍吗？甚至一遍都用不上吧？”

“那确实，”我说，“他是留了点东西给我。你想要我做什么，”我说，“给她买一条围裙和一个婴儿学步车？你现在这个样子和我一点关系都没有，我比你冒的风险还要大，你反正已经没什么可失去的了。所以如果你想……”

“不，”她说，然后她开始大笑，同时又想控制住不笑，“是，我没什么可失去的了，”她说，发出很大的声音，然后她把手放在嘴巴上，说，“什么都没有了。”

“好了，”我说，“不要再疯疯癫癫的了！”

“我也想啊，”她边说，边用手捂住嘴巴，“老天啊，老天。”

“我要离开了，”我说，“我不能被别人看见我出现在这里。你要出镇，听到了没？”

“等等，”她边说，边抓住我的手臂，“我已经停下了。我不会再那样做了。你答应了，杰生？”她说，我感觉她的眼睛都盯到我的脸上了。“你做得到？母亲那边，任何时候她需要用钱的话，如果我把给她的支票寄给你了，或者其他什么东西，你要帮我给她？而且你不会说出去？你要负责让她有其他女孩子都有的东西，你都答应了？”

“当然，”我说，“只要你遵守约定，按我说的做。”

所以当艾尔戴着帽子走上来的时候，他说：“我要去罗格那里吃点点心了。我估摸着我们没时间回家吃晚饭了。”

“怎么了？为什么我们会没时间？”我说。

“因为戏班子在镇上的演出，”他说，“他们下午也要演一出，大家伙都想快点把买卖做完，能赶上看的时间。所以我们最好是在罗格那里吃点算了。”

“好吧，”我说，“反正是你自己的事。如果愿意为自己的生意吃点苦的话，我无所谓。”

“我估摸着你不会为任何事让自己吃苦的。”他说。

“除非是康普生·杰生的事。”我说。

当我回家，打开信封，唯一让我感到吃惊的是她寄给我的居然不是支票，而是一张汇单。是的，先生们，女人没有一个可信的。在我为她冒了这么多的险之后——比方说害怕母亲发现她有时一年回来个一两次还有我必须和母亲说谎，她居然这样回报我。我觉得她可能通知了邮局，除了昆汀，谁也不能提这笔钱。她居然给这么小一个孩子五十块钱。我在二十一岁之前，还没见过五十块的呢，当所有的男孩子下午和周六全天都在外面玩的时候，我就在一家商店里干活。就像我说的，她背着我们给昆汀这么多钱，怎么指望有人能管住她啊！我说她住在你住过的地方，和你受着同样的教育。我想母亲比你更清楚她需要什么，你甚至都没个家。“如果你想给她钱，”我说，“你可以寄给母亲，不要直接给她。如果要我每隔几个月就冒这个险的话，你就必须照我说的做，或者这交易就算了。”

就在我打算开始做那件事的时候，因为如果艾尔认为我是个会听他的话，冲到街上，狼吞虎咽一顿两毛五的倒胃口的饭菜的人，那就大错特错了。我虽然不是一个脚跷在红木桌上的大人物，但是我在这里是按劳所得，如果我出了这栋楼，还不能过点文明点的生活的话，那我就只能另谋可以让我这么做的地方了。我可以靠自己，我不需要依靠别人的什么红木桌。就在我要开始做的时候，我又得放下手里的事情，跑去给红脖子拿一毛钱什么的，这时候，艾尔十之八九是在狼吞虎咽一个三明治，并且在回来的路上了，就在这时候我发现所有的空白支票都没有了。我记得我本来想去多拿点的，但是现在已经晚了，因为我抬头发现她过来了。我听见她在后门那里问乔布我在不在，我正好来得及把它们塞进抽屉并关上抽屉。

她走到办公桌旁边，我就看着我的表。

“你吃过饭了吗？”我说，“还只有十二点，我刚听到打钟了，你肯定是飞奔回家又回来了吧。”

“我没回家吃饭，”她说，“今天有我的信吗？”

“你是在等信，对吧？”我说，“你居然找了个识字的男朋友？”

“我母亲的信，”她说，“有没有我母亲寄给我的信？”她边说，边看着我。

“我母亲收到了一封，”我说，“但是我没拆。你要等等，等她拆开。我想她会给你看的。”

“求你，杰生，”她说，完全没注意我说的话，“有我的信吗？”

“怎么了？”我说，“我从没见你为谁的事这么着急过。你肯定是在等你妈寄钱给你吧。”

“她说她……”她说，“求你，杰生，”她说，“有我的吗？”

“不过说起来，你今天肯定去学校了吧，”我说，“或者是在哪里学会说‘请求’了。等等，先让我招待那个客人。”

我走上去，招待他。当我转回来的时候，她已经在桌子后边看不到了。我跑过去，围着桌子跑了一圈，发现她正在从抽屉里抽出她的手。我从她手里把信夺了过来，把她的指关节在桌上猛敲，直到她放手。

“你真要这样，是吗？”我说。

“把它给我，”她说，“你已经拆开了。给我！求你了，杰生。那是我的信，我看到署名了。”

“我会拿一根缰绳给你，”我说，“那是我想伺候你的，居然敢偷看我的信。”

“这里面有钱吗？”她边说，边想伸手拿信，“她说她会给我寄点钱的，她答应了的，她会寄钱。给我。”

“你要拿钱干什么？”我说。

“她说她会寄钱的，”她说，“给我！求你了，杰生。只要这次你把信给我的话，我不会再问你任何事情。”

“只要你稍微等一下，我是要给你。”我说。我把信和汇单拿了出来，把信给了她。她想拿汇单，并没怎么看信。我说：“你必须先签字。”

“有多少？”她说。

“你看信，”我说，“我估计信上有。”

她迅速过了一下信，大概看了两眼吧。

“信上没说，”她抬起头来，说，然后她把信扔在地上，问我，“多少钱？”

“十块钱。”我说。

“十块？”她睁大眼睛看着我，说。

“一个像你这么大的屁小孩，拿到十块钱，真该高兴死了，”我说，“不过，为什么你突然这么急着要钱？”

“只有十块钱？”她说，就像在梦游一样，“只有十块钱吗？”她突然就抓向汇单，“你在撒谎，”她说，“你个小偷！小偷！”

“你说真的，是吗？”我说，推开她。

“把钱给我！”她说，“这是我的钱！这是我妈寄给我的钱！我会好好花的，我会的。”

“你会？”我抓着她说，“你要拿来干什么？”

“就让我看一下，杰生，”她说，“求你了。我不会再求你任何事情了。”

“你觉得我在撒谎，是吗？”我说，“就你这么说，我就不会给你看。”

“但是只有十块钱，”她说，“她告诉我她会……她告诉我……杰生，求你了，求你了！我一定要用钱，我有用。杰生，把钱给我。你把钱给我，我会为你做任何事情。”

“告诉我，你要拿钱干什么。”我说。

“我必须要钱。”她看着我，说。不过，突然一下她就转了视线，然后眼睛一动不动的。我知道她要开始说谎了。“我欠别人一些钱，”她说，“我必须还钱，我今天必须还钱。”

“还给谁？”我说。她的手握得很紧。我可以看出她在构想一个谎言。“你又在商店赊了东西？”我说，“你不要不好意思告诉我。如果在我和全镇的人都打了招呼之后，你要是还能在商店赊到东西，我就不信了。”

“是一个女孩，”她说，“是一个女孩。我从一个女孩子那里借了一些钱，我必须还给她。杰生，把钱给我吧，求你了，我愿意做任何事情。我必须拿这个钱还钱。母亲会支付你钱的。我会给她写信，要她给你钱，而且我不会再问她要任何东西。你以后可以看我的信。杰生，求你了。我必须拿到这笔钱。”

“告诉我你要拿这笔钱干什么，我再看看要不要给你，”我说，“告诉我。”她只是站在那里，手紧紧地抓着裙子。“好吧，”我说，“如果十块钱太少了，我会把这个带回家给你外婆，你知道会发生什么的。当然，如果你很有钱，不需要这十块钱，那就……”

她站在那里，看着门，好像在自言自语。“她说过会给我一些钱的。她说她把钱寄到了这里，而你说她没寄。她说她往这里寄了很多的钱。她说那都是给我的。有一些是给我的。而你说我们没有收到一分钱。”

“你和我都清楚这个情况，”我说，“你也看到那些支票是怎么回事。”

“是的，”她看着门说，“十块钱，”她说，“十块钱。”

“你应该谢天谢地，有十块钱，”我说。“给你，”我说。我把汇单正面朝下放在桌子上，手按在上面，说：“签名！”

“能给我看看吗？”她说，“我只是想看一眼。不管这上面说什么，我只要十块钱，其余的都给你。我只是想看看。”

“在你表现得这么糟糕之后，我不会给你看了，”我说，“你必须明白一件事，那就是当我要你做一件事情的时候，你必须照我说的做。你把名字签在这条线上。”

她拿起笔，但是她没签名，只是垂着头站在那里，笔则在手里摇晃——这像她的母亲。“天哪！”她说，“老天啊！”

“是的，”我说，“你要是其他的什么都没学会，那你起码得学会一件事。现在赶快签了名，走吧。”

她签了名，问：“钱呢？”我拿起汇单，弄干墨水，然后给了她十块钱。

“今天下午，你还要回学校，听到没？”我说。她没回答我。她把钱抓得就像块抹布什么的一样，然后和艾尔进来的时候一样从前门走出去了。一个顾客和艾尔一起进来了，他们在前面停了下来。我收拾好东西，戴上帽子，走了上去。

“很忙？”艾尔说。

“还好。”我说。他看着门外。

“那是你的车？”他说，“你最好不要回家吃饭吧。在演出开始之前，估计我们又会要忙一阵。你就到罗格吃个中饭算了，回头把发票放抽屉里就是。”

“非常感谢，”我说，“不过，我估摸着，我还能养活我自己。”

他就站在那里，像猎鹰一样盯着门口，直到我回来。好吧，他可得等上一会儿；我已经尽量想表现得好点了。在我说这是最后一次之前；我得记住要立刻多弄点空白支票。但是在这一片混乱中，谁又能记住什么呢。加上今天又有这个该死的演出，我不仅要养活一大家子人，还得在整个镇上找一张空白支票，又有艾尔像老鹰一样盯着门。

我来到印务店，告诉他我想和一个朋友开个玩笑，但是他那儿什么都没有。不过，他告诉我到旧歌剧院去看看，在商农银行倒闭的时候，有人把一大堆废纸和垃圾都堆在那里。于是，我为了不让艾尔看到我，又躲过了几条小巷子，终于找到了西蒙老人，从他那里拿了钥匙，来到旧歌剧院，到处找空白支票。最终，我找到了一本圣路易斯银行的。不过，这回她肯定是会仔仔细细看清楚的，好吧，肯定会的，我不能再浪费时间了。

我回到了商店。“忘记了点发票，我母亲喊我去银行办下。”我说。我回到座位上，写了支票。我和自己说，还好她的眼睛不太好使了。家里住着这样一个小骚货，像母亲这样虔诚的基督教徒，肯定受不了。我说你我都清楚，她长大会变成什么样子，但是如果你为了父亲的缘故，一定要把她放在自己家里抚养成人，那也是你的事。她又会开始哭哭啼啼的，说：“怎么说，那都是自己的亲骨肉。”于是，我会说没事，您爱怎么着怎么着。只要你觉得没事，我更不会有事。

我把信又塞了进去，贴好信封，走了出去。

“尽量早点回来。”艾尔说。

“好的。”我说。我走到电报局，那伙机灵孩子都在呢。

“你们谁赚了一百万没有啊？”我说。

“市场行情这么差，谁能有什么大作为啊？”医生说。

“现在怎么样？”我说。我走进去，看了看。比开票低了三个点。“你们不至于被棉花行情这点小事打击到，对吧？”我说，“我觉得你们都够机灵的，应该不会这样吧。”

“见鬼的机灵，”医生说，“十二点钟的时候可是跌了十二个点。我是输得连开裆裤都没剩下。”

“十二个点？”我说，“天杀的，怎么也没人通知我啊！你怎么不告诉我？”我生气地问报务员。

“我是收到什么信息就公布的，”他说，“我又不是开投机商号。”

“你很机灵，对吧？”我说，“在我看来，我交给你的钱，总让你有时间给我打个电话吧。还是说你们这该死的电报公司和东部的‘鲨鱼’们是一丘之貉？”

他假装很忙的样子，没说什么。

“你的裤子怕是装不下你了，”我说，“你首先要知道你是在谋生。”

“你怎么了？”医生说，“你还赚了三个点呢。”

“是的呢，”我说，“如果我早上正好抛了的话。我想我还没提到呢。你们都赔光了？”

“我被套牢两次了，”医生说，“还好，我转变得及时。”

“嗯，”艾·欧·司诺普说，“我今天走了回运。我想为了公平起见，好运偶尔也是会降临到我身上的。”

我离开了电报局，随便他们在那里一毛钱一个点地买进卖出。我找到一个黑鬼，要他去帮我把车取过来，我就站在街角等着。我没法看到艾尔一只眼睛盯着时间，一只眼睛到处扫视街上的样子，因为我站的地方看不到商店的门。等那个黑鬼回来，就像过了一个星期那么久。

“你到底死哪里去了？”我说，“是不是到处找妓女去了？”

“我已经是最快速度直接过来的了，”他说，“因为停满了马车，我必须绕着广场开过来。”

黑鬼做事情，永远都能为自己找到一个滴水不漏的借口。我上了车，绕着广场开着。我瞥到了艾尔，他在广场另一头的商店内。

我直接到厨房，告诉黛西快点开餐。

“昆汀还没有回来呢。”黛西说。

“那又怎么样？”我说，“下次你是要告诉我卢斯特还没准备好吃饭吗？昆汀知道这个家开饭的时间，却不回来。所以，现在赶快开饭。”

母亲在她自己的房子里，我把信给了她。她打开信，拿出支票，拿着支票坐在那里没动。我出去从角落里拿来了一把铲子，递给她一根火柴，说：“好啦，烧了吧。不然，你等会儿又要哭了。”

她接过火柴，但是没点燃，坐在那里，看着支票。就像我说的一样。

“我不想这么做，”她说，“把昆汀留在这个家里，增加你的负担……”

“我想我们过得下去的，”我说，“好了，烧了吧。”

但她只是拿着支票，坐在那里。

“这张支票不是用一个银行，”她说，“过去的都是印第安纳波利斯银行的。”

“是的，”我说，“女人总是善变的。”

“变什么？”她说。

“把钱存在两个不同的银行，”我说。

“哦。”她说。她看了一会儿支票，说：“我很高兴她这么的……这么的富有……上天作证我做对了。”

“好了，”我说，“就这样吧。把它烧了开心一下。”

“开心？”她说，“当我在想……”

“我以为你每个月把这两百块钱烧了是为了开心呢，”我说，“好了，现在就烧了吧。要我点火吗？”

“我可以接受这些支票，”她说，“为了我的孩子。我不好面子。”

“你永远都不会满足的，”我说，“你知道你不会的。你已经解决过一次了，就一直保持这样吧。我们过得下去的。”

“我把一切都留给你了，”她说，“但是有时我很害怕，我这样做，剥夺了你本应该享受到的东西。如果你想让我接受这些支票，我就能放下我的面子接受它们。”

“既然十五年来你都是烧掉它们的，那现在开始接受的意义又在哪里呢？”我说，“如果你一直接受这些支票，你什么都没失去，但是你要是现在开始接受，你就是浪费了五万块钱。到目前为止我们都过得不错，对吧？”我说，“起码目前你还没被送到贫民窟去吧。”

“是的，”她说，“咱们巴斯康家的人不需要别人的施舍。更何况是一个堕落的女人的施舍呢。”

她划燃了火柴，点燃支票，将它放在铲子里，随之将信封也丢了进去，我们看着它们被烧掉。

“你不知道那是什么，”她说，“谢天谢地，你永远不会知道一个母亲的感受。”

“这个世界上和她差不多的女人多的是呢。”我说。

“但是她们都不是我的女儿，”她说，“不是我自己的，”她说，“我很高兴把她带回来了，不管是罪孽还是怎么的，她都是我自己的亲骨肉。这是为了昆汀。”

我说过没什么人能深深地伤害昆汀，但是就像我说的，我也不指望什么，但是我不能容忍一群女人在我想好好吃饭睡觉的时候，在房子里哭哭闹闹的。

“也是你的血脉亲人，”她说，“我知道你对她的态度。”

“让她回来吧，”我说，“就我看来的话。”

“不，”她说，“我那是为了纪念你的亡父。”

“还记得赫伯特把她赶出去后，他每次都想说服你让她回来吗？”我说。

“你不明白，”她说，“我知道你不会让我更难过。但是是我在为我的孩子受罪，”她说，“我受得了。”

“在我看来，你是把自己卷进了很多没必要的麻烦中，”我说。支票烧光了。我把它弄到了壁炉里。“在我看来，把好好的钱烧了是让人羞愧的。”我说。

“永远不要让我看到那么一天——也就是说我的小孩要接受这罪恶的工钱，”她说，“我宁愿你死，也不希望你接受。”

“你爱怎么着怎么着吧，”我说，“你想马上吃晚饭吗？”我接着说，“因为如果我们不马上吃的话，我得回去工作了。我们现在非常忙。”她站起来，说：“我和她说过了。我现在喊下她。你等一下。”

于是，她走到楼梯顶，喊，“昆汀！”

“昆汀还没有回来。”黛西说。

“好吧，我得回去上班了，”我说，“我就在镇中心买个三明治吧。我不想打乱黛西的安排。”我说。于是，她又开始了，黛西则前前后后地蹒跚走动，嘀咕着：“好吧！好吧！我会尽快开饭。”

“我想尽量让你们都高兴，”母亲说，“我尽力让你容易做。”

“我没抱怨啊，是吧？”我说，“我除了说我必须回去上班之外，还说了什么吗？”

“我知道，”她说，“我知道你没有得到别人那么好的机会，所以你只能在这个乡村小店里耗掉一生。但是我一直是想让你出人头地的。我知道你父亲肯定从来没意识到过，你才是最有商业头脑的那个。所有的事情都一败涂地的时候，她结婚的时候还有赫伯特……我都深信这一点……在他承诺过后……”

“好了，他可能也只是在撒谎，”我说，“他也许根本就没有一家什么银行。如果他真的有的话，我估摸着，他也没必要大老远地跑到密西西比河来找个员工。”

我们吃了一会儿。我能听见班在厨房的声音，卢斯特正在喂他。就像我说的，如果我们要养活另外一个人，而母亲又不愿意拿那些钱，不如直接把他送到杰克逊去好了。在那里，和差不多的人在一起，班也会高兴点。我说老天爷知道，在这个家里，没必要再在乎什么面子问题了，但是不想看到一个三十多岁的成年人和一个黑小子在院子里玩，而且只要有人打高尔夫，就围着栅栏上上下下地跑动，还不停地像牛一样嚎叫是不需要什么面子的。我说要是刚开始他们就把他送到杰克逊，那我们现在的生活会好得多。我说，对他，您已经尽到责任了；别人能指望你做的，你都做了，而且还比一般人都做得多，因此为什么不送他到杰克逊去，就当是享受点我们纳的那么多税收的福利呗。然后，她就说了：“我马上就会死了。我知道我只是你的累赘而已。”我说：“你一直这么说，我都有点相信你了。”只是我说你最好是确定一下，还有不要让我知道你离开了，因为我肯定会当晚就把他送上十七次车，而我也说过，我知道一个能容下她的地方——这个地方既不是牛奶街也不是蜂蜜大道。然后，她开始哭了，我说没关系，没关系，我和所有人一样为我的亲人感到骄傲，即便我总是搞不清楚他们的来路。

我们吃了一会儿后，母亲又叫黛西到门口去看昆汀回来了没。

“我一直和你说，她不会回来吃晚饭。”我说。

“她再清楚不过了，”母亲说，“她知道，我不允许她在街上乱跑，还有不回来吃饭。你好好看了没，黛西？”

“那就别让她这样。”我说。

“我能做什么，”她说，“你们都不把我放在眼里。”

“只要你不插手，我会打定她的主意，”我说，“要是我，不出一天，就能把她修正了。”

“你会对她太残暴，”她说，“你的脾气和你莫里舅舅一样。”

这让我想起了那封信。我拿了出来，交给了她。“你没必要拆开，”我说，“这回银行会告诉你有多少钱。”

“这是写给你的。”她说。

“你拆开看下，”我说，她打开读了一下，交还给了我。

信上是这么写的：

我亲爱的小外甥：

你肯定很高兴，我最近得了一个机会，找到了一个工作，至于得到的原因，要等到我有机会用一种更确切的方式详细告诉你。我的商业经历让我对于用比述说更确切的方式讲述的机密事情，比较谨慎，而我这次这么谨慎则应该能让你感受到一点它的重要性。毋庸多言，我刚刚完成对这项工作各个方面的全面彻底的调查，我敢打保票，这是一个一生只有一次的宝贵机遇，我现在明确见到自己长久以来不屈不挠地追求的目标就在眼前：也就是说，我的情况会得到极度改善，而我也许能借此恢复家族的声望——只留下了我一个男嗣的巴斯康家族，当然，我是把你的作风淑女的母亲还有她的孩子们当成这个家族的一分子的。

事情是这样的，我自己没有这个能力最大限度地利用好这次机遇，所以只能依靠家庭的力量，今天我从你母亲的银行账户里取出了一小笔钱，作为我的初次投入，随信附上的是我亲笔书写的息钱八厘的借据。无须多说，这是一种形式，在这个人性不定的环境下，确保你母亲的权益。不过，我自是会把这笔钱当作是我自己的，这样你母亲就能在这个我彻查过的最好的项目中分得一杯羹——请原谅我的粗俗用语。

你会明白，这是一个商人对另一个商人的坦诚；我们一起收获我们自己的庄园，怎么样？因为知道你母亲身体不佳，还有她作为南方淑女培养起来的天然的胆怯感——对经商事宜，还有她们易于在言谈中泄露机密的特点，我建议你暂且不要向你母亲提及此事。再一想，我建议你就不要告诉她了。最好是在将来某一天，我将之与其他小额借款一起存入银行，而不告知她。保护她不受俗气的物质世界影响，是我们的职责。

你亲爱的舅舅

巴斯康·莫里

“您想怎么做？”我说，将信飞过了桌子。

“我知道你不乐意我把钱给他。”她说。

“那是您的钱，”我说，“就算您想用来喂鸟，那也是您的事。”

“他是我的亲兄弟，”母亲说，“他是巴斯康家族最后一个男丁了。我们死后，巴斯康家族就断后了。”

“我想那对有些人来说是很残忍的，”我说，“好了，好了，”我说，“那是您的钱。您想怎么花就怎么花。您想让我告诉银行，支付款项吗？”

“我知道你对他有怨言，”她说，“我知道你肩上的担子很重，等我死后，就会好很多了。”

“我现在就能让自己轻松点，”我说，“好了，好了，我不会再提了。只要你愿意，你可以把所有的神经病都招进来。”

“他可是你的亲兄弟，”她说，“就算他患病了。”

“我要带上你的存折，”我说，“我今天要兑换支票。”

“他让你等了六天，”她说，“你确定这事靠得住不？我觉得很奇怪，一个有支付能力的企业会没法及时给它的员工发工资。”

“他没问题，”我说，“就和银行一样可靠。我告诉他直到我们结清每个月的账务，才给我找事做。这就是为什么有时会晚一点。”

“我只是不忍心看你损失我为你投资的这一小笔钱，”她说，“我总是觉得艾尔不是一个什么好商人。我知道虽然你在里边投了钱，但是他不够信任你。我要和他谈谈。”

“不，别管他，”我说，“那是他的店。”

“你在里边有一千块钱。”

“你别管他，”我说，“我在盯着呢。我有你的委托代理权，没事的。”

“你都不知道你给了我多大的安慰，”她说，“你一直是我的骄傲和快乐，当你自愿把你每月的工资存入我的银行账户的时候，我有多么感谢上帝，如果他们都被带走了，还好留下的那个是你。”

“他们都没错，”我说，“我想他们都尽力了。”

“我知道你这么说，就是对你父亲还是有怨言的，”她说，“不过，我知道你有权怨恨。但是听你这么说，我的心都碎了。”

我站起来。“如果你要哭的话，”我说，“你就自己一个人哭吧，因为我要回去上班了。我去拿走存折。”

“我去拿吧。”她说。

“你不要动，”我说，“我去拿。”我走上去，从她的抽屉里拿出存折，回到了镇上。我到银行，把支票、汇单还有那十块钱一并存了进去，就停在了电报局。现在比开盘时高了一个点。我已经损失了十三个点了，都是因为该死的她居然十二点钟的时候跑过来，拿那封信的事让我分心担忧。

“那个报告是什么时候到的？”我说。

“大概一个小时之前。”他说。

“一个小时之前？”我说，“我们付钱给你干什么的？”我说，“周报？你怎么能指望一个人有所作为呢？就是整个屋顶都被掀掉了，我们也还蒙在鼓里。”

“我没指望你有什么作为，”他说，“他们修改了法律，人们不能在棉花市场有所作为了。”

“真的？”我说，“我没听说啊。这消息准是通过西部联合公司公布的吧。”

我回到商店。十三点。鬼才信有人知道这里边的门道呢，除了那些坐在纽约办公室里的人，坐在办公室里等着乡巴佬儿们恳求他们收下其手里的钱。好吧，刚打电话的那个人明显对自己没信心了，就像我说的，如果你不听信建议的话，付钱给他们就没有意义了。而且，这些人都是真正的内行人；他们知道正在发生的所有事。我能感觉到衣兜里的电报。我只是需要证明他们在用电报局欺诈。那就可以证明这是一个投机公司了。我从来也不会犹豫这么久。只是见鬼，也只有像西联一样实力雄厚的大公司才能及时发布公告。他们会用一半快的速度给你发一封电报说：“您的账户已抛售。”但是他妈的，他们才不管谁的死活呢！他们和那帮纽约人是一伙的——这瞎子都看得出来。

我进来的时候，艾尔看了下表。但是他没说什么，直到顾客离开，他才说："你回家吃晚饭了？"

"我得去看牙医。"我说。因为虽然我在哪里吃饭和他没什么关系，但是我还要和他在店里待上整整一个下午。在我遭的这些罪之后，还得受他的罪。就像我说的，你把微不足道的乡村店长的话也听进去的话，那只有五百块钱的人也能做出五万块钱的样子了。

"你应该告诉我的，"他说，"我以为你立马就会回来。"

"我随时愿意倒贴十块，把这颗蛀牙卖给你，"我说，"我们约定的是一个小时的晚餐时间，"我说，"如果你对我的做法不满意的话，你知道你能怎么做的。"

"我早就知道了，"他说，"如果不是看在你母亲的面子上，我早就开除你了。她是一个淑女，我很同情她，杰生。非常糟糕的是，我不能和其他认识的人说这么多。"

"那你就保持吧，"我说，"当我们需要同情的时候，我会早早地告诉你。"

"就你做的那个事，我已经替你藏了很久了，杰生。"他说。

"什么？"我说，放开他。在我让他闭嘴之前，我想听听他要说什么。

"我相信我比她清楚，那辆车是怎么来的。"

"你是这么以为的，是吗？"我说，"那你打算什么时候传播开来，说我的车是从我妈那里偷来的？"

"我什么也没说，"他说，"我知道你有她的委托代理权。她也还以为那一千块钱还投在这个店里吧。"

"好吧，"我说，"既然你已经知道那么多了，我就再告诉你多一点：你到银行去问问，我十二年来每个月月初都是存了一百六十块钱到谁的账户里。"

"我没说什么，"他说，"我只是告诉你，经过了这件事之后小心点。"

我不会再说什么，说了没用的。我发现，碰到一个固执己见的人，最好是让他自生自灭。然而，当你碰到一个自认为是为了你好，就要对你进几句忠言的人时，最好的办法是直接和他说再见——晚安。我很庆幸，我的良心不像一只脆弱的小宠物狗——需要时时呵护安慰。如果我和他一样，要费尽心思让他的小生意风生水起，又不能盈利超过百分之八的话，那也没什么活头了。我估摸着他是以为一旦他的盈利超过百分之八的话，政府就会用重利法对付他。一个困在这样的乡镇、这样的小本生意上的男人，能得到什么鬼机会呢？为什么我能做到——接管他的生意一年就能让他下半生无忧，只是他会全部捐给教会吧。我最讨厌的莫过于伪善者了。一个认为什么事情只要存在他不懂的地方，就需要改变的人，还有只要他知道了，就算不关他什么事，也认为道义上他必须告诉其他人的人。如果我也是一个认为只要一个人做了什么我不懂的事情，就存在猫腻的人的话，我估计我肯定能在后台的账本上找出一些什么，不过，你也会看到这没什么必要让我跑去告诉那些我认为不知道这些猫腻的人，因为人家很可能知道的比我还多，就算他们真的不知道，也不关我什么事。他说："任何人都可以看我的账本。任何人提出要求，或者在我这里享有任何权益的女士，都可以看，我也很欢迎。"

"你当然不会说，"我说，"这样做，你说服不了自己的良心。你只会把她带到后面，让她自己找。你自己肯定不会说出来。"

"我无意插手你的事情，"他说，"我知道你和昆汀一样，错过了一些事情。但是，你的母亲也生活得很不幸，如果她到我这里来问你为什么辞职不干的话，我必须告诉她。你知道的，这不是因为那一千美元的事。而是因为一个人如果台面和事实不符的话，是走不远的。因而，我不会对任何人说谎，不管为了我自己还是别人。"

"那好吧，"我说，"我估摸着你的良心比我的更值钱；中午别回来吃中饭了，别让这件事影响我的食欲。"我是这样说的，因为在这样一个鬼家庭里，还有这样一个妈，我能做什么正确的事。我妈根本不做任何事情约束加迪，或者约束任何人，比方说，有一次，她正好撞见一个小伙子在亲吻加迪，第二天，她就开始穿着黑衣黑纱在房子里荡来荡去，甚至我父亲都没法让她开口，就是一直哭，然后说她的小女儿已经死了。可是，那时候，加迪还只有15岁，照这样下去，不出三年，我妈就得穿粗毛布衬衣，甚至还是砂纸糊的。我说，你认为我能忍受看着她和每个到镇上的推销员一起在街上晃荡吗？而他们又会告诉路上碰到的推销员，在杰克逊，上哪儿找热辣妹。我并不是死要面子的人，我不能够放弃一个州立神经病医院的优秀新生，却养着一群黑鬼。我说，血、统治者和将军。如果我们从来就没有国王、总统什么的，该有多美好啊，这样，我们每个人都能去杰克逊捕蝴蝶了。我说，如果是我的孩子的话，会有点糟糕；不过，至少我会一开始就确定这是个杂种，如今，就算是上帝也说不清道不明了。

不久，我听到乐队开始演奏了，然后，人都开始走光了——大家都去听表演去了。他们在买两毛钱的缰绳上讨价还价，就是为了省出一毛五分钱去听演奏——送钱给那帮北方佬儿。我出门，走到了后院。

“好吧，”我说，“如果你不小心的话，那颗螺钉会长到你的手心里。然后，我只好拿一把斧子，砍掉它。如果你不把这些中耕机弄好，然后种上庄稼的话，你认为那些新工人靠什么吃饭啊？”我说，“难不成让他们吃鼠尾草？”

“他们的号角吹得真不错呢，”他说，“有人和我说这次有个人能表演用手锯弹曲子呢，就像弹班卓琴一样。”

“听着，”我说，“你可知道他们要在我们镇上演出，得付多少钱吗？差不多十美元呢，现在这钱正收在巴克·特尔宾的衣兜里。”

他说：“他们为什么要给巴克·特尔宾先生钱？”

“为了能在这里演出呗，”我说，“这样，你能算出他们为了给你们演出，所要付出的代价了吧。”

“你说他们为了在这里演出给我们看，还要支付十块钱？”他说。

“没错，”我说，“不然，你以为是多少……”

“天哪，”他说，“你的意思是，为了演出给我们看，他们居然被要求交钱了？照我说，就算要我出十块钱，看那个人表演拉手锯，那我也是愿意的啊。照这么算，到明天早上，我们就欠他们九毛六分钱了。”

然后，北方佬就会说服你让黑人前进了。我总说，让黑人前进，就前进吧！走得远远的，最好是整个路易斯维尔南部牵着警犬也再找不着一个黑鬼。因为当我告诉他星期六晚上他们会怎么收拾行囊，然后带着至少千元离开村里的时候，他说：“我不会吝惜的，我付得起我的两毛五分钱。”

“见鬼的两毛五，”我说，“两毛五都不够零头的。你用来买糖什么的那一毛钱硬币或者一毛五分钱不是钱啊，而且你买到的还是一盒只值两分钱的糖。还有，你用来看表演所浪费的时间呢？”

“的确是的，”他说，“而且，如果我今天晚上活得好的话，那我又要捐出两毛五，他们又要多带走两毛五。”

“那你就是个彻头彻尾的蠢货！”我说。

“好吧，”他说，“我也不和你争论这个。如果蠢也有错的话，那么苦工队的人就不会都是黑人了。”

当时，我正好抬头看巷子里，就看到了她。当我退一步看表的时候，也没注意到他是谁，因为我正在看表。还只有两点半，除了我之外，大家都以为她要四十五分钟之后才会出去。所以，当我在门口望的时候，我第一个注意到的就是他的红色领带，当时我想到底是什么人才会戴红色的领带啊！但是她边注视着门边，边在沿着巷子溜走，所以，直到他们走出了我的视野，我才开始琢磨他的事。我很好奇，她是不是如此不尊敬我，不把我看在眼里，导致她不但在我严令禁止的情况下逃学，而且生怕我看不见似的，要从我的店铺前面经过。只是她看不清店里的情况，因为太阳直射进来，要看清楚里面，就像要透过汽车探照灯看进来一样，所以我站在原地看着她经过。她的脸上画得乱七八糟的，就像个小丑一样，头发卷起来了，上面全是发胶，都粘住了一样，穿的裙子短到只能遮住大腿和屁股——在我那个年代，就算是在各约苏或者比尔街上，要是有女人穿这样出来，是会被送进监狱的。我打赌，女人们这么穿的目的，就是想让街上每个经过的男人都禁不住要伸出手在她身上摸一把。当我在想那个戴红领带的究竟是一个什么样的男人的时候，我突然意识到他是戏团的人，我就像是听她亲口说了一样确定他的身份。好吧，我是一个能忍辱负重的人，如果不是这样的话，只怕我如今境况会非常糟糕，所以当他们拐角之后，我跳起来，跟出去了。大下午的，我连帽子都没有戴，为了我妈妈的好名声，必须在巷子里跟着上下走动。就像我说的，如果是与生俱来的，你可以和这样的女人做任何事情。如果是她骨子里就下贱，你倒是可以和她做任何事。你唯一能做的就是不和她扯上关系，让她和下贱的人为伴，去自生自灭吧。

我走到了街上，但是跟丢了他们。现在，我没戴帽子站在这里，我感觉我自己也疯了似的。就像人们自然会这么想：一个疯了，另一个溺水而亡了，还有一个被她丈夫扫地出门了，有什么理由能说剩下的其他人不是也疯了呢。我随时都有被秃鹰盯上的感觉，他们在等待一个告诉我的时机——是的，我不奇怪，我一直知道你们全家人都疯了。卖地供他上哈佛以及长期纳税资助一个州立大学，而这个州立大学除了棒球联赛的时候，我进去看过两次之外，我从来没进去过，她也不准女儿的名字在这里提起，直到不久之后，父亲不再来镇上，而只是整天整天地抱着酒壶坐在那里，我能够看到他的睡衣的里面以及他的光腿，也能听到酒壶空了的声音，直到最后 T. P. 为他再灌入酒，而他还说你不尊重你的亡父，我说哪有，我对他的记忆一直好好地扎根在我的脑海里，除非我也疯了，而上帝知道我会做什么。我只要看到水就感到恶心，我会风一样快地迅速咽下汽油和一杯威士忌。罗恩告诉他们他不会喝酒，但是如果你们不相信他是个男人，我可以告诉你们怎么找出来。她说如果让我抓到你和哪个娼妇鬼混的话，我会给你点颜色瞧瞧。她说我会抽她，只要让我找到她，抓住她，我会尽可能地抽她。她说。我也说如果我不喝酒那是我的事情，但是你要是看到我没酒，我说我会买很多的啤酒，多到能让你在里面洗澡，因为我很尊敬一个实心眼的娼妇。为了我母亲的身体和我的职位，我试图扶持她，但是这女人一点儿都不感激我为她所做的一切，而是存心坏了自己的、我的还有我母亲的名声，让我们都成为了镇上的笑柄。

不知道她溜到哪里去了，估计是看到我来了，就闪进了另一条巷子——和一个戴着红色领带的戏子在小巷子里上蹿下跳，每个经过的人都会看到他们，然后心里嘀咕着："什么样的男人会戴红色的领带？"好吧，小伙子一直在我耳边说，所以我在不知情的情况下收下了一封电报。直到我签字的时候，我才意识到这是电报，我撕开它，都没怎么注意是什么东西。我约莫我一直是有料到会是什么的。反正，这是唯一可能发生的事情，尤其是一直拖着，直等到我把支票存到存折上才发生。

我看，也只有纽约那样的大城市能存在那么多敲乡下人竹杠的人了。每天累得一头牛似的，然后把你的钱送给人家，得到一张小纸条，说您的账户收盘价为20.62元。一路哄骗你，让你只在纸上得到一点甜头，然后平庸地在20.62收盘。如果那还不够的话，就可以花十块钱一个月让一个人告诉你怎样更快地流失钱，这个人要么就是完全不懂，要么就是和电报公司是一丘之貉。好了，我受够了他们。这是他们最后一次从我身上"吸血"。只有连犹太人说的鬼话都分辨不出的人，能说行情会一直看涨，在这样一个年头——和去年一样，大坝可能会又一次被冲毁，所有棉花都会拔地而起。年复一年，人们的庄稼都被冲走了，可是华盛顿的官员们只顾每天花费五万军费干涉尼加拉瓜等地方。很明显，今年又要涨洪水了，然后棉花会稀缺到卖三毛钱一磅。唉，我真想给他们一次打击，然后我也能赢回我的钱。我不是想大捞一笔，只有小镇上的赌徒才会这么干，我只想拿回自己的钱——被犹太人所谓的可靠内部消息骗走的钱。然后，我就金盆洗手不干了；他们再想在我这里骗走一分钱，是绝对不可能了的。

我回到商店里的时候，差不多都三点半了。这个时候了，基本上做不了任何事情了，不过我也习惯了。这个我从来就是知道的。乐队已经停止演奏了。观众都进场了，乐手们没必要再费尽力气了。

艾尔说："那个小伙子找到你了吧？不久之前，他到这里来找了你。我还以为你在后院里呢。"

"找到了，"我说，"我拿到东西了。他们不至于一整个下午都找不到我，咱们镇子太小了。我得回家一会儿。"我说，"你要是觉得扣我钱会让你好受一点，那就扣吧。"

"没事，你回去吧，"他说，"现在我应付得过来。不过，我希望不是什么坏消息。"

"你必须到电报局去打听打听，"我说，"他们会有时间告诉你的。不过，不好意思，我没这个时间。"

"我只是随便问问，"他说，"你母亲知道我是她可以依赖的。"

"她会感激的，"我说，"我会尽快回来的。"

"没关系，不用急，"他说，"这个时候，我应付得过来。你回去吧。"

我取了车，回家了。今早上一次，中午两次，现在再一次，都是为了她，在全镇范围内追着她跑，还必须请求他们给我吃点我自己买的东西。有时候，我不禁要问有什么意义呢。有我自己已经设定的先例，再这样下去，我必定要疯掉。现在，我估摸着我能及时赶到家，然后开一段路去拿一篮西红柿什么的，然后，带着一身的樟脑味回到镇上，只有这样，我的头才不会炸掉。我总是告诉她，阿司匹林什么用都没有，就是面粉和水做的，只对那些想象自己有病的人有用。我说你都不知道什么是头痛。我说如果我能完全依我自己的话，我根本不愿意摆弄那辆破车。我说没车，我照样能活得好好的，我早学会了在缺失很多东西的情况下好好活着，但是如果你愿意冒险，和一个毛还没长全的黑小子一起坐那辆破烂不堪的马车，也没关系，因为我说老天会惠顾班这一类人的，上帝知道他应该为班做点什么，但是如果你认为我会放心把一个价值千元的娇贵的机器放到一个毛没长全或者长全了的黑小子手上，你最好自己给他买一辆，因为我说你喜欢开车，而你也知道你的确喜欢开车。

黛西说她在屋里。我走到大厅，听了一会儿，但是什么都没听到。我上了楼，但是就在我要过她的房门的时候，她叫住了我。

“我正想知道那是谁，”她说，“我太常一个人待在这里了，所以任何声响都逃不过我的耳朵。”

“您没必要待在这里，”我说，“如果您愿意，您可以像所有女人一样，成天在外面串门。”她走到门口。

“我想您可能生病了，”他说，“吃饭总是打战似的。”

“希望下次幸运点，”我说，“您想要什么？”

“出什么事了吗？”她说。

“哪能啊？”我说，“我下午的时候，中途回来一趟，有必要这么大反应吗？”

“你看到昆汀了吗？”她说。

“她在学校。”我回答道。

“现在过了三点了，”她说，“我听到敲钟，起码是半个小时之前的事了。她现在也该回来了。”

“是吗？”我说，“您什么时候在天黑之前见过她吗？”

“她该回来了，”她说，“我是个姑娘家的时候……”

“您有人管，”我说，“但是，她没有。”

“我真的拿她没辙了，”她说，“我左也试了，右也试了。”

“那您还不愿意让我试试，”我说，“所以您就知足吧。”我继续向自己的房间走去。我很轻松地开了门，站在那里，直到有人转动门把。然后听到她说：“杰生。”

“怎么？”我答道。

“我只是想到有点不对劲。”

“不是这里，”我说，“你走错地方了。”

“我不是想打搅你。”她说。

“那就好，”我说，“我方才不是很确定。我还以为我听错了呢，您需要什么？”

过了一会儿，她说：“不，没什么。”然后，就走开了。我拿下盒子，数了数钱，然后把盒子重新藏好后，开了门出去了。我在想樟脑，但是无论如何，现在可能太晚了。我可能只需要再来回跑一趟。她在门口等我。

我问她：“您想让我在镇上帮您捎点什么吗？”

“不是，”她说，“我没想掺和你的事情。杰生，但是我不知道如果你发生什么事情，我会怎么办。”

“我没事，”我说，“只是有点头痛。”

“我希望你能吃点阿司匹林，”她说，“我知道你还是会开车。”

“和车子有什么关系？”我说，“车子怎么能让人头痛。”

“你知道，汽油总是让你恶心，”她说，“从你还是个孩子的时候就这样了。我希望你能吃点阿司匹林。”

“您就这么希望着吧，”我说，“反正对您没害处。”

我上了车，准备回城。我刚转到路上，就看到一辆福特朝我笔直开过来。还好，它又突然停下了。我都能听到轮胎打滑的声音，接着车子打转、掉头，飞快地开走了，就在我在想到底是怎么回事的时候，我看到了那条红领带。我看到它又打了一个转，而就在我开到后街的时候，它就不见了，开得快得要飞。

我都气炸了。在我告诉了她一切之后，当我认出那条红领带的时候，我就什么都不记得了。甚至直到第一个岔路口，我必须停下的时候，我才开始想到我的头痛。我们一次次地花钱修路，为什么见鬼地，这条路就像开过一片瓦楞铁皮屋面一样。我很想知道，在这样的路上，一个人怎么追得上甚至是一辆手推车。我还是太爱惜我的车子了；我没法像他开那辆破福特一样，让它颠成碎片都没关系。有可能那辆车是他们偷的，所以没什么需要在乎的。就像我经常说的，血缘起决定作用。如果你身上也是流着那样的血，你也什么事都做得出来。我说你若认为自己对她有什么义务的话，现在也没有了；我说从现在起，你只能怪自己，因为你明明知道一个头脑清醒的人该做什么。我说如果我有一半的时间要做一个该死的侦探的话，起码我要去会付我钱的地方做。

所以，我必须在这个岔路口停下。然后，我记起来了我的头痛，就像有人用锤子在里面敲打它一样。我说我已经尽力让你不被她所扰；我说就我而言，她既然愿意的话，就让她下地狱吧，越快越好。我说你还在指望什么呢，现在只有那些来镇上的推销员和下贱戏子和她相好了，因为现在镇上的懦夫们都不搭理她了。你不知道发生了什么，我说你没有听到我听到的那些闲言碎语，所以你可以以为我堵住了他们所有人的嘴。在你全家就守着这个村里的小铺面，和种一点黑鬼都嫌少的地时，我家里可是有大把的黑奴。

如果他们真的种过地也好。上帝厚待了这块土地，这本是件好事，但是住在这里的人们就没干过什么好事了。现在是星期五下午，从我所在的位置，我能看到三里内的土地就没有犁过，而村里的所有劳动力都去看那场表演去了。我要是一个饿得要死的陌路人，甚至也在这里找不到一个人问路——怎么进镇？而她一直在试图要我吃阿司匹林。我说我要是吃面包就会在餐桌边吃。我说你总在抱怨你为我们放弃了多少多少——而你每年用来买那些贵得死的专利药的钱，都够你买上十来条新裙子了。我不是要找灵丹妙药，我需要的仅仅是喘息一下——不要再让我吃阿司匹林了。但是只要我必须每天工作十个小时来养一厨房的黑鬼——一大帮子被惯坏了的黑鬼，还要送他们去看什么鬼表演，不过，镇上的所有黑鬼都在这里，但是不管怎样，只要是这样，我就好不了。只是我碰到的这个黑鬼现在已经迟到了，等他赶到，戏该早演完了。

过了一会儿，他上了我的车，当我终于和他说明白，我是想问他是不是看到有两个人开一辆福特车经过的时候，他回答了“是的”。于是，我继续追上去，当我来到车路拐弯的地方，我看到了轮胎印。阿贝·罗素就在他的地里，但是我不想打扰他，而就在我还能看到他的牲口棚的时候，我见到了那辆福特。他们试图将它藏起来，但是就和她做其他所有事情一样，干得不怎么样。并不是说我有多看不惯她；也许她也没办法，但是因为她甚至不为自己的家庭考虑，不慎重起见，所以是她确实做得不应该。我一直很担心，会在路中间或者广场下的车上碰到一对发情狗一样的他们。

我停了车，走出来。现在，我需要到处瞧瞧，还要穿过一片犁过的田地——这是我出镇后第一次见到的犁过的土地，我走的每一步都像有个人跟着我在走，并且在用棍棒不断地打我的头。我总想一旦我穿过了这片田地，至少会有点平路可以走吧，这样就不至于每一步都这么颠簸了，但是当我来到树林的时候，我发现这里满是矮木丛，而我需要七拐八拐地绕过它们前行，然后我就看到了一个满是荆棘的壕沟。我围着它走了一段时间，但是我发现荆棘越来越密，而且艾尔有可能一直在打电话到我家，问我去哪里了，而这会让我母亲更加着急。

当我终于走出来的时候，因为我已经左绕右绕了那么多次，我只能停下来，仔细辨认汽车停的方位。我知道他们不会离停车的地方有多远，应该就在最近的灌木丛下边，所以我掉头，转回到了马路上。因为当下我不能确定我走了多远，所以我必须停下来，打探打探情况。而此时随着我腿部所需血液变少，它们全部聚集到了我的脑子上，弄得我的头随时要爆炸似的。而此时太阳开始下山了，正好直射在我所处的位置，而我的耳朵耳鸣了，所以我也听不出个所以然。我试图安静地往前走，然后我听到了狗吠之类的，我知道只要让它闻到我的气味，它就会开始狂吠，那一切都会失控了。

我身上沾满了各种毛毛草草、小树枝什么的，衣服里和鞋子里到处都是。然后，我不经意间到处望了一下，正好发现我的手在一丛毒葛上。我唯一理解不了的就是为什么只是毒葛，而不是一条毒蛇或者其他什么致命的东西。所以，我没怎么在意，也没动，只是站在原地等那只狗离开。然后，我就继续向前走了。

这会儿，我压根儿就不晓得车子在哪个方位了。除了我的头，我根本没法顾及其他事情。我一直站在一个地方，甚至开始怀疑我是否真的看到了那辆福特车，不过，我都不是真的在乎我是否看到了。就像我说的，我不在乎，让她自生自灭去吧——随便她整天整夜地在外面和镇上哪个男人勾搭都没关系。完全不在乎我的人，我对她也就没什么责任可言，再说，这太过分了——把福特停在这里，让我花了一整个下午找人，然后还让艾尔带她到后面看账本，只是因为他实在太善良了。我说你在天堂也会不好过的，因为没法卷进任何人的事情里。你最好别让我抓住你，我睁一只眼闭一只眼全是为了你外婆，只要让我抓到你在我母亲家干一次这种事情，你就完蛋了。这些油头小子，自以为有多大能耐，我倒是要让他们看看，你也给我等着——我会让他知道想带着我外甥女在树林里乱来，那红领带就是下地狱的催命锁。

随着阳光整个照进我的眼睛里，我的血液沸腾了，所以我不断地觉得我的脑袋要炸了，然后又克服这种情绪。随着有荆棘什么的挂在我的衣物上，我来到了它们所在的沙坑，我认出了停车的地方的那棵树，但是，就在我走出沟坑的时候，我听到了车子发动的声音。他把车子开得轰鸣作响，而且速度极快地开走了。他们长按喇叭，就像在说“呀！呀！来追呀”，然后，就消失在了视野里。我走到路上的时候，正好看到它开远。

我走到我车子旁边的时候，他们已经完全不见了，不过还能听见不断作响的喇叭声。好吧，除了我在想“赶快”之外，我压根没想什么。赶快回镇上。赶快回家，让我母亲确信我没在那辆车上见过你。尽量让她相信，我真的不知道那个男的是谁。尽量让她相信，这不是真的：我只有十步之差导致没有在那个沟坑里逮到你。也尽量让她相信你一直是向上的。

车子一直发出“呀！呀”的声音，只是声音越来越弱。然后就听不见了，我听见一头奶牛在罗素的牲口棚里低声叫着。不过，这仍然没进到我的脑子里。我只是走到门边，打开门，抬脚。当时，我觉得车子有点斜，比路面的斜度还要斜一点，但是我也没找出什么问题，直到我坐上去，发动车子的时候我才发现问题所在。

哎，我只好就坐在那里。太阳要下山了，而这离镇上还有五英里远。他们甚至没胆子把轮胎刺穿，打个洞什么的，只是把气给放了。我只是站了一会儿，想到那一厨房的黑鬼，我养着他们，他们却没有一个人有时间帮我在架子上装上一个备用胎和拧几个螺丝。这有点可笑，因为她不会这么有远见，故意把打气筒拿了出来，除非可能是她在看他放气的时候想到的。但是有可能是，有人把它拿了出来，给了班当水枪玩，因为只要是班想要的，这群人就算把汽车拆成碎片也不会在意，不过，黛西说：“没有人会碰你的车的。我们玩你的车干吗？”我说，你是一个幸运的黑鬼，知道吗？我说，我随时想和你交换，因为现在白人除了每天担心一个小荡妇的行踪之外，没有什么可干的了。

我朝着罗素家的农场走去，他有打气筒的。我估摸着他们没想到这一点。只是我仍然不敢相信，她有这个胆量。我总是在想这个事情。我不知道为什么我似乎不能接受现实——就是一个荡妇会做任何事情。我一直在想，让我消停一会儿吧，让我暂且忘记对你的憎恶，以及你对我的漠不关心：我反正是没法这样对你的。不管你做了什么，我都不可能这么对你。就像我说的，血缘就是血缘，你躲不过的。这不是开一个八岁小孩的玩笑，而是你让你的亲舅舅被嘲笑，还是被一个戴着红领带的男人。他们到我们镇上，嘲笑我们是一群乡巴佬，还认为我们这个小镇装不下他们。好吧，他不知道他说得对极了。昆汀也是。如果那就是她所想的，那她最好滚开——这他妈的真是一种解脱啊！

我停下来，还了罗素的打气筒之后，开始返回镇上。我到药店，打了一针之后去了电报局。收盘价是 20.21 元，跌了 40 个点。那可是四十个五块钱啊！如果可以的话，你就拿这些钱去买点东西吧，然后她就会说："我必须拿到它，我非要不可。"我就会说："那太不好意思了，如果这样，你只能去找别人了。我没钱，我没那个时间去赚钱。"

我只是看着他。

"我要告诉你一些消息，"我说，"你会很惊奇的，那就是我对棉花市场感兴趣。"我接着说，"你从来没想到，对吧？"

他说："我已经尽力想把这个交给你了。"这时，他边在抽屉里找东西，边说，"我去商店找了你两次，也打电话到你家了，但是他们都不知道你在哪里。"

"你想给我什么？"我回答道。他递给我一份电报。我问："这是什么时候到的？"

他回答说："大概三点半。"

"但是现在已经五点十分了。"我说。

"我想给你的，"他说，"但是我找不到你。"

"那不是我的错吧。"我说。我打开电报，只是想看看这次他们会用什么谎话来骗我。他们的状况肯定很糟糕，都需要不远千里到密西西比河来骗我的十块钱一个月。电报上说："廉价出清。"市场会出现波动，但是整体行情是看跌的。按照官方的说法，就是无须惊慌。

"打这样一份电报要多少钱？"我问。他告诉了我。

"他们已经付过钱了。"他说。

"那么，我只欠他们这么多，"我说，"我已经知道行情了。帮我发这个。"我边说，边抽出一张单子。买进，市场行情即将上扬，会大涨，我写道。这是为了引一些还没到电报局了解情况的乡巴佬上钩，才偶尔放出来制造恐慌的。别被吓着了。"帮我发了。"我说。

他看了看内容，然后看了看表说："一个小时之前就已经收盘了。"

"好吧，"我说，"这也不是我的错。这又不是我发明的。我只是买进了一点，总是以为电报公司会通知我行情的涨落的。"

"我们只要收到报告，马上就粘贴出来了的。"他说。

"没错，"我说，"但是，在孟菲斯，人家每十秒钟就在黑板上公布一次。今天下午，我到过离这里不到六七十米的地方。"

他看了看电报，问："你想寄这个？"

"我没改变主意，"我说。我写好了另一封电报，还数了数电报费。"如果你确定你会写'买进'，那还有这个，帮我也寄了。"

我回到了商店里。我能听到乐队在街上演奏的声音。"禁酒"真是个好事。过去，他们总是在周六穿着家里唯一的一双鞋进城来，然后到快递公司取包裹；现在，他们都光脚去看演出，而站在门口的商人看着他们经过，就像一队笼子里放出来的老虎之类的。

艾尔说："我希望不是什么严重的事情。"

"什么？"我说。他看着他的表。然后，他走到门边，看了看法院大楼的钟。"你应该买个美元对表，"我说，"这不会让你花那么多钱来次次怀疑自己的表不对。"

"什么？"他问。

“没什么，”我说，“希望没给你带来什么不便。”

“我们不怎么忙，”他说，“他们都去看演出了，没事。”

“如果有关系的话，”我说，“你知道你能怎么办。”

“我都说了没关系了。”他说。

“我听到了，”我说，“但是，你知道如果有关系的话，你能怎么做。”

“你想辞职吗？”他说。

“没我什么事，”我说，“我的意愿不重要。但是，不要有这样的想法，也就是不要觉得你把我留在这里，是在保护我。”

“杰生，如果好好干的话，你会是一个很好的商人。”他说。

“至少我能只顾好自己的事，而不去管别人的闲事。”我说。

“我不知道为什么你想逼我解雇你，”他说，“你知道任何时候，你想不干了，都可以辞职的，而这也不会影响我们两个人的关系。”

“也许那就是我不愿意辞职的原因，”我说，“只要我还在做这个工作，你就在为此付我薪水。”我走到后边喝了杯水，然后从后门出去了。乔布（Job）总算装好了所有的中耕机。现在这里很安静，很快，我的头就舒服点了。现在，我可以听到他们的歌声和乐队的奏乐声。好吧，让他们赚走这个村上的所有钱吧，反正也不是在剥我的皮。我能做的都做了；长到我这么大，都不知道适可而止那就是个白痴了。尤其是，这本来就不关我的事。如果现在跑出去的是我的亲女儿又不一样，因为她不会有这个时间的；她必须做点事情，去养活那几个病号、傻子和黑鬼。不过，我怎么会有女儿，因为我怎么能有脸带任何人回家，我对每个人的尊重，是不会允许我这么做的。我是一个男子汉，我受得了，那是我的血脉亲人，我倒是想看看那个对我熟识的女子说不敬之词的男人的眼睛是什么颜色的。做这种事的都是那些个好女人，我倒是想看看那些正经的、经常去教堂做礼拜的女人是什么货色，有没有罗恩一半正经，是不是婊子。就像我说的，如果我想结婚，你知道，你会像气球一样，瞬间膨胀，而她会说，我希望你开心——有一个自己的家庭，而不是为了我们禁锢你的人生。但是，我已经不久于世了，然后你需要找一个老婆，但是你会发现没有人配得上你，而我说，不，我能找到的。你知道你会直接从你的坟墓里跳出来。我说，不用了，现在我有够多的女人要照顾了，如果我结婚，没准会发现娶的是个毒鬼呢。我说，我们家现在只缺这号人物了。

太阳已经西沉到卫理公会教堂之后了，鸽子们在绕着尖塔前后飞，当乐队歇息的时候，我能听到它们的咕咕叫。圣诞节过去还不到四个月，可是鸽子们又和以前一样多了。我估摸着现在沃尔索尔（Walthall）牧师肚里都是鸽子肉。他可能以为我们是在朝人开枪，他发表很多演说，甚至有人持枪过来的时候，会抓住他们的枪杆。他谈论什么和平降临大地啊，善待一切生灵啊，还有连麻雀都不能打。但是，他也不管鸽子变得多么的多，他无事可做：他在乎什么呢，也不用在乎时间。他又不纳税，也不用每年看着自己的钱被用来清洗法院大楼的钟，为了让它走得精准些——这可得花四十五块钱请人做呢。我数了数，地上有超过一百只半孵化的鸽子。他以为，它们会晓得离开这个镇子。我只能说，还好，我的亲戚没有鸽子多。

乐队又开始奏乐了，一首快节奏的歌，很大的声音，就像他们要崩溃了似的。我估摸着现在他们该感到满足了。也许他们在驱车回家的路上，那十四五英里的路途中都有歌声萦绕于耳了，还有晚上喂牲口、挤牛奶的时候，也一样。他们能做的就是吹吹调子，和牲口棚里的牲畜说说笑话，然后再算算，因为没把这些牲畜也带去看戏，省下了多少银子。他们也可以这么算，如果一个人有五个小孩、七头骡子，他花两毛五就能让全家都看到演出，诸如此类的。艾尔带着两个包裹回来了。

“又有一些货要发出去，”他说，“乔布大叔在哪里？”

“我猜是去看戏了吧，”我说，“除非你看到他了。”

“他不会悄悄溜走的，”他说，“这个我是可以相信他的。”

“那意思就是我会喽。”我说。

他走到门边，边向外张望边在听。

“乐队真不赖！”他说，“我说，差不多是散场的时候了吧。”

“除非他们打算在那里过夜。”我说。燕子开始纷飞了，我也可以听到麻雀在法院大院的树中穿插的声音。每过一会儿，就能看到屋顶上又飞来一群，在打转，然后又飞走。就我看来，它们和鸽子一样讨人厌。因为它们，你压根没法在法院院子里久待。你知道，第一个就是，砰的一声，一坨屎就正好落在你的帽子上。但是，因为打一次麻雀要五分钱，只有百万富翁才支付得起这费用。其实只要在广场上撒点毒药，不出一天，就能把它们都清理掉。因为如果哪个商人要是管不住自己的禽鸟，让它们在广场上乱跑的话，他最好是贩点其他的东西，比方说像犁头、洋葱一样不会去觅食的东西。而如果有人管不住自己的狗的话，他要么就是不想要这狗了，要么就是没养过狗。就像我说的，镇上的买卖和农村的是相似的，因而我们就变成了一个村镇了。

“他们散场了，对你没什么好处，”我说，“他们还得套车，然后把车赶出来，就这样，得折腾到半夜才能到家。”

“好吧，”他说，“他们很享受。让他们偶尔花点钱看出表演，也不错。山里的农民活干得很累，但是回报很少。”

“又不是法律规定他们到山里务农的，”我说，“他们可以去任何地方。”

“如果没有农民，我和你指不定会怎么样呢。”他说。

“那我现在会在家里躺着敷冰块。”我说。

“你头痛得太频繁了，你怎么不去好好检查下你的牙齿呢？今天早上，他给你全看到了吗？”

“谁？”我说。

“你早上说去看牙医了啊。”

“你是不爽我在上班时头痛是不？”我说，“是不是？”

他们看戏回来了，正在穿过小巷子。

“他们回来了，”他说，“我想我最好是到前厅去。”他去了。这是一件神奇的事情，就是为什么不管你是怎么了，男人都会告诉你去看牙齿，而女人就会告诉你要结婚。而且，总是那种在任何事情上都没赚到什么钱的人，在告诉你怎么做生意。就像那些穷得连双像样的袜子都没有的大学教授，总在教你怎么在十年之内成为百万富翁，而自己都没嫁人的女人在教你怎么经营一个家庭。

老乔布赶着大马车来了。过了一会儿，他把缰绳裹在了鞭子插座上。

“嗨，”我说，“表演好看吧？”

“我没去看，”他说，“不过，我今天晚上会在帐篷里，那里可以找到我。”

“鬼才信你没去呢，”我说，“你三点就离开这里了。艾尔先生正好回来找你。”

“我办自己的事去了，”他说，“艾尔先生知道我去了哪里。”

“你可以瞒过他，”我说，“我不会告发你的。”

“那他就是镇上我唯一试图欺瞒的一个人了，”他说，“不过，我为什么要浪费时间欺瞒一个人，一个我压根不在乎能不能在周六晚上见到的人？我也不会试图欺瞒你。”他边说“是的，先生，对我来说，你太精明了”，边忙得不可开交——把五六袋小行李放到大马车上。“对我来说，你太精明了。整个镇上都没有人比你更精明了。你能欺骗一个人到他完全搞不清楚情况的程度。”他边说，边爬上马车，解开了缰绳。

“你说的是谁？”我说。

“那就是杰生·康普生先生，”他说，“走起来，丹！”

有一个车轮眼看就要掉下来了，我倒是想看看他能不能在它掉之前，走出这条巷子。只要把任何车子交给黑鬼管，都会这样。我说我们家那辆老爷车真是惨不忍睹，但是你还是得让他在车房里待上一百年，就为了那小子能每周赶着它到墓地上去。我说他不是第一个被迫做自己不想做的事情的人。我要让他像个文明人一样开车，不然就待在家里。他哪知道去的是哪里，上的是什么车，可是我们为了能让他周日下午出去散散心，还得准备一辆马车和一匹马。

乔布很关心轮子会不会掉下来，只要走回来不会太远就行。就像我说的，只有田地是适合黑鬼的，在那里，他们得从日出干到日落。他们是享受不了富裕的生活和轻松的工作的。让一个黑鬼在一个白人身边待上一阵，就没什么可取之处了。他们会变成这个样子：能在你的眼皮底下，猜透你的心思，就像罗斯克斯（Roskus）一样。他犯过的唯一错误就是有一天一不小心让自己死了。偷懒、偷窃，越来越碎碎念，直到有一天你烦得只能用板子什么的把他打趴下。好吧，那是艾尔的事。但是，我很讨厌我的事情被一个老态龙钟的黑鬼和一辆拐弯时随时都担心会四分五裂的破马车在镇上宣传开来。

现在，外面的太阳还高挂着，但是房里已经开始暗下来了。我来到前厅，看到广场上都没人了。艾尔在锁保险箱，然后我就听到了钟响的声音。

“你关下后门？”他说。我回到后面，关了门，又走回前面。“我想你今晚上要去看戏吧，”他说，“我昨天给了你入场券，对吧？”

“是的，”我说，“你想要回来？”

“不，不是的，”他说，“我只是不记得我是不是给你了。没必要浪费嘛。”

他关上门，说了“晚安”后，离开了。麻雀还在树间快活，但是广场上除了几辆车已经没人了。药店前面停着一辆福特，但是我甚至连看都懒得看一眼。我知道我的底线在哪里。我不在乎给她帮助，但是我知道度。我想我可以教会卢斯特开车，然后只要他们愿意，就能整天跟着她了，而我就能待在家里和班玩了。

我走进去，拿了两根烟。然后，我就想再看看头痛时的运气，于是我站在那里，和他们聊了一会儿天。

“嗨，”麦克说，“我估摸着你今年把钱压在洋基队的身上了吧。”

“为什么？”我说。

“冠军啊，”他说，“联赛里没有哪个队敌得过洋基队的。”

“确实是没有，”我说，“他们都注定要败，”我说，“你认为一支队会永远这么幸运吗？”

“我不认为是幸运。”麦克说。

“反正鲁斯在哪个队，我就不押那个队，就算我知道它要赢，我照样不会押。”我说。

“认真的？”麦克问我。

“我能从任意一个联赛里数出二十个比他有价值的球员。”我说。

“你不喜欢鲁斯什么？”麦克说。

“没什么，”我说，“我没什么不喜欢他的。我甚至都不愿意见到他。”我走了出去。路灯亮了，人们都开始赶回家了。有时候，只有天完全黑下来，麻雀才会消停。那个法院大楼旁边亮起新灯的晚上，麻雀整夜都是醒着的，一直在周围飞腾，或者跌跌撞撞地往有灯的地方飞。麻雀这样坚持了两三晚，然后一天早上就全部飞走了。然后，又过了两个月的样子，它们又全部飞回来了。

我开车回到了家。屋子里还没亮灯，但是他们应该都在看窗外，等我回来。黛西在厨房里唠唠叨叨，好像她要热着等我回来吃的食物都是用她的钱买的一样。听她唠叨的话，你会觉得世界上只有一顿晚餐，就是这顿因为我的原因她必须晚吃几分钟的晚餐。好啦，至少今天回来的时候，没有发现班和那个黑鬼挂在门上，就像同一个笼子里出来的熊和猴子似的。只要太阳落山了，他就会来到门边，就像牛回牛栏一样，然后挂在上边，摇头晃脑的，还自言自语。这种猪一样的人，真应该像猪一样被阉割掉。他为了从开着的大门那儿冲出去而被阉割，我要是跟他做一样的蠢事，那么你把一个女学生放到我面前，我都不会看的。我总是好奇，他在下面的门边，看女学生从学校回家，然后试图得到他甚至不能记起他已经不需要，也没有能力要了的东西，他是在想什么。还有，当他们脱了他的衣服，而他恰好看了一眼自己，又开始和他平常一样哼哼唧唧的时候，他会做何感想。但是，就像我说的，他们做得总是不够。我说我知道你需要什么，你需要的是他们对班所做的事情，然后，你就会听话了。如果你不知道我说的是什么，就去问黛西。

母亲的房间里亮着灯。我停好车，然后进了厨房。卢斯特和班已经在这里了。

“黛西呢？”我说，“在开饭？”

“她和卡罗琳小姐上楼了，”卢斯特说，“自从昆汀小姐回来之后，她们差点打起来了。姥姥在上边劝架。杰生先生，演出的人来了吗？”

“来了。”我说。

“我好像听到乐队奏乐了，”他说，“我真希望我能去，”他说，“要是我有两毛五的话，我就能去了。”

黛西进来了。“你回来了？”她说，“你今晚上干什么去了？你知道我要做多少事情吗？你为什么不及时赶回来？”

“也许我去看演出了呢，”我说，“晚饭好了吗？”

“我要是能去就好了！”卢斯特说，“我要是有两毛五分钱的话，我也能去看。”

“看戏和你没什么关系，”黛西说，“你进屋去，坐下。”她又说，“你现在不要上楼，等会儿她们又吵起来了。”

我问：“发生什么事了？”

“昆汀才回来就说你整个下午都在跟踪她，卡罗琳小姐就责备了她。你就不能不管她的事啊？你就不能和你的亲外甥女在一个屋檐下，和和气气地过日子吗？”

“我不可能和她吵架啊，”我说，“因为我早上之后就没见过她了。她觉得我做的是什么？押她回学校？太糟糕了。”我说。

“好了，你管好你的事，别理她。”黛西说，“只要你和卡罗琳小姐愿意的话，我会好好照顾昆汀的。好啦，你现在回房吧，老实点，我来开饭。”

“如果我有两毛五的话，”卢斯特说，“我就能看演出了。”

“如果你有翅膀，你能飞到天堂，”黛西说，“我再也不想听到和表演有关的字。”

“这倒是提醒了我，”我说，“我这里有两张他们给我的票。”我从衣兜里掏了出来。

“你自己要用吗？”卢斯特问。

“我不用，”我说，“给我十块钱，我也不会去。”

“杰生先生，给我一张吧。”他说。

“我卖给你一张，”我说，“怎么样？”

“我没钱。”他说。

“那太不幸了。”我说。我假装要走出去。

“杰生先生，给我一张吧，”他说，“你也用不了两张啊。”

“别说了，”黛西说，“你不知道他不会白给任何东西吗？”

“多少钱一张？”他说。

“五分。”我说。

“我没那么多。”他说。

“你有多少？”我问。

“我一分钱都没有。”他说。

“那好的。”我说。我说完就走了。

“杰生先生。”他说。

“你还不算了？”黛西说，“他在逗你呢。他自己要用那些票。走吧，杰生，让他一个人待着。”

“我不要用。”我说。我又回到炉子边。“我来把它烧了。不过，你想不想五分钱买一张？”我边说，边看他的反应，一手则打开了炉盖。

“我没那么多钱。”他说。

“好吧。”我说。我丢了一张到炉子里。

“欸，杰生，”黛西说，“你也不羞愧？”

“杰生先生，”他说，“求你了，先生。我可以给你安一个月的轮胎，每天都安。”

“我需要现金，”我说，“只要五分钱，就是你的了哦。”

“卢斯特，别说了，”黛西说，她猛地拉了他回去，说，“继续啊！丢进去！继续啊！都丢进去好了！”

“只要五分钱，你就能拥有它了哦。”我说。

“继续丢进去，”黛西说，“他不会有五分钱。丢啊！丢进去！”

“好吧。”我说，我丢了进去，然后黛西关了炉子。

“你这么大个人了还干这种事，”她说，“快从我的厨房出去，不要再说了，”她又对卢斯特说，“不要让班吉又发作了。我会叫弗朗宁给你两毛五，这样你明天晚上就能去看演出了，现在，不要再说什么了。”

我回到了卧室里。我不能听到楼上的任何声音。我打开报纸，不久，班和卢斯特就进来了。班走到原来镜子在的地方，也就是墙面暗的地方，一边淌口水、哼哼唧唧的，一边把手放在墙面上擦。卢斯特则开始戳火。

“你在干什么？”我说，“我们今晚上不需要任何火了。”

“我在试图让他安静，复活节总是很冷。”他说。

“只是现在不是复活节，”我说，“就这样吧。”

他把拨火棍放好，把母亲凳子上的毯子拿给了班，然后专心蹲在火前面，不说话了。

我在看报纸。黛西进来喊班和卢斯特去厨房，说饭菜准备好了的时候，楼上没有任何动静。

“好，没事。”我说。她走了出去。我坐在那里看报纸。过了一会儿，我听出黛西在往门里望。

“你怎么还不来吃饭？”她问。

“我在等你开饭。”我回答说。

“已经上桌了，”她说，“我告诉过你了啊！”

“是吗？”我说，“不好意思，我没听到任何人下来的声音。”

“她们不吃，”她说，“你来吃吧，然后我就能给她们端点上去了。”

“她们不舒服吗？”我说，“医生说了什么？我希望不是出天花。”

“来吃吧，杰生，”她说，“然后我就能把事情做完了。”

“好的，”我边说，边又拿起了报纸，“我现在在等你开饭。”

我能感觉到，她在门口看着我。我继续看报纸。

“你怎么了，要这样？”她说，“你何时才会知道，这样让我多困扰？”

“如果母亲比她下来吃晚饭的时候，更不舒服，那没事，但是只要我是花钱养着比我小的人，她们就得下来吃饭。什么时候开饭，告诉我一声。”我说完，继续看报纸了。我听到她爬楼的声音，一步一步拖着走，而且边走边嘟囔、喘气，仿佛这楼梯是直的，每两步之间隔了三英尺一样。我听到她停在了母亲的门前，然后我听到她喊昆汀，貌似昆汀的门是锁着的，然后她又回到了母亲的房里，之后，我听到母亲去喊昆汀。最后，她们一起下来了。我继续看报纸。

黛西又来到了我的门边。“可以了，来吧！”她说，“不然，你又要想出什么鬼玩意来。今晚上，你就是在折磨你自己。”

我进了餐厅。昆汀低头坐着。她又化妆了。她的鼻子就像一个绝缘瓷体。

“我很高兴，您舒服些了，能下来吃饭了。”我对母亲说。

“除了来到餐桌边，我能为你做的很少，”她说，“不管我身体怎么样，我意识到，当一个男人白天在外面干了一整天活之后，吃晚饭的时候，就希望全家人陪他一起。我想让你高兴点儿。我只希望你和昆汀能够关系融洽一点儿。这会让我好受些。”

“我们相处得不错啊，”我说，“只要她愿意，我也不在乎她整天把自己锁在房子里。但是，我不喜欢吃饭的时候，大吵大闹或者生闷气。我知道那对她来说，是过分的要求，但是这是我家里的规矩。哦，我的意思是，在您的房子里。”

“这是你的，”母亲说，“现在，你是它的主人。”

昆汀就没有抬过眼。我摆好了盘子，然后她开始吃饭了。

“你吃到一块好肉了吗？”我说，“如果没有的话，我帮你找一块更好的。”

她什么也没说。

“我说，你吃到一块好肉了吗？”我说。

“什么？”她问，“嗯，这很好。”

“你还要米饭吗？”我说。

“不需要了。”她说。

“最好是让我再给你盛一点吧。”我说。

“我不用了。”她说。

“没事，”我说，“不用谢。”

“你不头痛了吧？”母亲说。

“头痛？”我说。

“我怕你有头痛，”她说，“你今天下午什么时候回来的？”

“哦，”我说，“没有，没头痛。今天下午我们太忙了，我都没记起头痛这回事。”

“这就是你回来晚了的原因吗？”母亲说。我可以看出昆汀在听着。我看着她。她依然在动刀叉，但是我捕捉到她看向我的视线，然后又看回了她的盘子里。

我说："不是。是因为，我三点钟的时候，把车子借给了别人，所以我必须等他回来，才会晚回的。"我吃了一会儿。

"你把车子借给谁了？"母亲说。

"就是一个来演出的人，"我说，"好像他姐姐的丈夫和镇上的哪个女人开车出去了，他在追他们。"

昆汀完全不受影响地坐在那里，吃她的东西。

"你不应该把车借给那样的人，"母亲说，"你太大方了。所以不到万不得已，我是不会问你借车用的。"

"我自己也开始这么觉得了，"我说，"但是他回来了，没事。他说他发现了他在找的人。"

"那个女人是谁？"母亲问。

"我等会儿告诉你，"我说，"我不想在昆汀面前谈论这种事情。"昆汀停下来不吃了。每过一会儿，她都会喝一口水，然后坐在那里掰碎一块曲奇饼干，她一直低着头，脸对着盘子。

"好的，"母亲说，"我想像我一样完全封闭了的女人，完全不知道镇上发生了什么。"

"是的，"我说，"确实不知道。"

"我们那个时代和现在不一样，"母亲说，"谢天谢地，我不知道那些邪恶的事情。我甚至不想知道。我和大部分的人都不一样。"

我没再说什么。昆汀坐在那里，掰饼干，直到我吃完了。然后，她说："我可以走了吗？"她说的时候没有看任何人。

"什么？"我说，"当然，你可以走了。你在等我们吗？"

她看着我。她掰碎了所有的饼干，但是她的手依然摆着一个在掰饼干的姿势，她的眼神很像一头困兽之类的，她一直在咬嘴唇，好像那些红丹是能毒死她的毒药。

"外婆，"她说，"外婆……"

“你还想吃什么吗？”我说。

“外婆，为什么他要这样对我？”她说，“我从来没有伤害过他。”

“我要你们都和平相处，”母亲说，“你们现在都是被留下的人了，所以我真的希望你们能更好地相处。”

“是他的错，”她说，“他不放过我，而我必须接受。如果他不想要我在这里，为什么不让我回……”

“够了，”我说，“一个字都不要说了。”

“为什么他不放过我？”她说，“他……他就是……”

“他几乎充当了你父亲的角色，”母亲说，“是他养活了我和你。他希望你能听他的话，这没什么不对的。”

“是他的错，”她说，她跳了起来，“他让我做的。如果他……”她看着我们，困兽般的眼神，两个胳膊好像在抽搐似的。

“如果我怎么样？”我说。

“不管我做什么，都是你的错，”她说，“如果我变坏，那是因为我必须这样。你让我变成这样的。我死了倒好。要是我们都死了就好了。”然后，她就跑了。我们听到她跑上了楼，然后，猛甩上了门。

“这是她第一次说了句像样的话。”我说。

“她今天没去学校。”母亲说。

“你怎么知道的？”我说，“你到镇上去了？”

“我就是知道，”她说，“我希望你能对她好点儿。”

“我对她好点，她就得让我一天多见上她几次，”我说，“你得要她每餐都到餐桌边来吃饭。这样，我每次都能给她多添碗饭。”

“还有些小事，你也可以做的。”她说。

“比方说，不顾你要我监督她去上学的事情？”我说。

“她今天没去学校，”她说，“我知道她没去。她说她今天下午和一个男孩子出去兜风了，而你一直跟踪了她一下午。”

“我怎么可能，”我说，“我的车今下午借给别人了。她有没有去学校已经不重要了。”我说，“如果你非担心不可，那就担心下周一吧。”

“我想让你们好好相处，”她说，“但是她遗传了她妈，固执得很。还有昆汀的。我当时就是想她可能继承了这些性格特点，才给她起名昆汀的。有时，我认为她是他们两兄妹对我的惩罚。”“我的老天爷啊，”我说，“您真是会想呢！难怪你一直身体不好。”

“什么？”她说，“我不明白。”

“我希望你不明白，”我说，“一个好女人要是知道得太多了，就会错失很多东西。”

“他们都是这样的，”她说，“他们都会在我试图纠正他们的时候，和你父亲一起对抗我。他总说，没必要那么管着他们，他们已经有了好的观念——纯洁和诚信，只要教会了这些，其余也就无所谓了。现在，我希望他知足了。”

“你还有班，”我说，“高兴点。”

“他们有意将我从他们生命里剔除开了，”她说，“她和昆汀总是在一起，他们总是在谋划联合对抗我，也对抗你，虽然当时你还太小，不能理解。他们总是把你我当成外人，对你莫里舅舅也一样。我总是和你父亲说，太放任他们了，他们在一起的时间太多了。昆汀一开始上学，我们就只好让加迪也去了，好陪他。她不能忍受你们任何人做任何她做不了的事情。她很虚荣，虚荣和莫名其妙的骄傲。然后，她的麻烦来了，我知道，昆汀肯定会认为他也应该做同样糟糕的事情。但是我不敢相信，他们居然这么自私，会……我没想到他会……”

“也许他知道会是个女孩，”我说，“而再多一个人，都是他不能忍受的。”

“他可以控制她的，”她说，“她只会为他考虑。但是，我想那也是惩罚的一部分。”

“是的，”我说，“死的是他不是我，如果死的那个是我的话，你会好过得多。”

“你居然说这样的话来伤害我，”她说，“虽然这是我的报应。当他们开始卖地送昆汀去哈佛读书的时候，我就和你父亲说了，我们也应该为你做这样的准备。后来，赫伯特说要让你进银行的时候，我就说杰生现在也需要资助了。而当所有的开销都堆起来了，我被迫卖家具和剩下的部分草坪的时候，我给她写过一封信，因为我说她应该意识到她和昆汀在哈佛的开销里有一部分本来是应该给你用的，所以现在是她补偿你的时候了。我说她要是尊敬她的父亲的话，就应该这么做。那时候，我以为她会的。但是，我只是一个穷老妇；我受的教育告诉我，人是不会不帮助自己的血脉亲人的——这是我的错，你有权利责怪我。”

“难道你以为我做我自己，是需要别人的帮助吗？”我说，“不要把那个连自己孩子的父亲是谁都搞不清的女人和我扯上关系。”

“杰生。”她说。

“好了，”我说，“我不是那个意思，当然不是。”

“在我经历了这么多之后，我不信还能有什么让我难受。”

“当然不会，”我说，“我不是那个意思。”

“我希望你至少能饶了我。”她说。

“当然，”我说，“这没什么好怀疑的，她太像他们了。”

“我受不了。”她说。

“那就别想这件事了，”我说，“她还是晚上出去，让你担心吗？”

“没有了。我告诉了她这是为她自己好，终有一天她会感谢我的。我关门之后，她拿了书在看书。有些晚上，我看她开着灯，看书到十一点。”

“你怎么知道她是在读书？”我说。

“我不知道她一个人会做什么其他的，”她说，“她从来不看其他的。”

“不是的，”我说，“你不会知道的。也庆幸你不知道。”我说。只是这个说出来也没什么用，只会让她又趴在我身上哭。

随之，我听到母亲上楼的声音。然后，她喊了昆汀，昆汀在房里问她“怎么了”，母亲说“晚安”，然后，我听到了开门的声音，母亲回房了。

等我抽完烟，上去的时候，昆汀房里的灯依然是亮着的。我可以看到没插钥匙的锁孔，但是我听不到任何声音。她在安静地学习。也许这是她在温习时学到的。我和母亲说了晚安之后，回到房间，拿出了钱盒，又数了一遍里面的钱。我可以听到“伟大的美国太监”的如雷般的鼾声，就像一架滑翔机在起飞一样。我在哪里读到过，说为了有女人那样的声音，有的男人会做手术。但是可能他不知道医生对他做了什么。我估摸着他也不知道自己是想做什么，或者为什么博格斯先生要用栅栏尖桩将他打晕。如果他们在他还麻醉昏迷的状态下，就把他送到杰克逊去，他也绝对不会有所察觉。但是那对康普生家族的人来说，这个方法过于简单了，康普生家族想的办法该比这个复杂两倍都不止。要等到他冲出去，在街上和一个小女孩晃荡，还被他父亲看着的时候，他们才会想办法。好吧，就像我说的，他们从来不会及时一刀两断，而且结束得太快。我至少知道有两个需要动这样的手术的人，有一个住得很近，都不足一里远。但是，我觉得就算那么做了，也没什么好处。就像我说的，是个婊子，就是个婊子。就给我二十四个小时，不要让那些该死的美国犹太佬来对我指手画脚，要我做这做那。我也没想大赚一笔；这个就留给鬼灵的赌徒们去做吧。我只是想有个机会，让我把我的钱拿回来。我一旦拿回了我的钱，他们就能把整条比尔街，还有整个疯人院，都弄到我家来，让其中两个就睡我床上，另外一个吃饭的时候，坐我的位置上胡吃海喝。

1928年4月8日

破晓时分，空气中伴随着阵阵萧瑟与寒意，一束灰色的光线从东北方向移来，这束光线并没有溶解为潮气，却似乎分解成了细小的颗粒，如灰尘一样，当黛西打开小茅屋的门走出来时，这些颗粒像针似的横穿过她的肌肤，沉淀为一种稀薄的物质，不像是潮气，也不像是凝结的油脂。黛西头上缠着头巾，戴着一顶硬质黑草帽，身穿一条紫色丝绸长裙，披着一个栗色天鹅绒披肩。她在门口站了一会儿，仰着那张布满皱纹的脸看着天空，她伸出一只枯槁的手，掌心如同鱼肚般柔软，然后她将披肩放在一边，仔细审视着她那长裙的前襟。

那条长裙从她的双肩垂下，穿过她那低垂的乳房，在她的腹部收紧，然后又垂下来，后来又微微隆起，因为她穿了好几条内裤，等春天过去，天气变暖，到处呈现出一派五光十色的颜色时，她会将内裤一层层地脱掉。她曾经是一个肥胖的女人，但现在骨架都凸显出来了，松弛的皮肤覆在上边，胀鼓鼓的腹部又开始绷紧，肌肉和组织仿若有勇敢和毅力一样，随着岁月的流逝，这些勇气和毅力都消磨殆尽了，只剩下不屈不挠的骨架，像一片废墟或一个里程碑一样，竖立在昏昏欲睡、无动于衷的内脏之上。这副骨架上方是一张面目狰狞的脸，让人感觉骨头都露在皮肉之外了。现在，那张脸对着风和日丽的天空，脸上有种听天由命的表情，又有种小孩子失望时惊愕不已的表情。最终，她转身再次回到屋内，关上了门。

小茅屋门口附近的土地光秃秃的，泛着铜绿色的光泽，好像经过几代人的光脚板磨蹭过一般。那色泽就像是古老的银器或墨西哥人的房屋上用手抹上的灰泥一样。小茅屋旁边是三棵桑树，夏天时可以在下边避暑。那毛茸茸的桑叶日后会长得如手掌般宽大、舒展，随风在空中起起伏伏。这时，不知从哪儿飞来一对松鸦，在狂风中盘旋，就像是鲜艳的布片或纸片一样飞舞着，最后落在桑树上，它们来回翘动着尾巴，对着空中尖声叫嚣着，像卷走纸片或布片一样，狂风卷走了它们的叫声。后来，又有三只鸟也加入了它们的行列，它们落在摇摇晃晃的树枝上，同时翘起尾巴尖叫着。小茅屋的门打开了，黛西再次走了出来，这一次，她戴着一顶男士平底呢帽，穿着一件军大衣，磨损的裙摆下边是一件蓝格子的布裙，不规则的下摆蓬松垂下来，当她穿过院子，走上厨房门口的台阶时，裙摆也随风摆动着。

过了一会儿，她又出来了，这一次，她手中撑着一把伞，她拿伞抵着风，穿过院子走到柴堆前，她没有合上伞，直接把它放在地上了。突然，她意识到了，立马抓住伞，在手中握了一会儿，朝四周望了一下。然后，她合上伞，放在地上，将柴火堆放在她胸前那弯曲的臂弯里，最后，她拿起伞，撑在头顶，又向台阶走去。当她将伞合上的同时，她小心翼翼地使柴火维持平衡，不让它们掉下，她把伞放在门后的角落里，又将柴火扔进炉箱里。随后，她脱掉了大衣，取下帽子，又从墙上取下那条脏兮兮的围裙穿在身上，把炉子里的火烧旺。同时，她把炉条捅得铿锵作响，炉盖也噼里啪啦直响，康普生太太站在楼梯口就开始喊她。

康普生太太穿着一件黑色缎面睡袍，一只手在下巴处紧紧拉着睡袍，另一只手拿着一个红色的胶质热水袋，站在楼梯口，呼唤着“黛西”。隔一段时间她就会呼唤一声，她的声音穿过那寂静的楼道，消失在一片漆黑中。一束灰色的光线射进来。“黛西。”她呼喊着，她的声音没有任何起伏，不紧不慢的，好像她根本不期待黛西会回应她似的。

黛西回应了一声，停了下来，不再拨弄火炉，但是还没等她穿过厨房，康普生夫人又喊了一声，她还没穿过餐厅，走到窗口那束灰色的光线中，那声音又再次响起来了。

“好了，”黛西说，“好了，我在这儿呢。热水烧好了我马上给您灌上。”她提起裙摆，登上楼梯，她的身躯完全挡住了那束灰色的光线，“把热水袋给我，您回去睡觉吧。”

“我真不明白你刚才在干什么，”康普生太太说，“我早就醒了，躺在床上都一个多小时了，厨房里一丁点儿声音都没有。”

“您把热水袋放下回去睡觉吧。”黛西说。她费劲地爬上楼梯，她那身躯一点线条都没有，还不住地喘着粗气。“我会在一分钟内把火生好，两分钟水就能烧开了。”

“我在床上躺了有一个多小时了，”康普生太太说，“还以为你在等我下楼生火呢。”

黛西走到楼梯口，接过热水袋。“我一分钟内给您灌好热水，”她说，“卢斯特今儿早睡过头了，天还没亮，他半夜就起来了。我只好自己生火。您赶紧回去吧，要不等我准备好，其他人都要被您吵醒了。”

“既然你让卢斯特停下工作出去玩儿，你就只好多做点儿事了，”康普生太太说，“杰生要是听说了会不高兴的。你很清楚这一点。”

“他又没花杰生的钱，”黛西说，“一点儿也不假。”她走下楼去。康普生太太回到她的房间。当她再次钻进被窝时，她听到黛西还在下楼梯，要不是食品储藏室那扇门拍打的声音盖过了她的脚步声，那缓慢的动作真会让人发狂。

她走进厨房，生好火，开始准备做早餐。其间，她停下手来，走到窗前，朝她的小茅屋看去，然后走到门口，打开门，对着狂风呼喊起来。

“卢斯特！”她喊道，为了避开狂风，她侧着脸站在门口听着，“听见没，卢斯特！”她又听了一会儿，当她准备再喊时，卢斯特从厨房的角落里走出来了。

“妈妈？”他说，一脸无辜的样子，黛西低头看着他那无辜的表情，站在那儿一动不动，她的表情已不是惊讶所能形容的。

“你去哪儿了？”她问道。

“没去哪儿呀，”他说，“我就在地窖里呀。”

“你去地窖干什么？”她说，“别站在雨中了，傻瓜。”她说。

“我什么也没干。”他一边说一边走上台阶。

“一点儿柴火都没捡，你竟然敢进门，”她说，“我之前已经帮你捡了柴火，也生好火了。昨天不是都跟你说过，把火炉里塞满柴火才能出去吗？”

“我是按照你说的做了呀，”卢斯特说，“我真的塞满了。”

“那柴火都去哪儿了？”

“我不知道！我可没碰。”

“哼，你现在去把炉箱装满，”她说，“装满后上楼去看看班吉。”

她关上门。卢斯特向柴堆走去。那五只松鸦在屋子上方盘旋着、尖叫着，就又落桑树上了。他看着这些鸟儿，拿起一块石头，朝它们扔去。“喔，”他说，“哪儿来滚哪儿去吧，还没到星期一呢。”

他抱着小山似的一摞柴火。看不见前面的路，跌跌撞撞地走到台阶前，走上台阶，摇摇晃晃地撞在了门上，柴火掉了一地。黛西走过来，给他打开门，他跌跌撞撞地穿过厨房。“你啊，卢斯特！”她朝他大喊，但他已经将柴火都扔进了炉箱内，发出了一阵震耳欲聋的轰隆声。“哎！”他说。

“你是想把整个房子里的人都吵醒吗？”黛西说，她用手掌拍了一下他的后脑勺，“上楼去吧，赶紧给班吉穿好衣服。”

“遵命。”他说。他朝门口走去。

“你准备上哪儿去呢？”黛西说。

“我想我最好还是走正门进去，免得吵醒卡罗琳小姐她们。”

“你按我说的走后面的楼梯上去，给班吉穿好衣服，”黛西说，“现在就去吧。”

“遵命，”卢斯特说。他走回来，从餐厅门口出去。过了一阵儿，门也不再扇动了。黛西准备开始做饼干。她一边在案板上抖动着筛子，一边唱着歌，起初只是小声地哼着，没有什么曲调，也没有歌词，只是一种重复、悲哀、幽怨而又朴实的调子，细细的面粉像雪花一样纷纷扬扬地落在案板上。房间里已经有些暖意了，火炉里的柴火噼里啪啦地响着。这时，她哼得更大声了，仿佛她的声音也随着温度的上升而解冻了，然后，康普生太太在屋子里又开始呼唤她了。黛西抬起头，仿佛她那双眼能穿透墙壁和天花板，看到那个老女人穿着睡袍站在楼梯口，机械地声声呼唤着她的名字。

“哦，天哪，”黛西说。她放下筛子，撩起围裙擦了擦手，从椅子上拿起刚放在上边的热水袋，水壶现在已经开始冒出热气了，她将围裙覆在壶把周围。“等会儿，”她喊道，“水刚开始烧热。”

不过，康普生太太这次不是要热水袋，黛西像抓着一只死鸡脖子一样，拎着热水袋走到楼梯口，向上看着。

“卢斯特是不是在楼上的房间里呢？”她说。

“卢斯特一直没进来过，我一直躺在这里听他的声音，我知道他晚点才会到，但我希望他能及时过来，免得班吉明吵醒杰生，杰生一周也就只有这一天能睡个好觉。”

“您一大早就站在楼梯口喊叫，还指望谁能睡好觉吗？”黛西说，她费劲地爬上楼梯，“半个小时前我就让他上楼去了。”

康普生太太看着她，一手紧紧拽着下巴下面的睡袍。“你准备干什么去呢？”她问。

“给班吉穿好衣服，带他到厨房来，他就不会吵醒杰生和昆汀了。”黛西说。

“你还没开始做早餐吗？”

“我一会儿就做，”黛西说，“您还是回床上躺着吧，卢斯特一会儿就会去给您生火。今儿早上太冷了。”

“我知道，”康普生太太说，“我的脚冻得跟冰块一样凉。脚太凉了，都把我冻醒了。”她看着黛西走上楼梯，这又花了她不少时间，“你知道要是早餐时间推迟的话，杰生会发火的。”康普生太太说。

“我一次只能做一件事情，”黛西说，“您还是回床上躺着吧，要不今天早上我就有得麻烦了。”

“如果你为了给班吉明穿衣服而撂下所有其他事情，我还是自己下来做早餐吧。你又不是不知道早餐晚点杰生会有多么生气。”

“谁会吃您做的早餐呢？”黛西说，“您倒说说看。还是赶紧回去吧。”她边说边费劲地往上爬。康普生太太站在旁边看着她，她一手扶着墙，一手提着裙摆。

“你打算就为穿个衣服而把他叫醒吗？”她说。

黛西停下来。一只脚踩着上一个台阶，站在那儿，手扶着墙，身后一束灰色的光线从窗口射进来，她一动不动地站在那儿。

“他还没睡醒吗？”她说。

“我去看时，他还没醒，”康普生太太说，“往常七点半之前他就醒了，你知道他从来不睡懒觉的。”

黛西没说什么。她不再往上走了，尽管除了一团扁圆的形体，康普生太太看不到她的正面，她还是感觉出来黛西稍稍垂下了头，就像雨中的水牛一样站着，手中提着那个空空的热水袋。

“本不该跟你说这些的，”康普生太太说，“这不是你的责任，你无须天天背负着这么多的负担。你不欠他们什么，也不欠康普生先生什么。我知道你一直都不喜欢杰生。你从来就不会掩盖自己的感情。”

黛西什么也没说。她慢慢转过身走下楼梯，她一步一步地挪动着，就像小孩一样，她的手扶着墙。“您继续回去睡吧，不用去管他，”她说，“不要再找他了。我一找到卢斯特就会让他上楼去。现在别去管他。”

她回到厨房，看着炉子，接着将围裙从头上脱下来，穿上大衣，打开门，上上下下地打量着院子。狂风肆虐，无情地吹打着她的肌肤，院子里空荡荡的，没有什么会动的生物。她小心翼翼地走下台阶，像是为了避免发生什么响声一样，绕过厨房的角落。这时，卢斯特出现在地窖门口，脸上带着一副无辜的表情。

黛西停了下来。“你干什么去了？”她问。

“没干什么呀，”卢斯特说，“杰生先生让我检查一下地窖里哪儿漏水。”

“他什么时候说过让你做的呀？”黛西说，“去年元旦，不是吗？”

“我想着趁他们睡觉的时候去检查一下。”卢斯特说。黛西走到地窖门口。他站在一旁，她探着头向下看去，只能闻到一股潮湿的泥土、霉菌和橡胶的气味。

“咦——”黛西说。她再次打量着卢斯特。他迎上她那凝视的目光，无辜而又坦白。“我不知道你又在搞什么，但这里不需要你。今天早上，你是不是跟其他人联合起来试探我？你赶紧上楼去看看班吉，听到了吗？”

“遵命。”卢斯特说。他快步朝厨房的台阶走去。

“回来。”黛西说，“趁你还没走，再给我抱一摞柴火进去吧。”

“遵命。”他说。他从她身边的台阶上走过，朝柴堆走去。过了一会儿，他再次跌跌撞撞地走到门口，金字塔似的柴火挡住了他的视线。黛西打开门，用手拽着他，指引着他穿过厨房。

“你胆敢再扔进炉箱，发出那么大的响声，”她说，“你再试试看！”

“我只能这么做，”卢斯特气喘吁吁地说，“我别无选择。”

“那你就在这儿多站会儿，”黛西说，她每次从他怀中拿下一根柴火，“你今天早上是怎么了？我让你去捡柴火，你每次抱回来的都不超过六根，你倒是省力气了。你现在又想让我做什么呢？那个戏团不是已经走了吗？”

“是的。早就走了。”

她把最后一根柴火放在炉箱中。“现在照我之前跟你说的，上楼看看班吉去。”“在我摇吃饭铃之前，我不希望任何人站在楼梯口喊我了。你听见了吧。”

“听见了。”卢斯特说。他从摇晃着的门口出去了。黛西往火炉里又添了一些柴火，走到案板那儿，又开始唱起歌来。

房间里逐渐变得暖和起来。不久，黛西的皮肤就开始呈现出光泽了，比起柴火和卢斯特皮肤上的灰尘要好看多了。黛西在房间里来来回回地走动着，收集着原材料来搭配早餐。橱柜上方的墙壁上挂着一只钟，这只钟只有一根针，一直在嘀嗒嘀嗒地响着，只有在晚上借着灯光才能看到它。不一会儿，这只钟敲了五下，就像是刚刚清过喉咙似的。

“八点了。”黛西说。她停下手里的活儿，仰起头倾听着。但除了时钟和炉火声外，什么声音也没有。她打开烤箱，看着锅里的面包，然后弯下腰来，听到有人下楼了，她停了一下。她听到脚步声穿过餐厅，然后弹簧门打开了，卢斯特走了进来，后边跟着一个体形庞大的男人，这个人身上的分子好像不愿也不会凝聚在一起，也不愿与他的骨架融合在一起。他的皮肤是死灰色的，浑身光溜溜的，身体还有点儿浮肿，那步履蹒跚的走路姿势就像是一个训练有素的熊一样。他头发花白，发丝很细。齐整整地梳向前额，就像小孩梳的童花头一样。他的眼睛清澈，有着一种矢车菊似的淡蓝色，他那厚厚的嘴唇半张着，嘴角稍微有点儿口水。

“他冷吗？”黛西说。她在围裙上擦了擦手，伸出手去摸他的手。

“他不冷，我倒觉得有点儿冷了。”卢斯特说，“每逢复活节，天就会变冷。卡罗琳小姐说，如果你没时间给她灌热水袋，也没关系。”

“哦，天哪。”黛西说，她拉过一把椅子，放在柴火箱和炉灶之间。那个男子顺从地走过去，在椅子上坐了下来。“去餐厅看看我把热水袋放哪儿了。”黛西说。卢斯特从餐厅取来热水袋，黛西把它灌满，递给了他。“赶快送过去，”她说，“看到杰生睡醒了的话，告诉他早餐已经准备好了。”

卢斯特出去了。班坐在火炉旁。他松松垮垮地坐在那儿，除了头部，完全一动不动的，当黛西来回走动时，他用那甜美而又蒙眬的眼神看着黛西，脑袋时不时地摆动着。卢斯特回来了。

“他起来了。”他说，“卡罗琳小姐让我把热水袋放在桌子上。”他走到火炉跟前，伸开双手，掌心对着炉箱。“他也起来了，”他说，“他今儿早肯定是两只脚一块儿下地的。”

“又怎么了？”黛西说，“从这儿走开。你站在火炉前让我怎么干活儿。”

“我冷呀。”卢斯特说。

“你刚才在地窖里就应该想到会冷的，”黛西说，“杰生怎么了？”

“他说我打碎了班吉房间里的玻璃。”

“那玻璃碎了吗？”黛西说。

“他是那么说的，”卢斯特说，“他说是我打碎的。”

“他一天到晚都紧闭房门，怎么可能是你打碎的呢？”

“他说我扔石子击中了那块玻璃。”卢斯特说。

“是你做的吗？”

“不是。”卢斯特说。

“不要骗我，小子。”黛西说。

“我从来没有扔过什么石子，”卢斯特说，“你可以去问班吉。我看都没看过那扇窗户。”

“那又会是谁呢？”黛西说，“他这么做还把昆汀吵醒了。”她一边说，一边从烤炉中取出一盒饼干。

“就是说嘛，”卢斯特说，“这些人真有意思。真庆幸我跟他们不一样。”

“跟谁不一样？”黛西说，“让我告诉你一些事情，小黑，你身上也有着康普生家族那种疯狂的行为。你到底有没有打碎那扇玻璃窗？”

“我没事儿打碎它干什么？”

“你做这种事情还需要什么理由吗？”黛西说，“现在看好他，免得在我摆餐桌时烫着他的手。”

她去进餐厅，他们能听到她在里边来回走动的声音，之后，她就回来了，在厨房桌子上放了一个盘子，里边放着一些吃的。班看着她，一边淌口水，一边发出一阵低微的渴望的声音。

“好了，亲爱的，”她说，“这是你的早餐。把他的椅子拿过来，卢斯特。”卢斯特把椅子搬过来，班坐了下来，一边哼叫一边流口水。黛西在他脖子周围系了一块布，用这块布的一角擦了擦他的嘴。“看看你这次能不能不弄脏他的衣服。”她说，递给卢斯特一把勺子。班不再发出哼哼声。他看着勺子一点点伸进他的嘴里。仿佛这种渴望也是受肌肉控制的，饥饿本身就是一种难以言喻的感觉，它也不知道什么是饥饿。卢斯特娴熟地喂着他，有点儿心不在焉。时不时地，他会将注意力转移过来，给班喂上一勺吃的，但是很明显能看出卢斯特的心不在焉。他的另一只手放在椅背上，在那毫无反应的椅背上试探性地轻轻移动着，像是在死寂中寻找一种无声的音符。有一次他的手指在那裂开的缝隙中拨弄出了一种无声的复杂的声音，他竟忘了给班喂食，直到班再次哼叫起来，他才意识到。

黛西在餐厅来回走动着。过了不久，她就摇响了那阵清脆的铃声，后来，卢斯特在厨房中听到康普生太太和杰生下楼的声音，还听到了杰生的说话声，他翻动着白眼倾听着。

“当然，玻璃不是他人打碎的，”杰生说，“当然，我也知道可能是天气的变化把玻璃给打碎了。”

康普生太太说：“我真不明白好好的玻璃怎么会碎呢，你的房间整天都是锁着门，和你离开时一模一样，除星期天外，我们没人去过那里。我不希望你认为我会去那种我不受欢迎的地方，或者，我会允许任何其他人去。”

“我才不想去你的房间，”康普生太太说，“我尊重任何人的隐私，即使我有钥匙，我也不会踏进你的房门。”

“是的，”杰生说，“我知道你的钥匙不合适。这就是为什么我要换锁。我想知道的是，那扇窗户是怎样打破的。”

“卢斯特说不是他打破的。”黛西说。

“即使不问他，我也知道了，”杰生说，“昆汀在哪里？”

“她通常周日早上会在哪儿，”黛西说，“这几天你究竟发生了什么事？”

“是这样的，我们要改变所有这一切，”杰生说，“上楼去通知她早餐准备好了。”

“你不要去管她了，杰生，”黛西说，“她每天早上都会起来吃早餐的，卡罗琳小姐答应让她每个周日睡懒觉，你是知道的。”

“即使我愿意，我也养不起一屋子的黑人，专门供她随意支配，”杰生说，“去告诉她下来吃早餐。”

“不是没有人伺候她，”黛西说，“我把她的早餐放在保温炉里了，等她——”

“你听到我说什么了没？”杰生说。

“我听见了，”黛西说，“只要你在家，我就一直在听你唠叨。不是对昆汀就是对你妈妈，不是对卢斯特就是对班吉。你怎么能任由他这么做呢，卡罗琳小姐？”

“你最好按他的指示去办，”康普生太太说，“他现在是一家之主，他有权利要求我们尊重他的意愿。我在尝试着这样做，如果我能做到，那么你也能做到。”

“他脾气那么坏，硬要按照自己的想法把昆汀叫起来，这也讲不通，”黛西说，“也许你还会认为是她打破了那扇窗户呢。”

“只要她想，她绝对会做得出来，”杰生说，“你去，就照我说的去做。”

“即使是她做的，我也绝对不会怪她，”黛西一面说着，一面朝楼梯走去，“你一回到家，就对她唠叨个没完。”

“少说点儿吧，黛西，”康普生太太说，“不应该由我或你去告诉杰生该怎么做。有时候，我觉得他的做法不对，但是为了顾全大局，我会尝试着去服从他的愿望。如果我身体健康，能够下楼来吃饭，昆汀应该也可以。”

黛西出去了。他们听到她爬楼梯的声音。她爬了很长一段时间。

“你真应该给你的用人颁发个特别奖，”杰生说，他给他的母亲和自己盛了点食物，“你有没有做过一些值得做的事情？在我懂事前，你一定有过一些经历吧。”

“我不得不迁就他们，”康普生太太说，“我完全依赖于他们，要是我身体能健康点儿，就不是这种情况了，我真希望自己能够变得强大一点儿。我就能一个人做完所有的家务。至少可以给你减轻一些负担。”

“要是那样的话，我们家就要变成一个猪圈了，”杰生说，“快点，黛西。”他喊道。

“我就知道你会责怪我的，”康普生太太说，“因为今天我让他们去教堂了。”

“去哪里了？”杰生说，“难道那场该死的表演还没结束吗？”

“是去教堂了，”康普生太太说，“黑人今天要举办一场特殊的复活节仪式。我两周前就答应黛西让他们去了。”

“这是不是意味着我们今天要吃冷饭冷菜了，”杰生说，“或者什么都吃不上了？”

“我知道这是我的错，”康普生太太说，“我就知道你会责怪我的。”

“为什么会怪您呢？”杰生说，“又不是您让耶稣复活的，不是吗？”

他们听到黛西登上最后一级台阶，然后听到她缓慢地挪动脚步的声音。

“昆汀。”她说。当她叫第一声时，杰生放下了手中的刀叉，他恰巧坐在他母亲对面，两个人姿势一模一样：一个人冷酷精明，前额处有两个卷曲着的棕色发卷，就像是漫画中的调酒师，淡褐色的眼睛周围有一圈黑色环状虹膜，活像两颗弹珠一样；另一个人冷酷而又牢骚满腹，头发花白，眼袋松弛，眼神迷惑，眼珠漆黑，仿佛全是瞳孔。

“昆汀，”黛西说，“起床吧，亲爱的。他们都在等你开饭呢。”

“我真不明白那个窗户怎么会打破了呢，”康普生太太说，“你确定是昨天被打破的吗？也许一直都是那样，只是天气暖和了，上边的窗框被树荫遮住了，以前没发觉而已。”

“我已经跟您说过多少遍了，就是昨天发生的，”杰生说，“难道我还不了解我住的房间吗？您认为我可以在里边睡了一个星期，窗口上有一个手都能伸进去的洞……”他的声音停住，并逐渐消失了，他盯着他的母亲，有一瞬间，那双眼睛里空无一物。好像他的眼睛也会屏气凝神一样。他的母亲也看着他，她面部肌肉松弛，爱发牢骚，狡黠而又愚钝。他们就这样坐着，又听见黛西说：“昆汀，别跟我玩儿了，亲爱的，快去吃早餐吧，大家都在等着你呢。”

“我真是搞不懂，”康普生太太说，“好像有人要试图闯入房子里一样——”杰生跳了起来。他的椅子应声倒地。“什么——”康普生太太说，她双眼盯着他，只见他从她身边跑了过去，跳上楼梯，在那儿碰到了黛西，他的脸被黛西遮住了。黛西说：“她正不高兴呢，你妈妈还没打开房门上的锁——”杰生走过她身边，沿着走廊，走到门口。他没敲门。他抓住门上的旋钮，试了一下，然后他站在那里，手里握着旋钮，头微微前倾着，仿佛在听里边有什么声音似的，他真的听到了什么。他那一副装模作样的表情，就像是在欺骗自己，使自己相信他所听到的事情一样。

康普生太太登上楼梯，一边向他走去，一边呼唤着他的名字。这时，她看见了黛西，她就不再喊了，开始叫着黛西。

“我跟你说了，她还没打开房门的锁呢。”黛西说。

当她说话时，杰生转过身，朝她跑来，不过，他的声音却很平静，不带任何感情。“她拿着钥匙吗？”他说，“她这会儿身上有钥匙吗？我是说，她会不会……”

“黛西。”康普生太太站在楼梯上喊道。

“是哪个？”黛西说，“你怎么不让……”

“钥匙，”杰生说，“那个房间的钥匙。她不是一直都随身携带着吗？”这时，他看见了康普生太太，他走下楼，见到她。“把钥匙给我。”他说。他伸手向她那锈黑色睡衣的衣兜里摸索着。她抗拒着来回扭动着。

“杰生，”她说，“杰生！你和黛西是想把我再次送上病榻吗？”她边说边试图去挡开他的手，“你就不能让我安安静静地过个周日吗？”

“给我钥匙，”杰生边说边在她身上摸索着，“马上给我。”他回头看了一眼那扇门，仿佛希望那扇门能在他拿到钥匙之前砰的一声打开似的。

“你快来呀，黛西！”康普生太太一边说，一边紧紧地抱着胸前的睡衣。

“把钥匙给我，你这个疯婆子！”杰生突然大声叫喊起来。他从她的衣兜里掏出一大串生锈的钥匙，这些钥匙是用一个铁环串起来的，就像是中世纪狱卒拿的钥匙一样。他跑回走廊中，留下那两个女人跟在他后边。

“你，杰生！”康普生太太说。“他永远也找不到适合的钥匙。”她说，“你知道，我从来不会让任何人拿走我的钥匙，黛西。”她边说边开始号啕大哭。

“别哭了，”黛西说，“他不会把她怎么样的。我不会让他那么做的。”

“但是，这是周日的早晨，又是在我自己家里，”康普生太太说，“我含辛茹苦地按照基督教的信条将他们养大。让我给你找出是哪把钥匙吧，杰生。”她说。她把手搭在他的胳膊上，然后开始和他争夺起来，但他胳膊一甩，就把她甩到了一边，他还转过头来看了她一眼，眼神冷冰冰的，充满怒火，然后，他拿着那串沉重的钥匙再次走到了门口。

“别争了，”黛西说，“你怎么能这样，杰生！”

“大事不好了，”康普生太太说着，又号啕大哭起来，“我就知道会是这样，你呀，杰生，”她说着，再次去抓着杰生，“他甚至不让我找到自己房间的钥匙！”

“就这样吧，就这样吧，”黛西说，“会出什么事儿呢？我就在这儿呢。我不会让他伤害她的。昆汀，”她提高了嗓音说道，“你不要害怕，亲爱的，我就在这儿呢。”

门打开了，他推开门，在那儿站了一会儿，挡住了门口，然后就走进去了。“进去吧。”他操着厚重的嗓音轻轻地说。他们走了进去，这不像是一个姑娘家的房间。也不会是其他人的房间，房间里有股淡淡的廉价化妆品的清香，还有几件女士用品，那些想使这个房间显得女性化的证物很拙劣，徒增了一些不明因素，有种幽会时的房间那种了无生趣、古板老套的气氛。床铺得很平整。地板上扔着一件穿过的内衣，是一件廉价的丝绸质的浅粉色内衣，半开的抽屉中垂着一条丝袜。窗户敞开着。外边是一棵梨树，紧靠着这间房子。梨花盛开着，树枝擦过房屋，发出沙沙的响声，在窗外涌进一股股空气，带着凄凉的花香。

“现在看到了吧，”黛西说，“我不是告诉过你她没事儿吗？”

“没事吧？”康普生太太说。黛西跟着她进了房间，拉了一下她。

“您赶紧回去躺着，”她说，“我十分钟之内把她找回来。”

康普生太太甩开她的手：“找找有没有纸条，”她说，“昆汀那次就是留了一张纸条。”

“好的，”黛西说，“我会去找的，您赶紧回自己房里去吧。”

“就在他们给她取名为昆汀时，我就知道会发生这种事的。”康普生太太说。她走到写字台前，开始翻那七零八散的东西——香水瓶、一盒粉饼、一支削过的铅笔、一把断了刃的剪刀，剪刀放在一条补过的头巾上，上边撒落着香粉，还有口红印。“找找纸条。”她说。

“我正在找呢，”黛西说，“您快走吧，我和杰生会找到纸条的。赶紧回您屋里去吧。”

“杰生，”康普生太太说，“杰生在哪儿呢？”她走到门口。黛西跟着她穿过大厅，走到另一扇门跟前。这扇门关着。“杰生，”她在门外喊着。没有人回答。她转了转旋钮，又开始喊起来。但是仍然没人回应，因为他正在衣柜里往外拖东西呢，衣服，鞋子，还有一个手提箱。然后他拉着一个截过的舌槽铺板出来了，他把它放在地上，再次钻进了衣柜，这次他拿了一个小铁箱出来了。他把箱子放在床上，站在那儿看着那被撬过的锁眼，从衣兜里掏出那串钥匙，从里面挑出了一把。他手里拿着那把钥匙，站了好长一会儿，一直看着那破损的锁眼。然后他把钥匙放回衣兜里，小心翼翼地将箱子里的东西倒在床上。他仔细整理着那些纸条，每次只拿起一张，在面前晃晃。然后，他把箱子竖起来，也晃了几下，然后慢条斯理地将那些纸条放回去，又站在那儿，双手托着箱子，头低垂着，看着那个锁眼。窗外，他听到一些松鸦掠过窗子飞走了，它们的叫声在被风吹散，他还听到汽车驶过的声音也逐渐远去了。他的母亲隔着门又开始叫他的名字了，可他还是一动不动。他听到黛西领着她走向大厅，然后门关上了。他把箱子重新放回衣橱里，又把衣服都扔了进去，下楼去打电话。他把听筒搁在耳边等待着，黛西下楼了。她朝他看了一下，没有停下脚步，继续往前走了。

电话接通了。“我是杰生·康普生，”他说，他的声音沙哑厚重，他只得又重复了一下自己的名字，“杰生·康普生，”他控制着自己的嗓音说着，“准备好一辆车，带上一位副手，如果十分钟内到不了，我会去的——什么？抢劫。我们家，我知道是谁抢劫，准备好车吧——什么？你难道不是拿政府薪水的执法者——好吧，我五分钟内就到。准备好车，我们随时准备出发。如果你临阵脱逃了，我向乡州长告发你。”

他放下听筒，穿过餐厅，餐厅桌子上那些剩饭已经放凉了，他走进厨房。黛西正在灌热水袋。班静静地、淡然地坐在她旁边。班旁边坐着卢斯特，他看上就像是一只机警聪明的小狗，正在吃着什么东西。杰生穿过厨房继续往前走。

“你早饭什么都不吃吗？”黛西说。他没有理会她。“去吃点儿早餐吧，杰生。”他继续往前走，通往院子的那扇门在他身后重重地关上了。卢斯特起身走到窗前，向外望去。

“哦，”他说，“发生了什么事？是他打了昆汀小姐吗？”

“闭上你的嘴巴，”黛西说，“你要是现在和班吉打起来，我会揍扁你的脑袋。你在这儿好好看着他，我一会儿就回来。”她拧上热水袋的塞子，走了出去。他们听到她走上楼梯，接着就听到杰生开着车走了。除了水壶的咝咝声和钟表的嘀嗒声，厨房里再也没有别的声响了。

“你知道我是怎么想的吗？”卢斯特说，“我敢打赌他准是打了她，我猜她头部受伤了，他现在是去医院了。我就是这么想的。”时钟嘀嘀嗒嗒地响着，显得庄重而又深沉。可能这座衰败的老房子本身就已经气血不足了，就一会儿的时间，它就嘎吱作响了六次，仿佛是在清它的嗓子。班抬头看了一眼，然后看了看窗前卢斯特那颗子弹般的头，他又开始摇头晃脑起来，嘴角淌着口水。他开始呻吟。

“闭嘴，你这个疯子，”卢斯特头也不回地说了一声，“看样子我们今天去不成教堂了。”但是，班还是坐在椅子上，他那双又大又软的手耷拉在两膝之间，发出低低的呻吟声。突然间他就哭了，那是一种毫无意义、持续不断的吼叫声。“闭上你的嘴巴，”卢斯特说，他转过身来挥了挥他的拳头，“你是想让我揍你吗？”但是，班看着他，每吸一次气就会哼一声。卢斯特走过来晃着他。“你立马给我闭嘴！”他喊道，“过来。”他将班从椅子上拽起来，将椅子拖到炉火跟前，打开炉门，把班往椅子上一推。他们就像是在用一只小船将一艘笨重邮轮拖进狭窄的码头。班坐下来，面对着火红的炉膛。接着他们听见钟声又响起来了，黛西慢吞吞地走下楼梯。当她进来时，班又开始呜咽起来。然后，又提高了嗓门。

“你怎么他了？”黛西说，“什么时候不可以，你为什么就偏偏要让他在今天早上不得安生呢？”

“我什么也没做呀，”卢斯特说，“杰生先生吓到他了，就是那么回事。他没有杀死昆汀小姐，对吗？”

“别哭了，班吉。”黛西说。他安静下来。她走到窗前向外望去。“不下雨了吗？”她说。

“是的，”卢斯特说，“早就不下了。”

“那你们出去玩儿会儿吧。”她说，“我刚让卡罗琳小姐安静下来。”

“我们还去教堂吗？”卢斯特说。

“到时候我就会告诉你们的。我不叫你，你也别带他进来。”

“我们能去牧场吗？”卢斯特说。

“好吧，只要你不让他靠近这个房子。我算是受够了。”

“好的，”卢斯特说，“杰生先生去哪儿了，妈咪？”

“又不关你的事，是不是？”黛西说，她开始收拾桌子，“小点声，班吉。卢斯特马上会带你出去玩的。”

“他把昆汀小姐怎么样了，妈咪？”卢斯特说。

“没有怎么样。你们都赶紧出去。”

“我敢打赌，她不在家里。”卢斯特说。

黛西看着他：“你怎么知道她不在家里？”

“昨天晚上，我和班吉看见她从窗口爬出去了。是不是呀，班吉？”

“你真的看见了吗？”黛西盯着他说。

“我们每天晚上都能看见她从窗口爬出去，”卢斯特说，“就落在那棵梨树下边。”

“你可不要骗我，小黑。”黛西说。

“我没有说谎，你可以问问班吉我说的是不是真的。”

“你以前为什么就没说过呢？”

“这又不关我的事，”卢斯特说，“我可不愿搅和进白人的是非中。咱们走吧，班吉，咱们到外边玩儿去。”

他们出去了。黛西在餐桌旁站了一会儿，然后她就去餐厅清理那些吃剩的早餐，她自己也吃了点儿东西，又收拾了一下厨房。然后，她脱掉围裙，把它挂起来，走到楼梯口，侧着耳朵听了一会儿。楼上一点儿声音也没有。她就穿上大衣，戴上帽子，穿过院子回到她的小茅屋中去了。

雨已经停了。从东北方向刮来一阵清新的风。头顶上方出现了片片蓝天。阳光透过小镇的树木和屋顶，照在山尖上，就像是一块白布，逐渐褪去了颜色。这时，空中传来一阵钟声，仿佛一个信号般，其他钟声也纷纷紧随而至。

小茅屋的门打开了，黛西走了出来，她还是穿着那件紫色的长裙，披着栗色的披肩，戴着一双脏兮兮的及肘长的白手套，这回她没有戴头巾。她来到院子里，呼喊着卢斯特。她等了一会儿，然后向大宅子走去，绕过宅子走到了地窖门口，她紧贴着墙壁，朝门里望去。班坐在台阶上。卢斯特蹲在他前面那潮湿的地板上。他左手拿着一把锯，受到手的压力，锯齿有点弯，他正在用一把旧木槌敲打着锯齿。这个木槌是黛西用来做饼干的，她已经用了三十多年了。每敲打一下，锯尺就会发出一种有气无力的声音，随即就一片死寂。只见锯齿在卢斯特的手掌和地面划出一道弯曲的弧线。真是不可思议。

“那个人也是这么敲击的，”卢斯特说，“我只是没有找到适合的敲击工具。”

“这就是你干的好事儿吗，是不是？”黛西说，“把我的木槌还给我。”

“我又没有弄坏你的小木槌。”卢斯特说。

“把它拿过来，”黛西说，“锯子是从哪儿拿的还放回哪里去。”

他把锯子放在一边，把木槌递给她。班又开始大哭大闹起来，绝望地哀号着，那声音拖得很长。这并不算是什么。只是一种声音而已。这种声音可能自古以来就存在，在行星汇合的那一瞬间不公正和悲伤也就成为了一种声音。

“你听他，”卢斯特说，“从你把我们赶出房子以来，他就一直这样。我真不明白他今天早上是怎么回事。”

“把他叫过来吧。”黛西说。

“过来，班吉。”卢斯特说。他走下台阶，拉住班的手臂。班吉乖乖地跟过来了，还在哀号着，就像是船舶发出的那种低沉沙哑的声音一样，似乎在这种声音发出以前就已经存在了，还没等这种声音结束就已消失了。

“你回去把他的帽子拿过来吧，”黛西说，“别发出声音来，吵到卡罗琳小姐。快点儿，现在就去吧，咱们已经晚了。”

“如果你不想办法让他停下来，她不管怎样还是会听到的。”卢斯特说。

“只要一走出这个地方，他就会停下来的，”黛西说，“他闻到了。就是这么回事。”

“闻到什么了，妈咪？”卢斯特说。

“你快去把他的帽子拿来。”黛西说。卢斯特就走了。他们站在地窖门口，班站在下面的一级台阶上。天空中飘浮着朵朵云彩，它们的阴影轻快地移动着，移出了这个破败的花园，穿过破篱笆和院子。黛西抚摸着班的头，动作缓慢而平稳，她抚平他前额的头发。他的哀号声平静下来，也不那么仓促了。“不哭了，”黛西说，“不哭咯，咱们马上就走了，不哭咯。”他安静、平稳地低声哼着。

卢斯特回来了，戴着一顶周围有一圈花饰的挺括的新草帽，手里还拿着一顶布帽。那顶帽子似乎太大了，卢斯特的头骨都没有贴着帽子，就像聚光灯一样打在他的头上。乍看之下，真的很独特，就像这顶帽子是戴在紧贴着卢斯特身后的另一个人的头上一样。黛西打量着那顶帽子。

“你怎么不戴你那顶旧帽子呢？”她说。

“我找不到了。”卢斯特说。

“当然找不到了。我敢肯定你昨晚一定是把它藏起来了，你就是想要毁掉这顶新帽子。”

“噢，妈咪，”卢斯特说，“天又不会下雨。”

“你怎么知道呢？你去戴上那顶旧帽子，把这个新帽子放回去。”

“噢，妈咪。”

“那你去拿把伞过来。”

“噢，妈咪。”

“你随便，”黛西说，“要不回去戴上旧帽子，要不就拿把雨伞代替旧帽子。我才不管你呢。”

卢斯特朝小茅屋走去。班轻轻地哼着。

“咱们走吧，”黛西说，“他们会赶上我们的。咱们先去听他们唱诗。”他们绕过房子，朝门口走去。当他们走上车道，黛西不时就会说一声“别哭了”。他们走到大门口。黛西打开门。卢斯特拿着伞沿着车道赶上来了。有一个女人跟他一块儿来了。“他们来了，”黛西说。他们走出大门。“好了，不哭了。”她说。班停止了哭泣。卢斯特和他的母亲赶上来了。弗洛尼穿着一件天蓝色的丝绸衣服，帽子上插着花。她瘦瘦小小的，长着一张扁平的脸，那张脸看上去很和善。

“你身上穿的衣服可是六个星期的工作换来的，”黛西说，“要是下雨了，你该怎么办呢？”

“淋湿就淋湿了呗，”弗洛尼说，“老天爷要下雨，我哪能挡得住。”

“妈妈总是说会下雨。”卢斯特说。

“要是我不为你们操心，谁还会为你们操心，”黛西说，“赶紧走吧，咱们都已经晚了。”

“今天是希古克牧师给我们布道。”弗洛尼说。

“是吗？”黛西说，“他是谁？”

“他是从圣路易来的，”弗洛尼说，“是一个大牧师。”

“咦，”黛西说，“他们就需要这样一个人，能让这些黑人小子对上帝产生敬畏心理。”

“希古克牧师就能做到这一点，”弗洛尼说，“大家都是这么说的。”

他们继续沿着街道往前走。沿着这条寂静的街道，一群衣着鲜明的白人伴随着钟声朝着教堂方向走去，时不时地会脱离队伍，试探着走在阳光下面。狂风从东南方向吹来，刚经历过暖和的天气，这股风让人觉得又冷又寒。

“我真希望你不要老带着他去教堂，妈咪。”弗洛尼说，“人们都在议论纷纷呢。”

“谁议论了？”黛西说。

“我听到他们议论了。”弗洛尼说。

“我很清楚那都是些什么人，”黛西说，“垃圾的白种人。就是这种人。他们认为他不配进入白人教堂，他们也不配进入黑人教堂。”

“他们差不多就是这么议论的。”弗洛尼说。

“让他们到我跟前来说，”黛西说，“我会告诉他们仁慈的上帝才不会管你聪明还是愚钝呢。除了垃圾的白种人，没有人会在意的。”

有条道路在前边直角处拐弯了，顺着这条路往下走，你会看到一条土路。路两边的坡度越来越陡；道路尽头，出现了一片开阔的平地，上面零星点缀着几个小木屋，那些饱经风霜的屋顶和路面一般高。小木屋坐落在寸草不生的土地上，地上随便堆放着一些破破烂烂的东西，砖头、木板、瓦罐等一些曾经很有价值的东西。只有一些杂草在那片土地上，还有一些桑树、刺槐和梧桐树——这些树木为房子周围散发出的恶臭味也做出了一定的贡献；这些树发芽的时期也是在凄凉萧索的九月份，春天从它们身边一掠而过，就把它们交给黑人贫民区了，好让它们从这种丰富和独特的气味中吸收营养。

当他们经过他们门前时，那些黑人和他们打了声招呼，通常是跟黛西寒暄两句：

“吉卜生大姐，您今天早上过得可好？”

“我挺好的，谢谢你。”

黑人从小木屋里走出来，费劲地爬上他们共有的路堤上——男人穿着古板的褐色或黑色的衣服，戴着金表链，不时还会有人拿着手杖走过来；年轻男子则穿着廉价的，有点夸张的蓝色或条纹状的衣服，戴着时髦的帽子；妇女穿着硬邦邦的衣服，走起路来沙沙作响；孩子们则穿着从白人那里买来的二手衣服，他们用那种夜行动物般偷偷摸摸的眼神看着班：

“我敢打赌你不敢走上去碰他。”

“你怎么知道我不敢？”

“我敢打赌，你不敢，你害怕他。”

“他不会伤人，他只是一个傻子。”

“傻子就不会伤人了吗？”

“他不会的，我以前碰过他。”

“我敢打赌，你现在不敢碰他。”

“因为黛西小姐在看着呢。”

“你绝对不敢去碰他。”

“他不会伤人，他不过是一个傻子。”

不时有一些上了年纪的人来跟黛西说几句话，不过，除非是年纪很大的人，黛西才允许弗洛尼跟他们说上几句话。

“妈咪今天早上身体不太舒服。”

“那太糟糕了。不过希古克牧师会给她治好的。他会安慰他，帮她解除负担。”

道路的坡度越来越陡，就像是背景图中描绘出来的景象一样。在那片种满橡树的红土地上，道路像是从中间被截断了，就像是一条剪断的丝带一样。路旁是一座饱经风霜的教堂，那古怪的尖顶俨然是画作中描绘的教堂，整个景象就是将一张画板放置在一片平坦的空地边缘，上面都是一些平面的景观，没有任何棱角可言，背景是四月的晴空，是一个多风的天气，还不到晌午时分，空中伴随着阵阵钟声。人们迈着缓慢、庄重的步伐涌向教堂，妇女和孩子们径直走了进去，男人们则停在门口，围成一圈轻声交谈着，直到钟声停了下来，他们才往教堂中走去。

教堂内部已然经过装饰，稀稀落落地摆放着从厨房后的菜园和灌木丛中采摘的鲜花，还悬挂着绉纸彩带。讲坛上方吊着一个纸糊的圣诞铃，像手风琴一样可折叠起来。讲坛上空无一人，合唱团已经到位，虽然天气不热，他们还是在扇着风。

大多数妇女聚集在教堂一侧。她们叽叽喳喳地交谈着。这时，钟敲响了一下，她们散开回到自己的座位上。会众们坐了一会儿，怀着期待的心情等待着。钟再次敲响了一下。唱诗班站了起来，会众同时把头转过去，只见六个小孩走了出来——其中有四个小女孩，马尾辫上都系着蝴蝶结，还有两个留着短发的小男孩，他们走上讲坛，白色的绸带和鲜花把他们结合成一体，身后跟着两个拿着文件夹的男人。第二个人身躯魁梧，浅咖啡色皮肤，穿着礼服，系着白色领带，庄重而威严。光看他的头就感觉很大众化 可他仍然很威严，很有思想，衣领之上露出他的脖子，脖子上的肉层层堆叠着。会众们都认识他，当他走过去时，大家的脖子仍然来回扭动着，直到唱诗班停止歌唱，他们才意识到，来访牧师已经到来，当他们看到走在牧师前面的那名男子时，他现在仍然站在他的前面，会众席爆发出了一种难以形容的声音，有叹息，有惊讶，还有一些失望。

来访牧师身材矮小，穿着一个破旧的羊驼呢大衣。那张干瘪黝黑的脸犹如瘦小的老猴子的脸一样。唱诗班再次开始了合唱，而六个孩子也站了起来，发出各种尖锐、胆怯、不和谐的音调，他们看着这个不起眼的男子坐在魁梧伟岸的牧师旁边，相比之下，他显得矮小而又土气。当牧师站起来用一种深沉、起伏的语调介绍这个人时，会众还是有点惊愕地打量着他，眼睛里露出不信任的光芒。牧师热情的语调更显得旁边的这个人微不足道了。

“他们还是从圣路易请来的呢。”弗洛尼低声说。

“我还知道比这更古怪的。”黛西说，“别吵了，”她对班说，“他们马上又要开始唱歌了。”

当来访者起身发言时，他的口音听起来像是个白人，平淡而又冷漠。听起来不像是从他嘴里说出来的话。起初，大家抱着好奇的心态听着，就像是在听猴子说话一样。后来开始以一种看人走钢丝的眼光瞧着他。看着他以一种冷漠、毫无变化的音调在钢丝上来回跑动，摆出各种姿势，俯身跳下钢丝，他们甚至忘了他微不足道的外表。最后，当他俯冲下来，将一只胳膊放在胸前的讲桌上时，他那猴子似的身躯就像木乃伊或是一只空船一样一动不动时，会众这才松了一口气，在座位上挪动了一下身躯，好像是刚刚集体做了一场梦一样。讲坛后边，合唱团不紧不慢地扇着扇子。黛西低声说：“别吵了，他们马上又要唱歌了。”

这时，一个声音响起了：“弟兄们。”

牧师一动不动。他的手臂横放在桌子上，当这个铿锵有力的声音透过墙壁产生的回声逐渐消失时，他还是保持着那个姿势。这声音与他之前的声音相比，简直是天壤之别，像是一只中音喇叭，有种悲伤、忧郁的感觉，深深地嵌入他们的内心深处，当回声逐渐消散时，那种感觉还在他们心中回荡着。

“弟兄们，姐妹们。”那声音又响起了。牧师移开了他的手臂，开始在讲桌前来回走动，他将双手背在身后，瘦小的身躯微驼着，就像是长期在无情的土地上苦苦挣扎的人一样。“我将永远铭记羔羊的鲜血！”他在彩纸和圣诞钟下迈着稳重的步伐踱来踱去，身躯微驼，双手紧握在身后。他就像一块被一波波的声浪磨平了棱角的小石头。很像是在用他的躯体来维系着他的声音，他的声音像女妖一样咬啮着他的内心。会众仿佛亲眼看见那声音逐渐将他吞噬，直到他消失不见了，他们也消失了，甚至连那声音也消失了，只剩下他们的心灵用着吟唱的节奏互相交谈着，无须任何言语，所以，当他又靠在讲桌前时，他那张猴子似的脸抬起来了，他的整个身躯就像是一个安详、受难的形象，人们再也想不起那种有失体面、无足轻重的感觉了，会众们长长地出了一口气，一个妇女用尖锐的声音喊道："是的，耶稣！"

随着头顶的乌云飘过，昏暗的窗户明亮了一阵后，就又陷入阴森森的昏暗中了。一辆汽车驶过，在沙地中费力地前行着，声音逐渐消失殆尽。黛西笔直地坐着，她的手放在班的膝盖上。眼泪顺着脸颊不停地流淌，在牺牲、放弃和时光折射出的无数的幻影中进进出出。

"弟兄们。"牧师用沙哑的声音低声说着，身体一动不动。

"是的，耶稣！"那个女声再次喊道，这次声音放低了许多。

"弟兄们，姐妹们！"牧师的声音再次响起，这回是中音喇叭的声音，他把手臂从讲台上移开，笔直地站着，举起双手，"我将永远铭记羔羊的鲜血！"会众没有意识到他的声音和语调不知道在什么时候变成了黑人特有的音调，他们只是坐在座位上轻轻地晃动着身躯，因为他的声音摇晃起来，他的声音感染了他们。

"在漫长、寒冷的岁月里——哦，我告诉你们，弟兄们，在漫长、寒冷的岁月里——我见到了光明，我见到了神谕，可怜的罪人啊！他们死在了埃及，那一辆辆摇摇晃晃的马车；那些逝去的一代又一代的人。富人而今安在，哦，弟兄们啊？穷人而今又安在，哦，姐妹们啊？哦，我告诉你们，在漫长、寒冷的岁月中，如果你们没有救命的牛乳和甘露，你们该怎么办呢！"

"是的，耶稣！"

"我告诉你们，弟兄们，我也告诉你们，姐妹们，这一天终究会到来的。可怜的罪人说：让我躺在主的身边吧，放下一切罪恶。耶稣会说：哦，兄弟们啊？哦，姐妹们啊？你们是否记得羔羊的鲜血？因为我不想让天堂承受太多的罪恶！"

他在外套里摸索着，拿出了一个手帕，擦了擦脸。会众们异口同声地说："阿门。"那个女声又再次响起："是的，耶稣，耶稣！"

"弟兄们！看看坐在那里的孩子们。耶稣曾经也像他们一样。他的母亲承受了荣耀与痛苦。那一天，夜幕降临，她把耶稣放在夜空下，天使们唱着歌给他催眠；她向外看去，看到了罗马警察从旁边经过。”他边来回踱步，边擦着脸，“听我说，兄弟们！我见证了那一天的到来。玛利亚将耶稣放在膝上，那是小时候的耶稣，就跟这里的孩子们一样。我听见天使们在歌唱和平与荣耀；我看到了那双紧闭的眼睛；看到玛利亚跳起身来，看到士兵们的脸：我们要杀人！我们要杀人！我们要杀小耶稣！我听到了那可怜母亲的哭诉，因为她得不到主的拯救。”

“阿门！耶稣啊！小耶稣啊！”这时，一个声音响起：“我看到了，哦，耶稣！哦，我看到了！”还有另一个声音，没有任何言语，就像水中升起的气泡。

“我看到了，兄弟们！我看到耶稣了！看到那闪闪发光、让人震惊的景象了！我看到髑髅地，那里有圣树，看到了小偷、凶手和最卑鄙的人；我听见了那些狂言狂语：如果你是耶稣，为什么不把你的十字架扛起来背着走呀！我听见妇人在夜间哭泣和哀号；我听见了啜泣声和哭泣声，听见上帝别过脸说：你们杀死了耶稣；你们真的杀死了我的儿子！”

“阿门！耶稣！我看见了，耶稣啊！”

“盲目的罪人啊！兄弟们，我告诉你们；姐妹们，我跟你们说，当上帝转过他那张无所不能的脸时，他说：我不想让天堂承受过重的负担！我看见上帝关上了他的那扇门；我看见洪水泛滥其中；我看见了代代传承的黑暗与死亡。接下来呢，瞧！兄弟们！是的，兄弟们！我看到了什么？我看到了什么，哦，那是罪人？我看见了复活与光明；看见温顺的耶稣说：他们杀死了我，你们才能复活；我死去，是为了看见那些永远不会死去的人。弟兄们啊，哦，弟兄们！我见到了末日的霹雳，也听见了金色的号角，吹响了天国的福音，那些铭记羔羊鲜血的死者将会复活。”

会众纷纷议论起来，班坐在那儿，眨着他那双温柔的蓝眼睛。黛西笔直地坐着，低声抽泣着，她还在为那些受难的人难过，以及那些铭记羔羊鲜血的人。

当他们走在正午明亮的阳光下，走上那条沙砾土地上时，散会的会众们又围成一个个圈子开始轻松地讨论着，黛西还在哭泣，无心跟他们谈话。

“他真是一个伟大的布道者，天啊！刚开始怎么也不像，但是后来真让人惊讶！”

“他看见了权力和荣耀。”

“是的，真了不起。他看见了。他亲眼见证了。”黛西没有出声，泪水顺着脸庞淌下来，而脸上的肌肉却没有颤抖。

她昂起头走着，甚至不去擦干泪水。

“您这是干什么，妈咪？”弗洛尼说，“所有人都会看着我们。我们很快就回到白人居住区了。”

“我看见了初，也看见了终，”黛西说，“你别管我。”

“什么初什么终的？”弗洛尼说。

“你别管，”黛西说，“我最先看到了初，现在我看到了终。”

在他们走上街道之前。她还是停下了脚步，撩起裙摆，用最里面的裙裾擦了擦她的双眼。然后，他们就继续往前走了。班摇摇晃晃地走在黛西旁边，看着走在前边不时伴着鬼脸的卢斯特，他手里拿着雨伞，那顶新草帽斜戴在头上，在阳光的照射下，活像一只傻乎乎的大狗在看着一只机灵的小狗。他们走到家门口，进去了。班马上又开始呜咽起来，他们所有人都朝着车道尽头那栋大宅望去，那栋房子方方正正的，油漆已经脱落了，门柱也摇摇欲坠。

“今天有没有发生什么事呢？”弗洛尼说，“肯定发生过什么。”

“没发生什么，”黛西说，“你管好自己的事就行了，白人的事就让他们自己操心去吧。”

“一定出过什么事，”弗洛尼说，“我一大早就听见他在哼哼。虽然，这跟我没什么干系。”

“嗯，我也知道是什么事儿。”卢斯特说。

“你知道的事情太多了，”黛西说，“你没听弗洛尼刚才说过这不关她什么事吗？你把班吉带到后院去，让他保持安静，我去准备午饭。”

“我知道昆汀小姐在哪儿。”卢斯特说。

“那就给我闭上你的嘴巴，”黛西说，“当昆汀需要你的意见时，我会让你知道的。你们现在赶紧都到后院玩儿去吧。”

“你难道不知道他们在牧场上打球会出现什么情形吗？”卢斯特说。

“他们暂时还不会开始。到那时，T. P. 会过来带他去坐车的。来，把你那顶新帽子给我。”

卢斯特将帽子递给她后，就和班去后院玩儿了。班还在不停地呜咽，但是声音没那么大了。黛西和弗洛尼走进小木屋。过了一会儿，黛西就出来了，又穿上那条褪色的布裙子，到厨房去了。炉火已经熄灭了。房间里一点儿声响都没有。她系上围裙，走上楼梯。什么声音也没有，昆汀的房间还和他们离开时一样。她走进房间，捡起内衣，将丝袜放回抽屉里，合上抽屉。康普生太太的房门紧闭着。黛西在门口站了一会儿，听了听没有声音，就打开门进去了，一股浓烈的樟脑球味扑面而来。百叶窗关着，房间里半明半暗，那张床也处于黑暗之中，所以起初她还以为康普生太太睡着了，正要关上门，床上的人说话了。

“谁呀？”她说，“是谁在那儿？”

“是我，”黛西说，“您需要什么吗？”

康普生太太没有回答。过了一段时间，她问：“杰生在哪里？”头连动都没动。

“他还没回来呢，”黛西说，“你需要什么吗？”

康普生太太一句话也没说。像大多数冷漠、虚弱的人一样，当最终要面对一场不可逆转的灾难时，她总是能从某处获得一种刚毅的精神，或是某种力量。在现在的情况下，那是对尚未查明真相的事情保有的一种不可动摇的信念。“哎，”她说，“你找到了吗？”

“找到什么？您说的是什么呢？”

“字条。至少她应该会想到要留下一张字条。就连昆汀都会这么做的。”

“您在说什么呢？”黛西说，“你难道不知道她什么事都没有吗？我敢打赌，天黑之前，她一定会从这个门口走进来的。”

“你胡诌的吧，”康普生太太说，“这是遗传的。有什么样的舅舅，就会有什么样的外甥女。或者有其母必有其女。我不知道哪种情况更糟糕。我并不在乎。”

“您一直这么说究竟有什么意思呢？”黛西说，“她又何必去选择那样一条路呢？”

“我也不知道。昆汀那样做是因为什么呢？她究竟为什么那么做呢？不可能仅仅是为了讥讽我或伤我的心。不管上帝是谁，他肯定不会容许这样的事情发生的。我是一个淑女。你可能看着我的子孙，想象不到我会是这样的一种人，但我确实如此。”

“您就等着瞧吧，”黛西说，“天黑前她肯定会回来的，她会乖乖地躺在她的床上。”康普生太太什么也没说。樟脑浸泡过的布放在她的额头上。那件黑色的睡袍横躺在床脚。黛西将手放在门把上。

“嗯，”康普生太太说，“你还有什么事？你还要给杰生和本杰明准备点儿晚餐，是吗？”

“杰生还没回来，”黛西说，“我要下去做午饭了。您真的什么也不需要吗？您的热水袋还热吗？”

“你还是把我的《圣经》拿给我吧。”

“我今天早上出去时就拿给您了。”

“您把它放在床沿上了。您还指望它能不掉下去吗？”

黛西来到床边，在床边摸索着找到了那本封面朝下的《圣经》。她抚平了页面，又把书放回到床上。康普生太太眼都没睁。她的头发和枕头是同样的颜色，她的头上敷着一块被药水浸过的布，让她看起来像是一个在祈祷的老尼姑一样。“不要把它放在那儿了，”她说，她还是没有睁开眼睛，“你之前就把它放那儿了。你是想让我下床把它捡起来吗？”

黛西伸手拿过那本书，把它往里边放了放：“您又看不清，怎么读呢，要不要我把百叶窗拉开一点儿呢？”

“不要，不要去管它了，你赶紧去给杰生做点儿吃的吧。”

黛西出去了。她关上了门，回到厨房。炉子几乎都冷却了。当她站在那儿时，橱柜上方挂着的时钟敲响了十下。“十点了，”她大声说，“杰生还没回来。”她说，“我看见了初，也看见了终。”她看着冷灶说。

她拿出一些生冷的食物放在桌子上。来回走动的同时还唱着一首赞美诗。她一遍遍地唱着头两句歌词。摆放好食物后，她就走到门口去叫卢斯特，不一会儿，卢斯特和班就进来了。班还在轻轻地哼着，仿佛是给自己听的。

“他一直不停地哼。”卢斯特说。

“你们都过来吃饭吧，”黛西说，“杰生不回来吃饭了。”他们在餐桌旁坐了下来。班完全可以应付得来固体食物，虽然现在他面前都是生冷的食物。黛西在他的下巴底下系了一块布。他和卢斯特开始吃起来。黛西在厨房里来回走动着，哼着她记得的那两句赞美诗。“你们都赶紧吃吧，”她说，“杰生不回来吃饭了。”

杰生这时远在二十英里开外。离开家之后，他就飞速地向小镇驶去，途中看到了去教堂做礼拜的人群，他们缓慢地行进着，还听到了空中弥漫的专横的钟声。他穿过空旷的广场，拐进一条狭窄的街道，周围变得更加沉寂了。他在一栋木房前停了下来，沿着种满鲜花的走道向门廊走去。

他听到有人在里边讲话。正准备抬起手敲门时，他听到了脚步声，于是他把手缩回去了。这时，只见一个身穿黑色绒面长裤和无领白衬衫的大个子把门打开了。他的铁灰色的头发凌乱不堪，一双灰色的眼睛又圆又亮，像小男孩的眼睛一样闪烁着。他握着杰生的手，将他拉进屋子，还不停地跟他握手。

“快请进，”他说，“快请进。”

“你准备好了吗？”杰生说。

“赶紧先进来，”大个子说，一边还推着他的胳膊肘让他往里走，房间里坐着一男一女，“你认识默特尔的丈夫吧，是不是？这位是杰生·康普生，这位是弗农。”

“我认识。”杰生说。他甚至连看都没看那名男子。

当警长拉来一把椅子时，那名男子说：“我们先出去走走，你们在这儿聊吧。走吧，默特尔。”

“没事，没事，”警长说，“你们就坐着吧。我们也没什么要紧的事儿吧，杰生？你坐呀。”

“我们边走边说吧，”杰生说，“拿上你的帽子和外套。”

“还是我们出去吧。”那名男子边说边站起身来。

“你们在这儿坐着吧，”警长说，“我和杰生到门廊那边聊会儿。”

“你赶紧拿上你的帽子和外套，”杰生说，“他们十二个小时前就已经出发了。”警长带着他向门廊走去。途中一男一女正好经过，和警长说了几句话。警长热情地跟他们对话，动作极其夸张。钟声还在回响，是从那个所谓的“黑人谷”传来的。

警长拖过来两把椅子：“坐吧，告诉我到底出了什么事。”

“我在电话里就跟你讲了，”杰生站着说，“我那样做是为了节省时间。是不是还要我通过法庭强迫你去履行你宣誓过的义务呢？”

“你坐下，跟我说明情况，”警长说，“我会关照你们的。”

“关照，天哪！”杰生说，“这就是你说的对我的关照吗？”

“是你把我们所有人卷进来的，”警长说，“你坐下，跟我说说具体情况。”

杰生有种受伤的感觉，他感到自己能力不足，过了一会儿，他就急躁地开始为自己辩护，火气越来越大。警长用他那双冷静闪烁的眼睛看着他。

“不过你不知道是他们做的，”他说，“只是你自认为的。”

“不知道？”杰生说，“我花了整整两天时间尾随她穿过大街小巷，就是想让她远离他，我告诉她要是让我再撞到他们俩在一起时，我会怎么做，你却说我不知道是那个婊——”

“好了，”警长说，“我明白了，这些就足够了。”他看着街对面，双手插在衣兜里。

“当我来找你这个官方正式委任的执法人时……”杰生说。

“这周是在莫特生演出。”警长说。

“是的，”杰生说，“如果我能找到一个多少对那些选他上台的人民能提供一些保障的执法人，那这会儿也会在那里了。”他又将情况粗略地描述了一遍，仿佛他能从他的愤怒和无可奈何中找到一种真正的乐趣。警长完全不理会他在说什么。

“杰生，”他说，“你把三千块钱藏在家里干什么？”

“什么？”杰生说，“我藏不藏钱是我的事。你的职责是帮我把钱找回来。”

“你母亲知道你把那么多钱藏在家里吗？”

“我是说，”杰生说，“我家被抢劫了。我知道是谁做的，而且我知道他们在哪里。所以我来找你这位执法人，我再问你一次，你打不打算帮我把钱找回来，是或不是？”

“要是你找到了他们，你会怎么对待那个姑娘？”

“我不会做什么的，”杰生说，“我不会对她怎样，我碰都不会碰她。那个婊子让我失去了工作，葬送了我的大好前程，害死了我的父亲，让我母亲缠绵病榻，还让我受到全镇人的耻笑。我不会把她怎么样的，”他说，“我不会碰她。”

“是你逼走她的，杰生。”警长说。

“我怎么做不关你的事，”杰生说，“你到底帮不帮我？”

“你把她逼得离家出走了，”警长说，“而且我还怀疑这些钱到底属于谁，我现在还不确定。”

杰生站在那儿，手慢慢地拨弄着帽檐，他平静地说：“你不打算追捕他们了吗？”

“这事与我没有任何关系，杰生。如果你有确凿的证据，我当然会采取行动。但是要是没有证据，我认为那就与我没有什么关系了。”

“这就是你的回答，是不？”杰生说，“你再好好想想吧！”

“就这样吧，杰生。”

“好吧，”杰生说，他戴上帽子，“你会后悔的。这儿又不是俄国，不是谁戴着一个金属徽章，就可以免受法律制裁的。”他走下台阶，上了汽车，发动引擎。警长看着他启动车子，转了一个弯，飞快地远离朝镇上驶去。

钟声再次响起，被风撕得支离破碎，弥漫在阳光普照的天际。他在一个加油站停了下来，让人给他检查了一下轮胎，又把油箱加满。

“要去旅游，是吗？”黑人问他。他没有回答。“看样子天是要转晴了。”黑人说。

“转晴，见鬼去吧，”杰生说，“到十二点准会下起倾盆大雨的。”他望着天空，想着雨，想着泥泞的路面，他自己停滞在距离镇子几英里的地方。他有种幸灾乐祸的感觉，想到他要错过晚餐了，要是从现在开始，他遏制住自己匆忙赶路的心理，中午时分，他肯定会在两个镇子之间的某个地方。他倒觉得这是一个很好的休息机会，因此，他对黑人说："你到底是怎么回事？是不是有人给你钱了，他让你阻止这辆车继续前进。"

"轮胎里一点儿气都没有了。"黑人说。

"那你给我滚一边去，把气管给我。"杰生说。

"现在鼓起来了，"黑人说，"你可以走了。"

杰生上了车，发动引擎，把车开走了。他推到第二挡，发动机发出一阵阵噼里啪啦的响声。他狠狠踩了一下油门，粗暴地把气门推进又拉出。"快要下雨了。"他说，"等我走到半路，肯定会下起瓢泼大雨。"他驱车离开小镇，钟声越来越远。他脑海里一直在想着自己在泥泞中跋涉的场景，他想找一群人给他推车。"人都去教堂了。"他想象着自己最终终于找到了一个教堂，教堂里的人们和主人走出来冲他喊着，他又想着自己如何把那个主人痛扁一番。"我叫杰生·康普生。让你们看看你们能不能阻止我，你们推选的官员能不能阻止我。"他说。他还想象着自己带着一队士兵走进法院，将那个警长拖出来了。"他还想着自己能双手交叉地坐着，看着我丢掉我的工作。我会让他看看我的工作。"他完全没有想到他的外甥女，也没有想到自己对那笔钱的武断评价。十年来，他从未考虑过这两者；它们仅仅象征着他那在得到之前即已失去的那份银行里的工作。

天气变得晴朗起来，天空中飞掠的云层现在向相反的方向移动。在他看来，天气转晴实际上是敌人对他的又一次狡猾的进攻，他要背负着累累伤痕去应付这全新的挑战。他不时会路过一个教堂，都是些未上漆的木质建筑物，周围停着几辆破旧的机车，在他看来，每个教堂都像是一个岗亭，后卫兵会扭过头来瞟他一眼。"你们同样该死，"他说，"看看你们能不能阻止我。"他想到自己带着一队士兵，后边跟着一个戴着手铐的警长，如果需要，他还能把万能的上帝拖下宝座；他还想到他还冲破天堂中的天兵天将和地狱中牛鬼蛇神的阻挡，抓住了那逃窜在外的外甥女。

东北风一直吹，打在他的脸上。他似乎能感觉到那种持续刮的风在渗入他的骨髓，突然，一种不好的预感抓住了他，他猛踩下刹车，停了车，静坐在那儿。他摸了摸脖子，坐在那儿，开始低声咒骂起来。当他必须开车的时候，他会用浸在樟脑中的手帕来让自己清醒——那是他在打扫乡镇的时候用来挂在脖子上呼吸香气的。所以，他下车，翻开椅子上的坐垫，想看能不能找到一块。他两个位置下都翻遍了，然后又站着低咒了一阵——看到自己被自己打败而嘲笑。他可以返回拿樟脑，或者继续前行。不管怎样，他都很头痛，不过周日他很确定能在家里找到樟脑，但是前行的话就不一定了。不过，他要是回头的话，他到达 Mottson 的时间就会晚一个半小时了。他自言自语道："也许我能开慢一点，边想其他事情，边开慢一点。"

他上车发动了。他说"我会想想其他事情"，所以他开始想洛林。他想象自己正和她睡在一张床上，躺在他身边，求她帮他；然后他又想到了钱，想到他被一个女人、一个少女所欺骗。如果他能相信是一个男人抢劫了他该多好啊——但是他没法做到，这本来可以补偿他失去的工作——这份他经过了众多努力和冒险才得到的工作，但是，这象征着失去工作本身，甚至更糟糕的是，是由一个婊子所为。他用领口为脸挡着风，并继续往前开。

他看到了他命运的反作用力，如今他会迅速将其融合走向不可逃避的关口。他变得狡猾了。他告诉自己不可以犯错。有且只有一个正确的选择，他必须去做。他相信他们两个都能看到他就认出他，但是他必须先看到那个女孩，除非那个男人还戴红领带。而事实上，他需要依赖于那个红领带，似乎是即将到来的全部灾难的总和，他已经能从他脑袋的抽痛，感受到了。

他登上了最后一座山。山谷和屋顶上烟雾寥寥，一两个尖塔高耸在树木之上。他开下山，进了城，放慢了车速，并且再一次提醒自己要小心，首先找到帐篷的位置。现在，他看不太清楚，但是他知道是灾难在驱使他直行并且让他头疼。在一个加油站，大家告诉他，帐篷还没搭好，但是展车已经停在了加油站一边。因此，他开了过去。

两辆俗艳的普尔曼式客车停在小道上。他下车之前，先对它们进行了侦查。他试图放松呼吸，这样心跳就不会这么快了。他下了车，沿着加油站的围墙观察车子。车窗外挂着一些皱皱巴巴的衣物——就像刚刚洗过似的。在楼梯旁边的地上有两个帆布椅子，但是他没看到生命的痕迹，直到一个穿着脏围裙的男人走到门口，大力地泼出了手上平底锅里的洗碗水。此时，阳光照在平底锅上，反射回了车内。

他想，我应该在这个男人能警告他们之前，给他一个惊喜。他从没想过，他们可能压根不在车内。他从没想过，他们不在这儿，而问题的关键根本不是他先看到他们，还是他们先看到他，以及一切都会与预想的相反，与整个事情的整体发展相反。甚至，他还想，他必须先看到他们，把钱要回来，然后忽略他们所做的一切，因为不然的话，大家都会知道他——杰生·康普生，被他那个婊子外甥女昆汀打劫了。

他再侦查了一次，然后上楼梯，安静飞快地向那个车子走去，停在了门边。走廊是黑的，充斥着食物腐烂的味道。那个男人是一片模糊的白色，正在用他沙哑不稳的声音唱歌。他想："这是一个没有我高大的老男人。"在那个男人抬头看他的时候，他走进了车里。

那个男人停下了歌唱，说："你好！请问？"

"他们在哪里？"杰生说，"马上告诉我，他们现在在哪里？在熄火的车里吗？"

男人回答道："什么他们在哪里？"

杰生说："别骗我了！"他在一片黑暗中踉踉跄跄地走着。

"什么意思？"那个男人问道，"你说谁是骗子？"而当杰生抓住他的肩膀的时候，他大吼道："伙计，看清楚了！你说谁是骗子呢！"

“别撒谎！”杰生说，“他们在哪里？”

那个男人叫道：“你个浑蛋，干什么？”他的肩膀被杰生的手一抓，显得单薄脆弱。他试图扭开他的肩膀，然后转过身去，开始在他身后堆满垃圾的桌子上找东西。

杰生说：“别忙，他们在哪里？”

那个男人冷笑道：“我会告诉你他们在哪里的，等我找到我的屠刀再说！”

杰生试图抓住他的另一只手，说：“我只是在问你一个问题而已！”

那个男人边在桌子上寻找，边讥笑道：“你个浑蛋！”杰生试图抓住他的两只手，禁锢他的微怒。这个男人的身子感觉这么脆弱衰老，使得目的如此单一的杰生，第一次清楚明确地意识到了他所制造的灾难。

“好，停下来！我会出去，给我点时间，我自己出去！”杰生说。

那个男人哀哭道：“居然说我是个骗子，让我离开，仅仅一分钟，我会告诉你我不是个骗子。”

杰生抓住他，并且到处看了看。外面现在空空如也并且艳阳高照，他想人们很快就会开始回家吃周日丰盛的晚餐了，但是他自己却在试图抓住一个孱弱、气愤的弱小老人，而他不敢放开他的时间都足够他转身跑掉了。

杰生说：“你会出去多久？久到能够让我离开这里吗？你会吗？”但是那个男人还在试图挣扎，于是，杰生放开了他的一只手，打在那个男人的头上。杰生是突然出拳的，虽然打得不重，但是那个男人还是立马打翻了一众平底锅和篮子，倒在了地上。杰生站在他的上方，轻轻敲打他看有没有声息，然后迅速转身，跑了。到门口的时候，他控制了一下速度，更慢地从楼梯走下去，然后又在这里站了一会儿。现在，他的呼吸非常急促，他想站在这儿平复一下，所以他左看看右看看。突然，背后传来一阵乱七八糟的声音，他及时地转身发现那个瘦小的男人正高举着一把生锈了的斧子，从门廊处气愤地砍向他。

他抓住了斧子，并没有感觉受到了击打，但是他知道他要倒了，他想这也许就是结局，他相信他会死在这儿，但是当有东西撞击他的后脑的时候，他想："他怎么会打我这里呢？"他想："只有可能他在很久之前就打过我，只是我现在才感受到。快一点、快一点，让这一切结束。"然而，之后一种求生的念头抓住了他，他不想死了，所以他开始挣扎，此时他听到那个男人在哀号并且用他的粗嗓子咒骂他。

当他们把他拖倒在地的时候，他依然在挣扎，但是他们制住了他，他不再挣扎了。

他问："我出了很多血吗？""我的后脑勺在出血吗？"当他感觉到被强行迅速地撤离的时候，他依然在问这个问题，他听到那个老男人气愤的声音在他身后慢慢远去。他还在说："看看我的头！等等，我……"

那个抓住他的男人骂道："等一下？天杀的！那个小男人会杀了你！一直走，你没受伤。"

杰生接着说："他打了我，我在流血吗？"

另一个人说："一直走。"他带着杰生到了车站的拐角附近，登上了一个无人的站台。

——那儿停着一辆平板车，月台边上的一块空地呆板地长满了青草，青草的四周又呆板地围着一圈花，中间是一块安着电灯的广告牌。上面写道："用你的眼睛[1]好好看看莫特生。"在本该画眼珠子的地方安了一只电灯泡。那个人松开了他。

他说："现在，你离开这里，离开。不然，你想干什么？自杀吗？"

杰生回答说："我在找两个人，我只是问问他们在哪里。"

"你找谁？"

【1】这里的眼睛在原文中是画的一只眼睛。——译者注

杰生说："一对男女。男的昨天在杰弗逊，戴一个红领带。他们用一个表演，抢劫了我。"

那个男人说："天哪！你就是那个人，对吗？稍等，他们不在这儿。"

杰生说："我估计是这样。"他靠着墙，把手伸向他的后脑勺，然后看了看他的手掌看有没有血迹。他说："我想我在流血，我估计他用那把斧子打了我。"

男人回答道："是你自己在铁轨上撞你的头，你最好快走。你找的人不在这里。"

"是的，那个老男人说他们不在这里，但是我以为他在撒谎。"

男人回答道："那你认为我在撒谎吗？"

杰生说："不，不会。我知道他们不在这里了。"

男人说："我让他们两个该死的一起滚出这里了。我不会让我的表演里出现那种东西。我经营的是由高贵的戏班子提供的受人尊敬的表演。"

杰生说："是的！没错！那你不知道他们去哪里了吗？"

"我不知道，也不想知道。我的表演者不能耍那样的花招。你是？她的哥哥？"

杰生说："不，不是的！这不重要。我只是想见到他们。还有，你确定那个老男人没有打我？我的意思是，我真的没流血吧？"

"如果不是我及时赶到的话，你会在流血！现在，你离我远点。那个老浑蛋会杀了你。你的车是在那边吗？"

"是的！"

"好的，现在你上车，离开这里回杰斐逊去。如果你找到了他们，他们不会再出现在我的表演中了。我经营的是一个受人尊敬的表演。不过，你说他们抢劫了你？"

杰生说："不是的！这没什么重要的！"他走向车子，上了车。他想："我现在必须做什么呢？"然后，他想起来了。他启动车子，慢慢地沿着马路开着，直到他找到了一家药店。不过，这个药店门是关着的。他把手放在肿块上，弯了一点脖子，站了一会儿，然后，转身离开。过了一会儿，他看到一个男人走过来，他就问他最近开门的药房在哪里，不过，事实是这里没有开门的药房。然后，他又问往北方走的火车是什么时候的，那个男人告诉他是两点半。他穿过人行道，再一次上车坐在那儿。之后不久，他看到两个黑人青年经过，他喊住了他们。

问："你们有人会开车吗？"

"会的，先生。"

"现在立刻送我去杰斐逊多少钱？"

他们看向彼此，悄声细语地商量着。

杰生说："我付一块钱。"

他们又开始低声交谈，其中一个说："不能去，你想去干什么？"

他又问另外一个说："你能去吗？"

另外一个回答说："我不能，你为什么不送他去？你又没什么事情需要做。"

"我就是有事情。"

"你要做什么？"

他们笑着继续絮叨。

杰生说："随便你们谁去，我出两块钱。"第一个说话的年轻人回答说："我也去不了。"

杰生说："好吧，那你们走吧。"

他又坐了一会儿。他听到钟敲了，半小时了，然后，开始有行人穿着周日休闲和复活节的衣服经过。他们经过他的时候，有的会看他——这个安静地坐在小车上的男人，他的无形的生活就像旧袜子松了线一样在他的周边展开，并继续。过了不久，一个穿工装裤的黑人走了过来。

他问：“是你要去杰斐逊吗？”

杰生说：“是的！你要收多少钱？”

“四块钱。”

“只给两块钱。”

黑人说：“四块钱，不能少了。”杰生坐在车里，看都没看他。他说：“你要我开还是不要？”

杰生说：“好吧，上车吧。”

他移开让黑人坐在驾驶位上。杰生闭上眼睛，为了减轻自己的颠簸之感，喃喃自语地说：“我在杰斐逊能得到我想要的，我一定能在那里得到些东西。”他们沿着街道开始前行，而他想到路人们都在平静地赶回家里吃周日的晚餐。继续前进，他们出了村镇了。他没有想过家里，现在班和卢斯特应该在餐桌边吃着冰冷的晚餐。在这种持续的恶劣情况下，没有出现灾难和威胁的杰斐逊，得以让他忘记，一如他见过的其他地方一样，在这里他的生命必须重新启程。

在班和卢斯特吃完饭之后，黛西会将他们支出去。“你尽量让他在外面安静地待到四点钟吧，到那时候 T. P. 也就回来了。”

卢斯特回答说：“好的。”然后，他们就出去了。黛西吃完饭，就收拾完厨房，然后走到楼梯口听了一会儿，发现没有什么声音。她就转回来，经过厨房，通过院门，站在台阶上，都没发现班和卢斯特。但是，她站在这里的时候，听到从地窖那里传来一阵“当”声，于是，她走到门口，向下看，又看到了早上的那一幕。

“他就是那么敲的。”卢斯特说。他沮丧，但还是怀着希望地看着那个一动不动的锯子。他说：“我没有找到敲打它的正确的工具。”

“你在这地窖里也是怎么都找不到的，”黛西说，“你把他带到太阳底下来，在那么潮湿的地窖里，你们会得肺炎的啦！”

她站在那儿，看着他们穿过庭院，走向栅栏边的一丛雪松处。然后，她往自己的小木屋走了。

“行了，现在就别多说了，”卢斯特说，“今天，你已经给我添了够多的麻烦了。”这里有一张吊床，是把一块块木桶板插到交叉的绳网里做成的。卢斯特躺在吊床上，但是班还在漫无目的地向前呆走。他又开始哼哼唧唧了。“现在，立刻安静下来，”卢斯特说，“否则我真的要抽你了。”他躺回了吊床上。班不动了，但是卢斯特还是能听到他在哼哼唧唧。“你到底闭不闭嘴？”卢斯特说。他爬下吊床，循声赶过去，发现班蹲在一个小土墩面前。土墩两边各埋了一个装毒药的蓝色空瓶子。有一个瓶子里插着一根枯萎了的曼陀罗。班蹲在它的前面用一种不连贯的缓慢语调呜咽着，而且边呜咽边四处张望。他找了一根小树枝，插到了另外一个瓶子里。“你为什么就不得安静？”卢斯特说，“你想让我动真格儿，让你不哭不行，是吧？那我就如你所愿！”他跪蹲下来，迅速捡起瓶子，藏在了后边。班不呜咽了。他蹲着，看了看刚才瓶子所在的小坑，然后，正准备大哭的时候，卢斯特又把瓶子拿出来了。他低声呵斥道：“好了，安静点。”“你敢叫一声试试！你敢！在这里，看见没？在这里的话，你又得开始哭了。走吧，我们去看看他们开始踢球了没有。”他抓住班的肩膀，把他拽了起来，然后，他们来到栅栏边，并排站在这里，透过一簇簇还未开花的忍冬，盯着前面看。

“看，”卢斯特说，“有人过来了，看见没？”

他们看着那四个打球的人跑到草地上又出去，然后准备发球，传球。班边看，边絮絮叨叨的。他也跟着跑动的四人在栅栏处迅速地移动和絮叨。

一个人说：“这里，加迪。拿袋子来。”

“班吉，安静。”卢斯特说，但是班没有停下来，还是抓着栅栏在跌跌撞撞地跑，用他的无望的公鸭嗓尖叫着。玩球的人在继续，班一直和他保持步调跑着，直到栅栏拐了个直角，他就没办法了，只好抓着栅栏，看着他们跑开。

“现在能安静下来了吗？”卢斯特说，“现在能安静了吗？”他摇着班的肩膀说道。班抓住栅栏，持续沙哑地尖叫着。“你能不能停下来？”卢斯特说，“能闭嘴了吗？”班凝视着栅栏外。“好吧，班，”卢斯特说，“我让你叫，我给你叫的理由？”他向后看去，走向房子里。接着，他轻声说：“加迪，你现在叫吧！加迪！加迪！加迪！”

过了一会儿，在班的声音之间，卢斯特听到了黛西在喊叫。他拽着班的肩膀，穿过庭院，走过去。

卢斯特说：“我和您说过了，他不会保持安静的！”

“你个浑蛋！”黛西说，“你对他做了什么？”

“我没做什么啊。我告诉过您只要那些人开始玩球，他就停不下来了。”

“你们过来我这边，”黛西说，“嘘，班吉，不哭了！”但是他没停。然后，他们迅速穿过庭院，走进了小木屋。“现在快去把那双鞋子拿过来，”黛西说，“但是别吵醒卡罗琳小姐。如果她说什么，就说我在看着他呢。现在，快去！我想你不至于这个都办不好吧。”卢斯特去了。黛西将班带到床上，让他躺在她的旁边，抱着他，前前后后地摇着他，并且用她裙子的褶边为他擦干了流出来的口水。她边抚摸他的头边说：“别哭了，别哭了，现在是黛西在抱着你。”可是他依然在可怜巴巴地细细呜咽着；用的几乎是世界上最无望的声音。卢斯特回来了，拿来了一双白色的缎子做的拖鞋，不过现在已经开始泛黄了，并且又破又脏。当卢斯特把拖鞋递给班的时候，班安静了一会儿。但是他依然在呜咽，并且很快，又开始大声哭了。

黛西说：“你估摸着你能找到 T.P. 吗？”

“他昨天说今天要去圣约翰教堂，要四点才回来。”

黛西继续摇着班，并且抚摸着他的头。

“天哪！要这么久，”她说，“这么久。”

“姥姥，我会赶那辆马车。”卢斯特说。

“你会害死你们两个，”黛西说，“你是调皮才想赶车。我知道，你很聪慧。但是我不能相信你。嘘……不哭了，不哭了，不哭了。”

“不，我不会的，”卢斯特说，“我和T.P. 一起赶过车的。”黛西还抱着班在前后摇晃。“卡罗琳小姐说你要是不能让他不哭了的话，她就要自己下来，亲力亲为了。”

“不哭了，宝贝，”黛西边摸他的头边说道，“乖孩子，”她说，“你能不能想到姥姥我，然后慢点赶马车？”

卢斯特回答道：“好的。我会和T.P. 一样认真赶车。”

黛西摸了摸班的头，晃着他，说：“我尽力了，真的。”接着，她又提高声音说，“那你就去吧。”卢斯特小跑了出去，班则抓着拖鞋在哭。“乖，快别哭了。卢斯特去赶马车来带你去墓地了。我们也没必要去取你的衣帽了。”她说。她走到墙角处用印花窗帘隔开的一个小柜子前面，拿出了她戴的毡帽。“我们有过更糟糕的时候呢，也不用担心别人知道了，”她说道，“你怎么说也是主的孩子。不久之后，我也将成为主的孩子，感谢耶稣。”她把帽子戴在他的头上，扣好了他的衣扣。班一直在哭，于是她拿走了他手上的拖鞋，放下之后，就带他离开了。卢斯特过来了，牵着一匹老白马所驾的破烂不堪的马车过来了。

“卢斯特，你会小心的吧？”她说。

“会的。”卢斯特回答道。她把不再哭了的班扶上了后座，不过，他这会儿又开始絮絮叨叨了。

“他在说他的花呢，”卢斯特说，“等等，我去给他摘一枝。”

“你先别动，”黛西说，她走过去牵住了勒马索，“好了，现在赶快去帮他摘一枝吧。”卢斯特绕着房子跑向了花园。他只带回了一株水仙花。

“这是破败的，”黛西说，“怎么不帮他摘枝好点儿的？”

“这是我能找到的最好的了，”卢斯特说，“全部被你们周五的时候带去装扮教堂了啊！等等，我会修好它的。”于是，在黛西拉住勒马索的时候，卢斯特用一根树枝和两端绳子夹住了花茎，然后把花给了班。之后，卢斯特爬上马车，勒住了缰绳。黛西仍然在牵着缰绳没放开。

她问卢斯特：“你已经知道路了吧？”她说，“沿着街向上走，在广场那里拐弯，就到了墓地，然后直接回来。”

“知道了，”卢斯特回答说，“出发吧，‘小马后’。”

“你一定会小心的吧？”

“是的，一定会的。”至此，黛西才松了缰绳。

卢斯特说：“我们出发吧，‘小马后’。”

“这样，”黛西说，“你把鞭子给我吧。”

“哦，姥姥，”卢斯特说。

“给我！”黛西边走向轮子边说。卢斯特不甘不愿地把鞭子给了她。

“我现在没法让‘小马后’挪腿了。”

“这个不用你担心，”黛西说，“‘小马后’比你清楚该怎么走。你要做的就是抓住缰绳。你知道路吧？”

“我知道。就是T.P.每个星期天都会走的路嘛！”

“那今天你就照走吧。”

“当然，我都帮T.P.赶过不下一百次车了。”

“那就再赶一次，”黛西说，“现在出发吧。黑小子，如果你让班吉受伤的话，我可不知道我会干什么来对付你。虽然，你进苦工队是不可避免的，不过，如果出什么问题的话，我会提前把你送进去的。”

“好的，”卢斯特说，“‘小马后’，走吧。”

他将缰绳在“小马后”的阔背上甩了甩，马车突然就起动了。

“卢斯特，小心啊！”黛西说道。

“老马，走起来！”卢斯特说。他又甩了甩缰绳。随着地下的一阵轰隆声，“小马后”慢慢地走下车道，转入了街上，此时，卢斯特驱策它用一种慢慢向前摔倒似的步态前进。

班不闹了。他坐在椅子中间，手上抓着那枝修好的水仙，眼神宁静安详，难以形容。卢斯特滚圆的脑袋就在他的正前方，卢斯特一直僵硬地回头望，直到马车出了黛西的视野。此时，卢斯特停在了路边，班望着他从车上下来，然后从篱笆上折下了一根枝条。“小马后”低下了头在啃食地上的青草，直到卢斯特坐上马车，把它拉了起来，并催促它继续前行。这时，卢斯特高举抓着枝条和缰绳的双手，摆出一副臭屁的姿态，和静静的马蹄声还有马儿发出的低沉的风琴似的伴奏声完全不搭调。汽车、行人，还有一群半棕色的黑人从他们身边经过。

“卢斯特，你去哪儿呀？是去墓地吗？”

“嗯，”卢斯特说，“他们也是去墓地吧，走起来。”

他们到达了广场，这儿有一尊石像，一个联邦士兵在这里用空洞的双眼凝望着，而他的大理石打造的双手则在风雨中飘摇。卢斯特更加来劲了，他边瞟了一眼整个广场，边给了无动于衷的“小马后”重重一鞭。“杰生先生的车，”他说，然后他又看到了一群黑人，“班吉，我们让他们看看什么是威风吧。”他说。

“你说什么？”卢斯特转过头。班手拿水仙，坐在位置上，眼神空洞无助。卢斯特再给了“小马后”一鞭，把马儿拉向了石像的左边。

一瞬间，班完全被抛起，离开了位置。然后，他大叫了一声，并且持续不断地大叫着，声音也越来越大，偶尔重重地喘两口气。不只是惊吓到，简直是被吓坏了，眼神痛苦盲目，已经无法言语；发出了如此大的声音，卢斯特眼神也空洞了一下。“上帝啊，”他说，“别叫！别叫！我的上帝！”他又试着给了“小马后”一鞭。随之，卢斯特把抽坏了的鞭子扔了。当班的声音达到无法想象的强度的时候，卢斯特抓紧了缰绳向前倾，而此时杰生从广场另一端飞奔了过来，已经上了台阶。

随着反手一拳，卢斯特被推开了，杰生抓起缰绳，带着“小马后”往复移动。杰生把缰绳拉回了两倍，不断地抽打在马屁股上，“小马后”开始了小跑，此时班的痛苦的尖叫一直萦绕在周围。杰生把“小马后”向石像右边一拉，然后给了卢斯特的脑袋一拳。

“你怎么能拉向左边？”杰生说。他伸向后座，打了一下班，把花茎又弄断了。“闭嘴！”他说，“闭嘴！”他猛地把“小马后”拉了回来，然后跳下马车，“带着他滚回去。如果你和他再经过这个门，我会杀了你！”

“是，先生！”卢斯特回答道。他抓住缰绳，一边用末端抽打“小马后”，一边对班吉说：“够了！够了！班吉，看在上帝的分儿上，够了！”

班吉的声音越来越大。“小马后”上路了，又开始有节奏地发出蹄声，班吉也一度安静了下来。卢斯特迅速回瞟了一眼，然后接着赶路。折断的水仙低垂在班的拳头上，房屋的飞檐和门框又一次从左到右平稳地消失在身后，此时，班吉又一次有了茫然、安宁的眼神；电线杆、树木、门窗和招牌又都在它该在的地方了。

纽约，N.Y.

1928年10月

附录

康普生家族
1699-1945

伊凯摩塔勃 一个遭废黜的美国国王，被义兄称为“l’Homme”（有时叫“de l’homme”）。他的这位义兄是法国契卡索族人，如果早几年出生，说不定就是拿破仑手下的大将，那帮将星闪耀、功名显赫的大坏蛋之一，为此他把契卡索族的头衔简单地译为“人”。而伊凯摩塔勃本身是一个聪明人，富于想象，还善于辨别人（包括他自己）的个性，就又进一步，把这头衔英语化为“Doom”。他从自己丧失的广袤疆土中划出一块位于密西西比州北部的、足足有一平方英里的处子地来，赐给一个苏格兰流亡者的孙子，那块地四四方方，四个角就像牌桌那样整齐（那块地当时还覆盖着森林，因为那还是在1833年前，命运之星陨落，那时的密西西比州杰弗生镇还是一排乱糟糟、用泥巴糊墙的圆木平房，既用作契卡索人的管理处，也是贸易邮寄的商店）。那个苏格兰流亡者因为把赌注押在这位被废黜的国王身上，连自己生存的权利也输掉了。虽然这场赌博不算公平，但也换来了向西部蛮荒之地和平开拓的权利，无论通过何种手段，走路抑或是骑马，但必须是契卡索人自己的马，只要他和他的子民觉得合适就行。他们所到之处不久就被称为俄克拉荷马州：当时他们并不知道那里有石油。

杰克逊 一位持有利剑的伟大白人父亲。（一位久经战阵的老战士，一只爱叫嚷，瘦削，暴躁，污秽，结实且坚韧的老狮子，他把国家的繁荣富强置于白宫和他的新政党的处境之上，他看得最要紧的不是妻子的名誉而是“荣誉必须加以维护”的原则，至于它本身究竟是怎么回事并不重要，关键是要加以维护。）他在华西镇金色帐中亲自授权，盖印并副署了一份认定书，但当时他并不知道划拨出去的土地下面有石油，以至于日后有一天，他那些无家可归、失去土地的后裔醉得昏昏沉沉不省人事时，坐着特制的深红漆棺材车和救火车风尘仆仆地经过为他们指定的埋骨之地。

以下是康普生家的人：

昆汀·麦克拉昌　格拉斯哥一个印刷工的儿子，从小孤苦，由佩斯高地母亲家里人抚养长大。他从柯罗顿荒原逃到卡罗莱纳，身上只带着一把苏格兰宽刀和一条格子呢裙，白天穿着，晚上垫着睡觉，还有一点其他的东西。到八十岁的时候，因为先前曾在一位英国国王手里吃过一次败仗，为了不至于重蹈覆辙，于是在 1779 年的一天夜里他又带着尚在襁褓中的孙子和那条格子呢裙（那把宽刀连同他的儿子，也就是他孙子的爸爸在大约一年前佐治亚一片战场上和塔尔顿手下的一个团一并消失了）跑到了肯塔基，一个叫伯恩或布恩的邻居早已在此建立起了殖民地。

查尔斯·斯图尔特　曾服役于英国军队下辖的一个团，后被除名，并取消军阶。被所属的那支后撤队伍和美国先遣队误以为已死，留在了一片佐治亚的沼泽地里，结果他们都错了。即便是拖着自制的假腿，他也没有丢掉那把宽刀。四年之后，他终于在肯塔基州哈洛兹堡撵上了他的父亲和儿子，当时正好赶上父亲的葬礼，随后很长一段时间他陷入了双重人格之间的挣扎。一方面他仍然想进学校当一名老师，他认为这是自己的愿望，直到最终他放弃了这个念头，回归其本性成了一个赌徒。对此康普生家族似乎没有意识到，他们都是天生的赌徒，尤其是在紧要关头，机会微乎其微的时候。他最后孤注一掷，将性命和家庭的安定，还有身后名节都投进去了。他加入了一个妄图从美国手里分裂整个密西西比峡谷归入西班牙的阴谋组织，由一个叫威尔金森的熟人领导（他颇有才能，影响力，也有头脑和能力）。等到幻想破灭之时，就轮到他逃跑了（除了这位康普生老师，谁都清楚这一结果）。他很独特，是唯一一个逃亡出国的阴谋者：危险并非源于他曾阴谋要分裂的政府的报复和惩罚，而是以前的同伴出于自身安全考虑，和他反目成仇。他并没被驱逐出美国，他常说自己无国籍，他之所以被驱逐，不是因为叛国，而是行事过于张扬、招摇，往往是前路未辟，招摇过市，以致后路先断。因此，策划将他从肯塔基、美国驱逐出去，并且如果抓到了，可能还要让他从地球消失的并不是宪兵司令，也不是民政机构，而是他们组织的同伙。他夜里出逃，遵循了家族传统，把儿子和那把旧宽刀和那件格子呢裙带上了。

杰生·利库格斯　也许是受到父亲所起洋气名字的驱使，在1811年的一天，他带着一对精致的手枪和一只干瘪的马褡裢，跨上一匹腰细腿粗的小母马骑上了纳奇斯古道。他父亲就是那个满腹牢骚、出言刻薄、不屈不挠的木腿人，他现在还满心以为自己该当一个古典语文教师吧。利库格斯胯下的马跑头两弗隆[1]路绝不要半分钟，再跑两弗隆就够呛了。虽然就这两下子，但已经足够了：他骑到奥卡托拔（那时还叫老杰弗生镇）的契卡索人管理处就不再往前走了。不到六个月，他就成了管理处的助理，不到一年，又成了合伙人。尽管名义上还是助理，但实际上已经是它的半个主人了。如今它也发展成为一家不错的店铺，里面堆放着他用那匹母马和伊凯摩塔勃的年轻人赌马

【1】弗隆，长度单位，furlong。1 弗隆 =0.201168 千米。——译者注

时赢得的奖品。在赌马时，他总是很小心地控制着赛程，一般是四分之一英里，至多三弗隆。第二年，小母马归了伊凯摩塔勃，康普生却拥有了那块整整一平方英里的土地。将来，它将几乎占据整个杰弗生镇的中心。那时这里仍然有树木覆盖，二十年后也还有，只是到时却是公园，而非森林了。这里有奴隶住的小屋，马厩，菜园子，还有规整的草坪，林荫道，凉亭，一应设备同样都是由建造圆柱门廊的大宅的建筑师设计，房屋用料都用蒸汽船从法国和新奥尔良运来。到1840年，那块土地仍然保持着完整（此时不仅那个叫杰弗生的白人小村庄开始对它进行包围，而且也即将被周围的白人县份吞噬了。因为几年内，伊凯摩塔勃的后裔和子民都会离开，这些留下来的居民不再去当战士或猎人，而是学做白人，学做偷懒的农民或者到处都是的庄园主——他们也这么叫——和奴隶主，只是比白人脏一点，懒一点，凶残一点——直到最后连野性自身也被驯化了，只是偶尔从坐在棉车上的黑奴鼻形上可以看出来，或者从锯木厂的某个白种工人或者某个设陷阱的猎人或者某个机车伙夫的鼻端可以看出）。当时，这里是大家熟知的康普生领地。此后，它摇身一变，成了诞生王孙贵胄、政客将军和主教的福地，一改先辈在柯罗顿、卡罗莱纳和肯塔基落魄的面貌，这个地方日后被称为州长之家。因为的确在此孕育了，或者至少可以说产生了一位州长——也叫昆汀·麦克拉昌，是为了纪念那位出身柯罗顿的祖父——尽管后来（1861年）又产生了一位将军，但人们仍叫它老州长之家（之所以这么叫是全镇全县事先一致商定好的，好像大家提前知道老州长是最后一位做任何事都不会失败的康普生，保持长寿和自杀除外）。陆军准将杰生·利库格斯二世1862年在希洛打了败仗，1864年又在雷萨加小输了一仗。之后到1866年，他第一次从仍然完整无缺的那块地上划下一块抵押给了一个从新英格兰来的暴发户。等到老镇被北军的斯密斯将军一把火烧了之后，居住在新生的小镇上的大部分居民就不再是康普生的后代，而是姓斯诺普斯了。此时已经开始受到侵犯了，接着就是被一点点蚕食。那位败阵的将军接下来四十年的时间就花在了零零碎碎出卖土地上，以免抵押出去的土地被人籍没。直到1900年的一天，他在塔拉哈契河床的渔猎野营地的一张行军床上安然死去。他晚年的大多时光就是在这儿度过的。

尽管老州长现在已经被人遗忘；那一平方英里剩下的土地也只是被人们叫作康普生家——当年的草坪和林荫道早已破败不堪，长满了野草，宅子已久未刷漆。廊柱也一块块剥落下来，杰生三世经常整天坐在那里，拿着一壶威士忌，还有几本乱丢的、边角卷皱的贺拉斯、李维和卡图卢斯的集子。他一面喝酒，据说一面为死去的和仍健在的镇民写些尖酸刻薄的颂诗（杰生以律师为业，他也确实在广场边的楼上开设了一间办公室。在他那布满灰尘的档案柜里封存着本县最古老的氏族——赫尔斯顿、塞德潘、格莱尼尔、布钱普以及柯菲尔德这几家的史料，这些史料在无尽的档案迷宫里放了一年又一年，已经慢慢褪色了：谁知道在他那颗父亲的心中是怎么梦想的呢，现在他已实现了三个梦想中的第三个梦——第一个是做一个精明强悍的政治家的儿子；第二个是带领英勇善战的士兵冲锋；第三个是充分利用自身优势，扮演假丹尼尔·布恩加鲁滨孙·克鲁索的角色。他当时并非返老还童，因为他一直都童心未泯——他幻想着律师办公室会再度充当直通州长官邸的过道，让他可以恢复旧日的荣光）。除了从他手里卖出去的最后那块土地，还剩下房子、菜园、坍塌的马厩，和一个用人住的小屋。黛西一家住在里面。那块土地卖给了一个高尔夫俱乐部，所得的钱用作为他女儿加迪4月举行的体面婚礼和儿子昆汀读完哈佛一年的学费，儿子在随后的1910年的6月自杀了。到1928年，尽管康普生一家仍然住在里面，人们却已经称之为老康普生家了。这年春天的一个黄昏，老州长那注定厄运、没父姓的十七岁玄外孙女偷走了他唯一神志清楚的男性亲戚（她舅舅杰生四世）秘密收藏的一笔钱，顺着排水管爬下去，和流动街头杂耍团随行的一个摊贩私奔了。在康普生一家都搬走之后的很长一段时间内，人们仍然称之为老康普生家。守寡的老母亲死后，杰生四世就不必再怕黛西了。他把房子卖给一个乡下人做陪审员、牲口贩子的食宿接待所，甚至在接待所垮了之后（现在也成了高尔夫球场），人们依然叫它老康普生家。尽管那块土地上很快就密密麻麻盖满了一排排私人的半城市平房，但它依然完整。

还有这些人：

昆汀三世 他爱的不是妹妹本人，而是康普生家的荣誉观念。康普生家的这种荣誉只是由他妹妹那吹弹即破、难以长久的贞操苦撑着（这一点他非常清楚），它悬于一线，就像要在一直受过训练的海豹鼻尖放一个地球仪。他不喜欢乱伦，也根本不会犯下这种罪行，但长老会那套天谴的说教深得其心：他，而非上帝，可以借此将自己和妹妹一起扔进地狱，这样他就可以永远守护着她，在不熄的地火中永远保住她的贞洁。不过，他最爱的是死亡，他只爱死亡，他一面爱着，又从容地活着，还近乎疯狂地期待着死亡，就像期待一位爱人的到来。他故意抑制着，不去接触那等待已久的，满心情愿的，友好的，温柔的，不可思议的爱人的肉体，直到他再也不能忍受，并非那种抑制，而是思想的束缚，于是纵身一跃，抛开一切，向水底沉去。1910 年 6 月，他在马萨诸塞州的坎布里奇自尽，那是他妹妹举行婚礼的两个月之后，为的是等到完成第一个学年，这样就不至于浪费预交的学费了。这倒不是因为他身体里流着老柯罗顿、卡罗莱纳、肯塔基的血，而是为筹集他妹妹婚礼的钱和自己哈佛的学费，家里卖掉了老康普生家最后一块地，这片地这片牧场是他最小的、生来就是白痴的弟弟最喜欢的，除了土地，他只喜欢他的妹妹和燃烧的火光。

加达斯（加迪） 她注定沉沦，自己也清楚这一点。对此，她既不迎奉，也不逃避。她爱她的哥哥，尽管他是那样一个人，她不仅爱他，还爱他对待家庭荣誉和其凄凉下场所展现的痛苦的先知以及铁面无私的法官的一面。他以为他爱她，其实那是恨，他把她视为注定颠覆的家庭自尊的负载之舟、承载家庭荣辱的容器。不仅于此，她爱他也是因为他不能爱。她接受事实：他最珍视的不是她，而是她的贞洁，而作为贞操的监护者，她根本就不在乎：那层吹弹可破的薄膜比手上的倒刺还不如。她知道哥哥最爱的是死亡，但她并不妒忌，愿意将毒草递给他作为成全（也许只是瞎想，但她那次精心安排的婚礼却起到了效用）。她怀上了另一个男人的孩子，已有两个月的身孕了。不管孩子是男是女，她早就为其起名昆汀了，为了纪念她哥哥，他们（她和她哥哥）都知道他早就形同死尸了。1910 年，她嫁给了一个条件优越的印第安纳州的青年，是前一年夏天和母亲去弗兰区·里克度假时认识的。1911 年，他们离婚了。1920 年，嫁给加利福尼亚州好莱坞的一个电影小巨头。1925 年，双方在墨西哥协议离婚。1940 年，随着德军攻占巴黎，她就此失去音信。当时她风韵犹存，也许还经济宽裕，看上去比实际的四十八岁至少年轻十五岁。从此就再也没有人知道她的消息了，除了杰弗生镇的一个女人，她是县城的图书管理员，一位老处女，个子和肤色都像老鼠，和康普生·加达斯中学在同一个班。她余下的岁月就花在了这些事上：给《琥珀》上个正经的书壳，把《玉尔根》和《汤姆·琼斯》尽量放到初、高中生都拿不到的书架背面，尽管他们不踮脚就能拿到，而她自己却要站到一个盒子上才能把它们藏好。1943 年的一天，就在前一个星期里她心烦意乱，精神几近崩溃，其间进入图书馆的人们可以发现她总是急急忙忙关上抽屉，转动钥匙锁上（那些妇女，银行家、医生、律师太太，有些也是那个班的同学，她们一般下午来，用孟菲斯和杰克逊出的报纸小心翼翼地裹住《琥珀》和桑恩·史密斯的作品，以防别人看到。见到她的情形，她们以为她马上就要病倒了，甚至会神智失常），那天下午三点的时候，她把图书馆门关上锁好。腋下紧紧夹着手提包，平素雪白的脸颊上浮现出两摊潮红，显得心事重重。她走进那家农用供应店，杰生四世起初在这儿当伙计，现在在此经营起了棉花的买卖。她大步穿过那个黑乎乎、只有男人才会进去的洞穴——洞穴里地上堆着，墙上挂着，天花板上悬着犁、耙片、绳索、挽链、车杠和颈轭，还有腌肉、廉价鞋、马用麻布、面粉、糖浆等，都是黑乎乎的。因为店里的货物只能算贮藏而非展示，那些向密西西比农民或者至少是密西西比的黑人农民供应农业用品，想要从收获中分得一杯羹的人是不愿意提醒农民有什么需要的，而只是为他们提供一些必不可少的物资，除非已是丰收在望，产量待估。她继续往里走，一直到里面杰生的特殊领地：一个栅栏围起来的地方，凌乱地摆放着货架和由众多小格组成的柜子，其上的铁签插着轧花机收据，还摆放着账簿和棉花样品，物体表面都蒙上了灰尘和绒毛。里面还弥漫着一股混杂的臭味，其中有奶酪、煤油、马具润滑油以及大铁炉各种各样的气味，铁炉上粘着嚼过、吐出来的烟渣，怕是有百年的历史了吧。她走上前去，来到那个又长又高有些倾斜的柜台前，其后坐着杰生。她不再看那些穿工装裤的男人。他们自她进来就悄悄闭上了嘴，甚至嘴里也不再嚼动了。她带着一种近乎让她晕厥的决绝，打开手提包，从里面摸索着拿出一件东西，接着放在柜台上摊开。杰生低头看时，她站在那儿身子发抖，呼吸急促——那是一张布满阳光，颇显贵气的图片——以戛纳比尔风景为背景，群山、棕榈树、柏树还有大海、一辆大马力的昂贵的镀铬敞篷车。照片中的女人没戴帽子，头上围一条价值不菲的头巾，身上罩着一件海豹皮大衣，看不出年龄，容貌娇艳，神态镇定，表情冷漠，一副事事漠不关心的姿态；身边站着一个英俊瘦削的中年男人，穿着的军服上佩戴着德国参谋部将军的勋表和领章。——这个老鼠身形、老鼠肤色的老姑娘正在为自己的鲁莽发抖，把自己惊得一愣一愣的。她的眼睛越过图片注视着那个没有子嗣的老单身汉，在他身上一代代男人延续下来的希望即将逝去，他们都注重体面，性格骄傲，即使人格已不能保持完整，骄傲的性格也会最大限度地化为虚荣心和自我怜悯：自那个逃离故土的流亡者始，他除了性命别无所有，但他仍然拒绝承认失败，那个两次用自己的性命和好名声做赌注、两次都输的人也不接受这些，还有那个只用一匹跑四分之一英里的敏捷的小马就赢得一片封邑的人，他为祖父和父亲一雪前耻，还有精明强悍的州长，那位将军虽然在领导英勇善战的士兵打仗时失败了，但至少用自己的生命在沙场上拼死一搏，往后就是那位有文化的酒徒了，他把最后一块土地卖掉，不是为了买醉，而是给予后代一个他心目中的最好的人生机会。

“是加迪！”图书管理员低声念叨，“我们一定要救救她。”

“是加迪，没错。”杰生说着，接着他大笑起来。他站在那里，对着照片大笑，对着那张冷艳的脸大笑。由于一个星期来从抽屉和手提包中取出放进，那张脸都变皱卷曲了。图书管理员知道他为什么大笑，至今三十二年来她一直都叫他康普生先生。自从 1911 年加达斯被丈夫抛弃，之后就把年幼的女儿带回家，接着又抛下孩子，坐上下一班火车离开，从此不再回来。不单是黑人厨娘黛西，图书管理员也单纯通过直觉就察觉到，杰生反正是在利用孩子的存在和私生子的身份勒索她母亲，不仅让她一辈子远离杰弗生镇，而且让自己成了孩子赡养费唯一且永久的托管人。从 1928 年那天小昆汀从排水管爬下来和商贩私奔之后，她就没再和他说过话。

“杰生！”她喊道，“我们一定要救救她呀！杰生！杰生！”——即便当他用大拇指和食指把照片拈起来，扔过柜台朝她飞来时，她仍然在喊着。

“那是加达斯？”他说，“别逗我了。这个婊子还不到三十岁。她现在有五十了吧。”

第二天，图书馆还是关门一整天。下午三点钟，老姑娘尽管腿脚酸痛、筋疲力尽，但仍然精神亢奋，依旧紧紧夹着那个手提包。这次，她转进了孟菲斯黑人区一个整洁的小院子，爬上整洁小屋前的台阶，按下门铃。接着门开了，一个和她年纪相仿的黑人女人平静地看着她。“你是弗洛尼，是吗？”图书管理员说，“你不记得我了——梅丽莎·米克，从杰弗生来——”

“记得。”那个黑人女人说，“进来吧。你要见我妈妈吧。”她走进房里，是一间老黑人住的房间，里面整洁却堆满了东西，弥漫着老年人、老太太、老黑人的味道，那个老太太自己坐在壁炉旁的一把摇椅里。在这里尽管是六月天，却仍然闷烧着一堆火。这个曾经身材高大的女人穿着干净而有些褪色的印花衣服，头上围着一尘不染的头巾，一双眼睛模模糊糊，现在基本上看不见了——图书管理员把那张卷起角的剪报放在那双黑色的手中，那双手仍然很轻柔、灵巧，就像三十岁、二十岁，甚至是十七岁时的一样。

“是加迪！”图书管理员说，“是她！黛西！黛西！”

“他说了什么？”黑人老太太说。图书管理员知道她指的“他”是谁，她也不为此感到惊讶。黑人老太太不仅料到她（图书管理员）明白自己所指，也立即猜到她早已将图片拿给杰生看过。

“你难道猜不出他会说什么？”她叫嚷道，“当他意识到她处于危险之中时，他就说那是她，即使我没有图片向他证明。但只要他知道哪天，哪个人，即便就我一人，想要救她时，他就改口说不是了。但那就是！看看吧！”

“看我的眼睛。”黑人老太太说，“我怎么能看清这张图片呢？”

“叫弗洛尼来！”图书管理员嚷道，“她会认出她来的！”但黑人老太太早就在小心地照原来的折痕折好它，并且递回图书管理员手里了。

“我的眼睛再也不会好了。”她说，“我看不见了。”

事情就是这样。六点的时候，她在拥挤的长途汽车终点站艰难穿行，包夹在一侧腋下，另一只手里拿着半张返程的票。她被每天下班的人潮挤上了人声嘈杂的站台，人潮中有几个中年平民，主要是士兵和水手，要么就是离开，要么就是去送死或者找无家可归的年轻女人，那是他们的同伴。这些女人两年里如果运气好，就日复一日在旅馆、卧车里睡，运气不好的时候，就只能在坐铺、长途汽车、车站、旅馆门厅或者公共休息室凑合了。她们偶尔也在慈善机构的病房里待上几天，产下幼儿或者在警察局里坐几天牢，然后就上路了。她总算挤上了长途汽车，她个子比谁都小，因而只能偶尔碰到地面，直到一个身影（一个穿卡其军服的男人；她根本就看不到他，因为她早已泪湿眼眶了）站起来，将她抱起，放在一个靠窗的座位上。坐在那儿，她仍在静静地哭泣，她现在可以看到外面的城市建筑在飞速后退，接着就被甩在后头了。不久她又可以回到家中，在杰弗生安生度日。尽管在那儿生活也会有种种不可理喻的激情、骚动、悲伤、愤怒和绝望，但到六点钟，你就可以把它盖住。即便是一个小孩也能用他无力的手把它放回那只平静、永恒的箱子里，让它和毫无特色可言的同类待到一块去，然后用钥匙把它锁上，就可以度过一个安然无梦的夜晚了。*是的* 她一边想着，一边静静地哭 *就是这样 她不想见到照片 她知道那是不是加迪都不重要 因为她明白加迪不需要别人拯救 她已没什么值得拯救的了 因为她现在失去的都没什么价值了*

杰生四世 从柯洛顿之前的祖辈算起，他是第一个心智健全的人，他是一个没有后裔的单身汉，因而也是最后一个。他思维富有逻辑，又讲理性，还善于自制，甚至可以说得上是一个遵循古老斯多噶派传统的哲学家：他全然不把这样或那样的上帝论调放在心上，只简单考虑警察的存在，唯一敬畏的就是那个为他做饭的黑人妇女，从一出生就是他的天敌，自 1911 年那天起就成了死敌。那天，她单凭敏锐的洞察力就猜到杰生在利用他年幼的外甥女私生女的身份勒索她的母亲。杰生不仅和康普生家划清界限，而且独力和斯诺普斯家斗法。斯诺普斯家接管这个小镇之时适逢世纪之交，当时康普生和沙多里斯家族正日渐衰微。（并非斯诺普斯作祟，而是杰生自己的所为，当时他母亲刚死——外甥女早就从排水管爬下来，逃跑了，于是黛西也失去了这两根控制住他的大棒——他马上把白痴弟弟甩给州政府，腾空老宅，先是把一度富丽堂皇的房子隔成他所谓的公寓，然后把整栋出售给一个乡下人作接待所。）不过，这并不艰难，因为对他而言，除了自己镇上其他人、世界上其他人、其他人类都是康普生，尽管不可理喻，但无论如何他们都是不可信的。家里那块牧场卖的钱都花在了姐姐的婚礼和哥哥哈佛的学费上，而他却要从店员的微薄收入中苦心积攒下钱来，送自己去读孟菲斯的学校，在那儿学习鉴别棉花等级，这样才建立起自己的事业。而随着酒鬼父亲的死去，他就承担起了住在腐朽宅子里的腐朽家庭的全部负担。因为他母亲，他要抚养白痴弟弟。他牺牲了作为自己权利的快乐，有的就只是责任，甚至连一个三十岁的单身汉必需的生理需求都满足不了。这样，他母亲的生活就能尽可能像从前一样继续下去，这不是因为他爱她，而只是（一个健全男人始终）因为他畏惧那个黑人厨娘。他甚至都不能将她赶走，即便他尝试过停发她的周薪。尽管如此，他还是成功攒下了差不多 3000 美元（2840.5 美元），这是他上报的外甥女偷盗的数目，那是他一点一滴、一角半块那样辛辛苦苦攒下来的。他之所以不存进银行，是因为在他眼里银行家不过又是一个康普生。他把钱藏在一个上锁的橱柜的抽屉里，他自己整理床铺，自己换床单、被褥，自从藏了钱以来，他的卧室门就一直锁着，除非自己进出。有一次，他那白痴弟弟想拦截一个路过的小女孩，他趁机在不让母亲知晓的情况下就当了他弟弟的监护人。带他弟弟去做去势手术的那次也一样，他母亲当时还不知道之前他弟弟出去过呢。这样，在 1933 年母亲死后，他就可以永远从中解脱出来，不仅可以摆脱白痴弟弟，也可以把那个黑人厨娘赶走，自己搬到农具供应店楼上的几间办公室。店里放着棉花样本和账簿。他把那里改成了带浴室和厨房的卧室。每到周末，就可以看到有个女人在这儿进出，她身材高大，相貌平平，待人友善，总是面带笑容；

头发黄褐色，年纪也不小了，戴着一顶花哨的圆帽，天冷时就穿着一件仿皮大衣。他们二人，一个中年棉花贩子，至于女的，镇上的人简单地叫作杰生的孟菲斯朋友，星期六晚上常常双双对对出没于当地的电影院；星期天早上就可以看到两人一起提着几个纸袋往公寓楼上走，纸袋里装着从杂货店买来的面包、鸡蛋、橘子、罐头汤，此时倒真有点家庭美满、夫妻和睦、其乐融融的样子。到了下午，她就会坐上长途汽车回孟菲斯。他现在总算解放了。他自由了。“1865 年。”他经常会说，“那是亚伯·林肯从康普生手中解放了黑人。1933 年，康普生·杰生从康普生家和黑人手中解放出来了。”

班吉明　出生时叫莫里，跟着他母亲唯一的一个弟弟的名字叫的。他这个舅舅长相英俊，不过见识浅薄，爱吹牛，是个无业的单身汉。他几乎向所有人借钱，甚至是黛西这个黑人妇女他也舍得开口。他一边将手从自己的皮夹里撤出来，一边向她解释：在他眼里，她不仅是姐姐家的一员，而且在世界上所有人的眼中，她都有着一副天生的贵妇相。最后，连他母亲也意识到班吉明不太正常了，她哭着坚持一定要给他换名字，由他的哥哥昆汀给他改名为班吉明（班吉明，我们最小的那个孩子，被卖到印度去了）。他爱着三件东西：为筹备加迪婚礼和昆汀学费卖出去的那块牧场，他姐姐加迪，还有火光。这三样东西他什么也没失去，因为他记不起姐姐了，只是感觉若有所失；睡觉时火光仍旧一样地明亮；那片牧场甚至比卖出去之前更好了，因为如今他不仅可以和 T. P. 一起无休无止地沿着栅栏追逐人们的活动，而且对他来说，人们挥舞着高尔夫球杆根本无关紧要。T. P. 会带领他们钻到草丛中去，在那儿也许会有小白球突然落到他手里。只是他所不知的是，小球从人们手中释放出来，向着木板或熏制房墙壁或混凝土人行道飞去时，会抗衡甚至克服重力以及万有引力定律。1913 年，做了去势手术。1933 年，被送进杰克逊的州立收容所。直到那时，他也无所失，因为就像姐姐一样，他记不起那片牧场了，只是感觉似乎少了什么，还有火光仍旧像入睡时一样明亮。

昆汀 最后一员。加达斯的女儿。出生前九个月就没了父亲，出生时没有父姓。从卵子分裂决定了性别时起，就注定了日后没有合法丈夫的命运。在她十七岁时，耶稣复生的第1895周年纪念日的前一天，从她舅舅中午把她锁住的房间窗户爬出来，借助排水管，摇摇晃晃地爬到了她舅舅门窗上锁的那间卧室外，里面当时空无一人，她砸烂一块窗格玻璃，由此爬进去，再用舅舅的火钳撬开锁住的橱柜抽屉，取走了钱。（它并非2840.5美元，而是差不多7000美元。这让杰生大动肝火、怒不可遏。那天晚上至今的五年来，他会时不时回想起这件事，但他的愤怒并未随之有半分的减少，他也相信自己说不定会因此毫无征兆地死去，就像挨枪子儿或遭受雷击一般突然殒命。原因在于，尽管自己被偷走的不止小小的3000美元，而是差不多7000美元，但他却不能对任何人说。他不仅不能因此而得到公道——他不需要别人的同情——特别是从那些倒霉透顶的人那里，他妹妹不守妇道，外甥女也这样，他都不能去报警；另外，他丢失的4000美元本不属于他，这样他连自己的3000美元也拿不回来了。因为那4000美元是他外甥女的合法财产，是她母亲过去16年来寄过来的赡养费的一部分，根本就已不存在了。这已在他递交给地区法院的年度报告中正式记录为花销过的开支。年度报告是他作为监护人和委托管理人按照保证人的要求做的。因此，他被偷的不仅是自己节衣缩食省下的钱，还有用卑劣手段吞掉的钱，而且小偷本身竟是受害者；他被偷的4000美元是冒着坐牢的风险得到的，3000美元则是讨价还价，一点一点抠出来的，每次五分一角，差不多花了20年才攒起来：这不仅因为是他的受害者所为，而且她乳臭未干，不过一个黄毛丫头，不费吹灰的工夫就办到了，既非预谋也无计划，甚至不知道、也不在乎打开抽屉时能找到多少；而自己现在都不能去找警察求助。他本满心以为警察始终是能帮得上忙的，以前也从未给他们添过麻烦，自己纳税这么多年，让他们过着寄生虫般的闲散生活，他们还残暴成性；不仅如此，他也不敢自己去追捕那个女孩，因为如果他追上了，她就会把秘密说出来。因而唯一的出路就是做个虚幻的梦，在以后两年、三年甚至四年的时间里这一直搅扰着他，常常是在夜里辗转反侧，失眠盗汗，其实他早就该将之遗忘脑后了。在梦里，他猛地把她抓住了，他从黑暗中跳出来扑到她身上。这时她还没把所有钱都花光，他就在她张口要喊之前把她杀了。）接着，她又在昏暗中顺着排水管爬下来，和推销员跑了。那个推销员早就犯过重婚罪了。她由此销声匿迹；可是不管她干什么活计，总归是不会坐着镀铬的奔驰车回来的；也不管拍什么照片，总归是不会有参谋部的将军在里面的。

这就是康普生一家了。

这些人中还有一些不是康普生家的人。他们是黑人：

T.P. 他穿着芝加哥和纽约血汗工厂主为他们这种人特制的廉价、光鲜、气势咄咄逼人的衣服，在孟菲斯城比尔街上游荡。

弗洛尼 她嫁给了一个在火车卧铺车间工作的服务生，就搬到圣路易斯去了，后来搬回孟菲斯城为母亲安了家，因为黛西不愿去更远的地方。

卢斯特 一个十四岁的小伙子。他不仅能完全照顾和看护好一个年纪大他一倍、个子是他三倍的白痴，而且还能逗他玩。

黛西

他们在煎熬。